Memoirs of an Imaginary Friend

我的幻影朋友

Matthew Dicks

[美] 马修·迪克斯 ／ 著

苏心一 ／ 译

湖南文艺出版社
HUNAN LITERATURE AND ART PUBLISHING HOUSE

博集天卷
CS-BOOKY

献 给 克 拉 拉

目　录　Contents

Memoirs of

an

Imaginary Friend

"我在帮你。"我想告诉麦克斯，但就算我能，我也知道他再也不会相信我了。如果你不得不违背承诺，把你的朋友留在一面墙后面，很难让他相信你在帮忙。

麦克斯是世上最勇敢的小男孩儿，而奥斯瓦德是世上最勇敢的幻影朋友。

我在笑，也在哭。这是我第一次因为高兴而流泪。我向麦克斯竖起大拇指。透过我正在消失的大拇指，我看见麦克斯亲吻他妈妈泪水涟涟的面颊。

我不再怕死，只是悲伤。我再也见不到麦克斯，在未来无数的日子里，他将长大成为一个男人，会有自己的小麦克斯。如果我能安静地坐在某处，看着我深爱的这个小男孩儿长大并度过他的一生，我会非常开心。

我 的 幻 影 朋 友

Memoirs of

an

Imaginary Friend

第一章
不只是个幻影
· · · · · ·

我叫布多，是麦克斯的朋友。我已经活了五年了，对幻影朋友而言这是很长的寿命。麦克斯是唯一能看见我的人，但我不只是个幻影。

我所知道的是：

我叫布多。

我已经活了五年了。

五年于我而言是很长的寿命。

麦克斯给我取的名字。

麦克斯是唯一能看见我的人。

麦克斯的父母称呼我为一个幻影朋友。

我喜欢麦克斯的老师——格斯科太太。

我不喜欢麦克斯的另一个老师——帕特森太太。

我不只是个幻影。

就幻影朋友们来说，我算幸运的。我比大多数幻影朋友活的时间要长。麦克斯上幼儿园时一个同班同学的幻影朋友菲莉普科，活了才不到一个星期。有一天，他突然来到这个世界，除了缺少耳朵（大部分幻影朋友都没有耳朵）以外，他看起来非常像人。然而过了几天，他就离开了。

同样让我庆幸的是麦克斯拥有丰富的想象力。我知道有个叫卓普的幻影朋友只是墙上的一个点。仅仅是一个模糊的黑点，没一点儿实在的形状。卓普可以说话，可以在墙上滑上滑下，但他是平面的，像一张纸，以至于他无法站起来。他没有像我这样的胳膊和腿，他连脸都没有。

幻影朋友的外形来自其人类朋友的想象。麦克斯是一个极富创造力的男孩儿，于是我有两条胳膊、两条腿和一张脸。我一个身体部件也不缺少，这在幻影朋友界实属罕见。大多数幻影朋友总是缺点儿什么，有些看起来一点儿也不像人，就像卓普。

然而，想象力泛滥也会坏事。我遇见过一个叫翼指龙的幻影朋友，他的双眼在两个细长绿触角的末端。兴许他的人类朋友认为它们看起来很酷，但是可怜的翼指龙看不清任何东西。他告诉我他总是感觉胃里很难受，还常常被自己的脚绊倒。他的脚只是附在腿上的模糊阴影。他的人类朋友一味关注翼指龙的头和眼睛，却懒得去考虑他腰部以下的部分。

这并不是稀奇的事。

我还幸运地能够走动。许多幻影朋友与他们的人类朋友黏在一起。有些脖子上套着皮带；有些只有三英寸高，被塞进外套的口袋里；有些完全就是墙上的一个点，像卓普那样。多亏了麦克斯，我可以自由走动。倘使我想，我甚至可以留下麦克斯一个人。

但是频繁这么做会有损我的健康。

只要麦克斯信任我，我就存在。麦克斯的母亲和我的朋友格雷厄姆说这就是我成为幻影的原因。可并非如此。我或许需要麦克斯的想象力才能存在，但我有不依附于麦克斯的自己的思想、自己的见解和自己的生命。我被缚于麦克斯，就像一位宇航员被用软管和金属丝缚在宇宙飞船上。如果这艘宇宙飞船爆炸，那么宇航员的性命也不能幸免。但这并不意味着这位宇航员是幻想出来的，这只能说明他的生命支持系统被切断了。

一如我与麦克斯。

为了生存，我需要麦克斯，但我仍然是自己的主人。我可以说我想说的，做我想做的。有时麦克斯甚至和我争辩起来，不过都是为一些琐碎的小事，比如看哪个电视节目或玩哪个游戏。然而我理应（这是格斯科太太上星期教的一个词）尽可能待在麦克斯的左右，因为我需要麦克斯一直想着我，一直相信我。我不想在"眼不见，心不想"的状态下结束。麦克斯的爸爸如果想晚归却忘了往家里打电话，麦克斯的妈妈有时会这么说。如果我离开了太久，麦克斯也许就不再相信我了，假如那样，那么嗖地一下子，我就不见了。

麦克斯一年级的老师曾说过家蝇大约有三天的寿命。我不知道一个幻影朋友的一生有多长，也许并不比家蝇久。我猜我算是年事很高的了。

在麦克斯四岁时，他幻想出了我，我一下子就冒了出来。我出生时，只知道麦克斯知道的事情。我知道我的色彩和一些数字，以及很多物品的名字，比如桌子、微波炉和航空母舰。我的头脑里装满了一个四岁男孩儿能了解到的东西。但是在麦克斯的想象中，我比他的年龄大，或许是位少年，也许还要大一点儿，也许我就是一个有着成人头脑的男孩儿。很难说清。我比麦克斯高不了多少，但我肯定不一样。我出生时比麦克斯的头脑更灵活。我能够理解令他困惑的事情，我能够知晓令他费解的问题的答案。也许所有的幻影朋友出生时的情况都是如此。我不太清楚。

因为麦克斯不记得我的出生日期，所以他也不记得当时他在想什么。但是自从他把我想象得更年长、更沉着，我学东西的速度就比麦克斯快得多，我出生当天甚至就比今天的麦克斯更能集中注意力。我记得就在那第一天，麦克斯的母亲试图教他数偶数，他就是不会，但我马上就学会了。我弄懂了，是因为我的脑子已经准备好了学习偶数，而麦克斯的脑子没有。

起码我是这么想的。

此外，我不睡觉，因为麦克斯觉得我不需要睡眠，所以我有更多的时间来学习。况且我并非时时刻刻与麦克斯在一起，于是我知晓了许多麦克斯闻所未闻、见所未见的事情。他入睡后，我与麦克斯的父母一起坐在起居室或者待在厨房里。我们看电视，或者我就在一旁听他们说话。有时候我外出，去那个从不打烊的加油站，那里有麦克斯、他的父母和格斯科太太以外世界上我最喜欢的人。或者我沿着那条路去不远处的杜奇斯热狗餐厅、那家警察局，或那家医院（只是现在我不再去医院了，因为奥斯瓦德在那里，他让我害怕）。在学校时，我有时去教师休息室和别的教室，间或我还跑去校长的办公室，只是为了去听听最近有些什么新闻。我不比麦克斯聪明，但我知道的东西远比他多得多，原因在于我清醒的时候比他多，且我还去过麦克斯没能去的地方。这还不错。当麦克斯不太能理解一些事情时我能帮助他。

像上个星期麦克斯要做花生酱和果冻三明治，却打不开果酱罐。"布多！"他说，"我打不开。"

"你肯定能打开，"我说，"朝另一个方向转动。左边松，右边紧。"这是我从麦克斯的妈妈那儿听来的，她每回开罐子之前都这么嘀咕。这起了作用，麦克斯打开了罐子，但兴奋之余，罐子掉到瓷砖地面上摔得粉碎。

这个世界对麦克斯来说如此复杂，即便他做对了，也还是会出差池。

我住在世界上一个奇怪的地方——人们中间。大部分的时间我和麦克斯待在孩童的世界里，但我也花不少时间与大人们待在一起，比如麦克斯的父母和老师，以及我在加油站的朋友们，只不过他们看不见我。麦克斯的妈妈会说这是"墙头草，两边倒"。每当麦克斯拿不定主意时，她就会这么说麦克斯，这种情况经常发生。

"你想要蓝色冰棍儿还是黄色冰棍儿？"她问。而麦克斯就会僵住，像根冰棍儿一样冻结。做选择时麦克斯有太多的事情需要思考。

红色比黄色好吗？

绿色比蓝色好吗？

哪一根更冷？

哪一根化得更快？

绿色尝起来是什么滋味？

红色尝起来是什么滋味？

不同的颜色味道不一样吗？

我希望麦克斯的妈妈可以替他做决定。她了解这对他有多么难。但当她让他选择，而他又没法儿选择时，我有时会替他选择。我悄悄地说："选蓝色。"然后他就说："我要蓝色的。"大功告成，不用再纠结。

这就是我生活的方式。我是个骑墙派：我住在黄色世界里，也住在蓝色世界里；我与孩子们待在一起，也与大人们待在一起；我算不上一个小孩儿，但也不完全是个大人。

我是黄色和蓝色的。

我是绿色的。

我清楚我的色彩组合。

麦克斯的老师是格斯科太太，我很喜欢她。格斯科太太总是拿着根米尺走来走去，她声称自己会用米尺打手，并用伪装的英国腔来威胁学生，不过孩子们知道她只是在逗他们发笑。格斯科太太对学生十分严格，要求他们用功学习，但她从来不打学生。尽管如此，她总归是个严厉的人。她让他们坐直，安静地写作业，一有孩子捣蛋，她就说："真可惜，太丢脸了！来让所有人知道你的大名！"或者说："你是不可能得逞的，小伙子！"其他老师说格斯科太太老派，但孩子们知道她严厉是因为她爱他们。

麦克斯不喜欢很多人，但他喜欢格斯科太太。

去年，麦克斯的老师是西尔柏太太。她也很严格，像格斯科太太一样让孩子们努力学习。但是看得出来她不像格斯科太太那样爱孩子，班上也就没有人像今年这样拼命地学习。奇怪的是在大学里学了那么多年应该怎么当老师，一些人却连最简单的东西都没有学会。例如逗孩子笑，以及确保他们知道你爱他们。

我不喜欢帕特森太太。她不是一个真正的老师，她只是一个助理，帮助格斯科太太照顾麦克斯。麦克斯与别的孩子不同，他不是一整天与格斯科太太在一起。有时他与麦克金太太在学习中心，有时他与赖纳太太练习演讲，有时他和其他孩子在休谟太太的办公室玩游戏，有时他还在帕特森太太的陪伴下阅读和写作业。

据我所知，没人知道麦克斯为什么与其他孩子不一样。麦克斯的父亲说他不过是开窍晚，但他这么说时，麦克斯的母亲就会很生气，至少一天不跟他说话。

我不知道为什么每个人都认为麦克斯复杂。麦克斯与其他孩子喜欢别人的方式不同，他喜欢人，但那是一种不一样的喜欢。他喜欢远观别人，别人离麦克斯越远，他越喜欢别人。

麦克斯不喜欢别人碰他。"如果有人触碰麦克斯，整个世界会变得明亮而寒冷。"有一次他这么对我描述。

我不能触碰麦克斯，他也不能碰我。也许这就是我们相处融洽的原因。

另外，当人们说一套做一套时，麦克斯也不能理解。比如上个星期，课间休息时麦克斯在读一本书，一个四年级的学生走过来说："看这个小天才。"麦克斯一声没吭，他清楚如果他说话，那个四年级学生会待得更久，一直打搅他。我明白麦克斯迷惑不解，原因在于听起来那个男孩儿是在夸奖麦克斯聪明，但实际上他并不友好。他是在挖苦麦克斯，但麦克斯不明白什么是挖苦。他知道那个男孩儿很刻薄，但这仅仅因为他对麦克斯一贯刻薄。他不懂为什么那个男孩儿叫他天才，因为被称作天才通常是件好事才对。

人们令麦克斯感到困惑，对他来说，待在人们身边很困难。这也是麦克斯不得不在休谟太太的办公室与来自其他班级的孩子做游戏的原因。但他认为这是在浪费时间。他讨厌坐在地板上的"大富翁"棋盘的旁边，坐在地板上没有坐在椅子上舒服。但是休谟太太在努力教麦克斯与别的孩子一起玩，去弄懂他们的讽刺和笑话。麦克斯就是不明白。他的父母吵架时，他妈妈说他爸爸只见树木不见森林。这就像麦克斯看不到整个世界。他看不见大事情，因为很多小事情挡着他的路。

今天帕特森太太不在。一位老师缺席，通常意味着她生病了，或者她的孩子生病了，或者她有亲人去世。帕特森太太曾有位亲人过世。我知道这个时候偶尔别的老师会这样温柔地问她："你还好吧，亲爱的？"有时她离开房间后，她们会互相耳语。但那是很久之前的事了。现在帕特森太太缺勤时，通常表示这一天是星期五。

没有人替帕特森太太代班，麦克斯和我整天与格斯科太太在一起，这让我很高兴。我不喜欢帕特森太太，麦克斯也不喜欢她，但他对她的不喜欢与他对大多数老师的不喜欢略有不同。他看事情的角度与我不一样，他太关注细节。帕特森太太不同于格斯科太太、赖纳太太和麦克金太太。她的笑容总是假惺惺的，她老是脸不对心。我觉得她不喜欢麦克斯，但她假装喜欢，这比单纯的不喜欢更可怕。

"你好，麦克斯，我的孩子！"我们走进教室时，格斯科太太说。麦克斯不喜欢格斯科太太叫他"我的孩子"，因为他不是"她的孩子"。他已经有一位母亲了，但他不会要求格斯科太太不再这么叫他，因为让他去请求她停止会比让他每天听格斯科太太叫"我的孩子"更困难。

麦克斯宁愿什么都不对别人说。

尽管如此，麦克斯还是不明白为什么格斯科太太叫他"我的孩子"，他知道她爱他，他知道格斯科太太很友好，只是很困惑。

要是我能告诉格斯科太太不要叫麦克斯"我的孩子"就好了，可惜格斯科太太看不见我，也听不到我说话，我没有办法让她知道我。幻影朋友不能触碰或移动人类世界的东西。我不能开果酱罐，不能拿起一支铅笔，也不能在键盘上打字，否则我会写一张字条请格斯科太太不要叫麦克斯"我的孩子"。

我能撞到现实世界，但我不能真正触碰它。

即使如此，我还是很幸运。麦克斯最开始幻想我时，他幻想我可以穿过门窗，就算它们关闭着。我想这是因为他害怕晚上父母关上他的卧室门后，我也许会被锁在房间外面。并且除非我坐在他床边的椅子上，不然麦克斯睡不着觉。这意味着借助穿过门窗，我能去任何地方，但我不能穿越墙和地板，因为麦克斯没这么幻想我。即使是对麦克斯，这样的事情也太奇怪了。

有一些幻影朋友像我一样可以穿过门窗，有些甚至可以穿越墙壁，但是大多数什么也穿越不了，被困在一个地方很长时间。帕贝就是这样，它是一条会说话的狗，两三个星期前它被关在门房的壁橱里一整个晚上。对它的人类朋友——上幼儿园的派珀来说，那是一个恐怖的夜晚，她完全不知道帕贝在哪里。

然而对帕贝来说，情形更为可怕，因为被困在壁橱后，有时幻影朋友会就此永远消失。一个男孩儿或女孩儿无意中（偶尔有意为之）把一个幻影朋友锁在壁橱、储藏柜或地下室里，然后嗖地一下子幻影朋友就不见了。看不见了，也就淡忘了，幻影朋友的命运也就结束了。

拥有穿过门的能力是可以救命的。

今天我想留在教室里，原因是格斯科太太在大声对孩子们朗读《查理和巧克力工厂》，我爱听格斯科太太朗读。她的声音轻柔细弱，为了听清楚，所有的孩子必须向前倾身，并且需要保持绝对的安静，这对麦克斯来说最好不过了。响声会让他分心。如果乔伊·米勒拿着铅笔敲课桌或者丹妮尔·甘纳像平常那样在地板上跺脚，麦克斯就会除了敲笔声和跺脚声以外什么也听不到。他没法儿像其他孩子那样忽略噪音，但格斯科太太朗读时，大家都必须不声不响。

格斯科太太总是选择最好的书，还从她的个人生活中采撷与书本相关的最合适的故事。查理·布克特做了些疯狂的事，格斯科太太就告诉我们她的儿子迈克尔很疯狂的一次经历，我们听后都狂笑不已。连麦克斯间或也笑了。

麦克斯不喜欢笑。有些人认为原因在于他不认为事情有趣，事实上不是这样的。麦克斯是不太明白那些好笑的事情，因为他听不懂双关语，玩不了敲门游戏，因为这些说的是一回事，意思又是另一回事。一个词有多重含义时，他很难理解该选择哪个含义。他甚至不明白为什么根据不同的使用情形，词语会有不同的意思。这一点我没法儿指摘，因为我也不怎么喜欢。

但麦克斯发现其他事情非常滑稽，比如格斯科太太告诉我们迈克尔有一次搞恶作剧，送了二十个芝士比萨和账单给一个校园恶霸。当警察来到家里吓迈克尔时，为了教训教训他，格斯科太太告诉警察"把他带走"。这个故事让每个人都笑了起来，麦克斯也不例外，因为这个故事合情合理，有开头、中间和结尾。

格斯科太太今天还教了一些有关二战的知识，她说这些应该包含在课程内容里。孩子们喜欢这部分内容，麦克斯尤其感兴趣，因为他一直想着战争、坦克和飞机。有时很多天里他就只想这些。如果学校只教战争，而不是数学和写作，麦克斯将会成为全世界最出色的学生。

格斯科太太讲述的是珍珠港事件。1941年12月7日，日本轰炸了珍珠港。格斯科太太说美国人对这次偷袭毫无防备，他们没有想到日本人会从那么远的地方发动袭击。

"美国缺少想象力。"她说。

如果1941年麦克斯在，事情或许会不一样，因为他有非凡的想象力。我敢说麦克斯能清楚地想象出海军上将山本五十六的计划，还有袖珍潜艇、装了木舵的鱼雷以及其他的一切。他可以警告美国士兵当心这个计划，因为想象事情正是麦克斯所擅长的。他心里一向思考着许多事情，于是对外面正在发生的事情，他就没那么操心了。这就是人们不理解他的地方。

这就是我最好尽可能地待在麦克斯身边的原因。有时他不太关注他身边的事情。上个星期他正要上校车时，突然一阵大风刚好把他的成绩单从手中吹落，掉在八路校车和五十三路校车之间。他跑过道路的中界线去捡，也不看看两边，于是我叫道："麦克斯·德莱尼！停下来！"

我加上了麦克斯的姓来吸引他的注意力。这一招是从格斯科太太那儿学来的，很有效。麦克斯停了下来，很幸运，因为就在这时，一辆小汽车从校车旁经过，这是违法的。

格雷厄姆说我救了麦克斯的命。据我所知，格雷厄姆是在学校出现的第三个幻影朋友，她看见了整件事情的经过。格雷厄姆是个女孩儿，却有一个男孩儿的名字。她看起来几乎和我一样像人，只不过她的头发竖着，就像月球上的某个人在不停地拉她的每缕头发。她的头发不能动，像石头一样硬。格雷厄姆听见我冲麦克斯喊要他停下来，等麦克斯回到中界线内时，她走到我身边说："布多！你刚刚救了麦克斯的命！否则他很可能会被那辆车轧扁！"我告诉格雷厄姆："我救了自己的命，因为要是麦克斯死了，我也会死。"

对吧？

我这样认为。我还从来没有听说过有幻影朋友的人类朋友死于幻影朋友消失之前。因此我不确定。

但我认为我会的。我是说死去，如果麦克斯死了。

第二章
特别的朋友
· · · · ·

我不会永远活着，但只要麦克斯相信我，我就会活

着。如果我迫使麦克斯坚信我是真实存在的，他会信

赖我更长时间。

"你觉得我是真实存在的吗？"我问道。

"是的，"麦克斯说，"把那个蓝色的双尖头递给我。"

双尖头是一种乐高积木。麦克斯给所有的积木块都取了个名字。

"我不能。"我说。

麦克斯看着我："哦，对，我忘了。"

"如果我是真实存在的，为什么只有你一个人可以看见我？"

"我不知道，"麦克斯说，似乎有些恼怒，"我认为你是真实存在的，为什么你还要不停地问我？"

说得对，我老是问他。我故意这么做，是因为我不会永远活着。但只要麦克斯相信我，我就会活着。如果我迫使麦克斯坚信我是真实存在的，他会信赖我更长时间。

自然，总是问他我是不是真实的，我也许会把我是幻想的这个念头留在他的脑中，有这样的风险。但是还好，到目前为止一切还算令人满意。

休谟太太有次跟麦克斯的妈妈说："对麦克斯这样的孩子来说，拥有幻影朋友并不稀奇，他们会比大多数幻影朋友存留更久。"

"存留"？我喜欢这个词。

我存留。

麦克斯的父母又在吵架。麦克斯没有听见，因为他正在地下室玩电子游戏，他的父母在低声吵嚷，像是喊叫太长时间以至于嗓子哑了的人。实际上只说对了一半。

"我不在乎他妈的治疗专家的想法，"麦克斯的爸爸说，低声喊叫让他的脸都红了，"他是一个正常的孩子……他只不过是开窍晚，他玩玩具，做运动，他有朋友。"

麦克斯的爸爸说得不对。麦克斯没有朋友，除了我。学校的孩子们要么喜欢麦克斯，要么讨厌麦克斯，要么忽视麦克斯，但没人是他的朋友。我觉得他也不想与其中的人成为朋友。麦克斯自己待着时最开心，连我有时对他都是打扰。

学校里喜欢麦克斯的孩子们对他的态度不一样。比如埃拉·芭芭拉，她喜爱麦克斯，但就像一个孩子喜爱一个玩偶或一只玩具熊那样。她叫他"我的小麦克斯"，还设法在午餐休息之前把他的饭盒拿到食堂并拉上他的外套拉链，尽管她知道麦克斯自己能做这些事情。麦克斯讨厌埃拉。每次她想帮他甚至想碰他时，他就往后退缩，但他没法儿让她不再这么做，因为对麦克斯来说，退缩和忍受比开口说话更容易。西尔柏太太送他们上三年级时，把埃拉和麦克斯安排在一起，她认为他们两人可以互相帮助。她在家长会上就是这么对麦克斯的妈妈说的。麦克斯或许对埃拉有用，她可以像玩一个玩偶一样与他一起玩耍，但是埃拉肯定对麦克斯没有助益。

"他不是开窍晚，但愿你以后别这么说。"麦克斯的妈妈对他的爸爸说，她尽量保持语气平缓，却很难做到，"我知道让你承认这一点很痛苦，约翰，但事实就是如此。怎么可能我们遇到的每一个专家都是错的？"

"这就是个问题。"麦克斯的爸爸说，他的前额变红了，出现了红斑，"每个专家的看法都不一样，你知道的！"他说话像打机关枪，"没人知道麦克斯到底怎么了。我的推测比那群不能达成共识的专家又能坏到哪里去？"

"说法不重要，"麦克斯的妈妈说，"他哪里出了毛病并不重要。他需要帮助。"

"我就是不明白。"麦克斯的爸爸说，"我昨晚和他一起在后院玩了一个抛接球游戏。我带他去野营过，他的成绩不错。他在学校没惹上什么麻烦。他一点儿毛病也没有，为什么我们要想办法整治这个可怜的孩子？"

麦克斯的妈妈哭了起来，她眨了眨眼，眼睛里充满了泪水。我不喜欢她哭，麦克斯的爸爸也是。我从来没有哭过，哭的样子看上去很糟糕。"约翰，他不喜欢拥抱我们。他不能跟别人进行眼神交流。如果我换了他的床单或者改用另一个品牌的牙膏，他就会失控。他老是自言自语。这些都不是正常孩子的行为。我不是说他需要服药，我不是说他不会长大并变得正常，他只是需要一个可以帮他处理一些问题的医生。我想在我再次怀孕之前处理好这件事，这样我们就可以把注意力只放在他身上。"

麦克斯的爸爸转身离开了。出去时他砰的一声关上了纱门，纱门嗒嗒嗒地响了几声才停止晃动。我以前一直觉得麦克斯的爸爸从一场争论中离开时，就意味着麦克斯的妈妈赢了。我以为他的爸爸退却了，就像麦克斯的玩具兵一样撤退。我以为他让步了。但是，尽管他是退却的那一个，也并不意味着他让步了。以往他退却过很多次，摔门而出，门嗒嗒嗒地直响，但什么也没有改变。似乎麦克斯的爸爸按下了遥控器上的暂停键，争论得到暂停，但并没有结束。

麦克斯是我见过的唯一一个让玩具兵撤退或投降的男孩儿。

其他男孩儿都直接让它们死。

我不确定麦克斯是否应该去见治疗专家，说实话，我不太清楚治疗专家是干什么的。我了解他们做的一些事情，但不是所有的事情，我不知道的那部分事情让我紧张。麦克斯的爸妈很有可能就此一次又一次地吵架，尽管如此，也不会有一方说"好吧，我放弃"，或者"你赢了"，或者"你说得对"。麦克斯最终还是会去见治疗专家，因为最终，麦克斯的妈妈几乎总是获胜的那一方。

我认为麦克斯的爸爸说麦克斯开窍晚是不对的。一天的大部分时间我都跟麦克斯在一起，我明白他与班上的其他孩子不同。麦克斯关注内心，而其他孩子关注外在。这就是让他与众不同的原因。麦克斯没有外在，他只有内在。

我不希望麦克斯去见治疗专家，治疗专家哄骗人说实话。他们能看透别人的脑子，清楚地知道别人在想什么。如果麦克斯在与治疗专家说话时想着我，那么治疗专家会诱使麦克斯谈论我。那样的话也许他会说服麦克斯不要再相信我。

　　然而我仍为麦克斯的爸爸感到难过，虽然现在在哭的是麦克斯的妈妈。我真希望我可以告诉麦克斯的妈妈对麦克斯的爸爸更好一点儿。她是一家之主，麦克斯的爸爸也受她差遣。这样对他不好，这会让他觉得自己无足轻重，像个傻瓜。比如星期三晚上，他想跟朋友们打扑克，但他不能干脆地告诉朋友们他能够参加，他必须问一下麦克斯的妈妈他是否可以玩牌，他还必须瞅准合适的时机询问，趁她心情好的时候，不然他也许就不能玩了。她会说："今晚家里有事需要你做。"或者说："你上个星期不是刚打过牌了吗？"

　　或者更糟糕的是，她只会说"好"，而实际上的含义是："你知道不行，如果你去，我会冲你发至少三天的火。"

　　我好奇麦克斯会如何请求得到允许去拜访一个朋友，如果麦克斯想跟除我之外的人玩耍的话，不过他没有。

　　我不明白为什么麦克斯的爸爸要请求许可，不过我更搞不明白为什么麦克斯的妈妈迫使他征求许可。如果麦克斯的爸爸直接去做他想做的，不是更好吗？

　　越发糟糕的是，麦克斯的爸爸是汉堡王的一位经理。麦克斯认为这是世界上最棒的工作之一。倘若我吃培根双层芝士汉堡和小份薯条的话，也会有同样的想法。但是在成人的世界里，一个汉堡王的经理根本不是一个好工作，麦克斯的爸爸很清楚这一点。从他不喜欢对别人谈论他的工作就可以看出来。他从来不问别人是干什么工作的，虽然这是全球历史上大人们最爱问的问题。当他不得不告诉别人他是做什么的的时候，他会看着他的脚说："我管理餐厅。"让他说出"汉堡王"这个词，就像让麦克斯在鸡汤面与蔬菜牛肉汤之间做选择一样困难。他使用一切其他说法来避免说出这个词。

麦克斯的妈妈也是一位经理，她在一个叫安泰的地方做人事工作。我弄不懂她具体做什么，但肯定不是培根双层芝士汉堡。我去过一次她工作的地方，想搞清楚她整天都在干些什么，但每个人都坐在没有盖子的小盒子里的电脑前面；要么就在闷热的房间里围桌而坐，跷着脚，看着钟，其中某个老年男人或女人谈论着一些没人关心的事情。

尽管这很乏味，而且他们不做培根双层芝士汉堡，但显然麦克斯妈妈的工作更好，因为她在的这个写字楼里面的人穿衬衣和连衣裙，打领带，不穿制服。她从不像麦克斯的爸爸那样抱怨有人偷东西，或者不来上班。有时麦克斯的爸爸清晨五点钟去上班，有时他通宵工作到早上五点才回家。奇怪的是虽然麦克斯爸爸的工作似乎更辛苦一些，但是麦克斯的妈妈挣钱更多，人们认为她拥有一份好得多的工作。对别人讲述她的工作时，她从不低头看自己的脚。

我很欣慰这次麦克斯没有听到他们正在吵架。有时他听得到，因为有时他们忘了小点儿声；有时他们在车里吵，在车里吵是否小声不重要。当他们吵架时，麦克斯会感到很伤心。

"他们因为我而吵架。"有一次他这么对我说。当时他在玩乐高积木，麦克斯最喜欢在那时候谈论重要的事情。他没有看向我，他边说话边搭飞机、堡垒和战列舰。

"不是的，"我说，"他们吵架因为他们是大人。大人们喜欢吵架。"

"不，他们只会因为我而起争执。"

"不是的，"我说，"昨晚他们为看什么电视节目吵架了。"我一直希望麦克斯的爸爸可以赢，那样的话我们就可以看犯罪剧了，但他输了，我们不得不看没劲的歌唱节目。

"那不是吵架，"麦克斯说，"那只是意见不一。这是有区别的。"

这是格斯科太太说过的话。格斯科太太说有不同意见是正常的，但那并不意味着可以吵架。"我能够容忍意见不合，"她喜欢这么对学生们说，"但是我不能忍受有人当着我的面吵架。"

"他们争吵只是因为他们不知道什么对你是最好的，"我说，"他们想努力合计出最应该做的事。"

麦克斯盯着我看了一分钟。有一瞬间他看上去非常生气，接着他的脸色变了，变得更为柔和。他看起来很伤心："其他人试图通过曲解词意来安慰我时，只会让我感觉更糟糕。你这么做时，我感觉糟透了。"

"对不起。"我说。

"没关系。"

"不，"我说，"我不是为我说过的话抱歉，因为我说的都是实话。你的父母确实是试图搞清楚怎样对你最好。我很抱歉你的父母为你的事情起争执，虽然他们这么做只是因为爱你。"

"哦。"麦克斯笑着说。这不是一个真正的笑容，因为麦克斯从来不真笑。但他的眼睛睁得更大了，头往右偏了偏。这是麦克斯版本的笑容。"谢谢。"他说。我知道这是一个真心实意的感谢。

　　麦克斯在卫生间，他在上大号。麦克斯不喜欢在家以外的地方做这件事，他几乎从来不在公共卫生间里面大便。但现在是一点十五分，离放学还有两个小时，他再也憋不住了。他总是尽量每晚睡觉前去一趟卫生间，如果没有大号可上，他早上上学之前会再去一次。实际上今天早上吃完早餐后他拉过一次，因此这算是一次额外的大号。

　　麦克斯讨厌额外的大号。麦克斯讨厌所有不期而至的事。

　　每次他在学校上大号时，麦克斯尽可能使用护士办公室旁边的残疾人专用卫生间，这样的话他可以一个人。但是今天门房正在打扫地上的呕吐物，因为每当一个孩子说他想吐时，护士总是把他送到那个卫生间。

　　麦克斯不得不使用普通的卫生间时，我会站在门外，有人来时就提醒他。当他上大号时，他不喜欢有别人在卫生间，包括我。但他更不希望有意想不到的人来，因此便允许我在出现紧急情况时进去。

　　紧急情况是指有人要来使用卫生间。

　　当我告诉他有人来时，麦克斯把他的脚抬离地面，这样一来没人能看到他，等到卫生间又没有人时，他再继续大便。如果他够幸运，那个人永远不会知道麦克斯在卫生间，除非那个人也要大便，并且敲了那间小隔间的门。然后他把脚放回地板上，等待那个人离开。

　　麦克斯上大号的一个问题是他要花费很长时间，即使在家里。他已经在卫生间待了十分钟，很可能还没有完事。有可能他还没开始，仍在仔细地调整裤腿以免落到地上。

　　就在那时，我发现麻烦事来了。汤米·斯温登刚刚从走廊尽头他的教室里出来，朝我这边走来。他边走边把薇拉太太班级外面公告栏上的有关十三个殖民地的地图往下撕，还笑着用脚把地板上的纸张踢到另一边。汤米·斯温登正在读五年级，他不喜欢麦克斯。

他从来都不喜欢麦克斯。

但现在他更加不喜欢麦克斯了。三个月前，汤米·斯温登把他的瑞士军刀拿到学校来炫耀。他站在小树林边上削一根枝条，以此向其他男孩儿展示他的刀有多么锋利，麦克斯看见那把刀后告诉了老师。麦克斯不懂得如何悄悄地处理这样的事情，他跑到戴维斯太太那里大叫道："汤米·斯温登有一把刀！一把刀！"一大群孩子都听到了，几个年龄小些的孩子尖叫着冲向汤米，这让孩子们更害怕了。汤米·斯温登惹上了不少麻烦。他被罚一个星期不能上学，这学期都不准再坐校车，还必须去上课后班，学习如何成为一个好孩子。

这对一个五年级的学生来说是很大的麻烦。

尽管戴维斯太太、格斯科太太和其他老师都告诉麦克斯他的汇报是对的（因为不允许携带武器进入校园，这是一条非常严厉的规定），但没人花心思去教麦克斯如何在不让操场上的所有人知道的情况下告发一个小孩儿。我搞不懂。休谟太太花很长时间教麦克斯如何轮流玩耍及寻求帮助，但没人花时间教麦克斯如此重要的东西。难道这些老师不知道麦克斯给汤米·斯温登带来了这么大的麻烦，他会杀了麦克斯吗？

也许她们不知道，因为麦克斯所在的学校的老师都是女性。也许她们在上学时从来没陷入过任何麻烦中。也许没人曾带过一把刀到操场上或者在卫生间上大号有困难。也许她们不知道陷入大麻烦中的小孩儿是什么样子，因而她们在午餐时一直说着这些："不知道那个汤米·斯温登在想些什么，居然把刀带到学校来了。"

我知道他在想些什么。他在想他的朋友们也许不会再说他是看不懂书的白痴，如果他能够向他们展示如何用他的瑞士军刀削枝条。孩子们就喜欢做这样的事情，他们想办法用像瑞士军刀这样的事情来掩盖他们的问题。

但老师们估计不懂得这些，所以没有一个老师教麦克斯如何在其他人不知情的情况下告诉一位老师一个五年级的学生有一把刀。现在汤米·斯温登，那个看不懂书、拥有一把刀、块头是麦克斯两倍大的五年级男孩儿，正朝卫生间走来，而麦克斯正在里面努力上大号。

"麦克斯！"我说着穿过门，"汤米·斯温登过来了！"

麦克斯呻吟了一声，他的运动鞋从隔间门与地板间的缝隙消失了。我想穿过隔间门站在他旁边，这样他就不孤单了，可我明白我不能。他不希望我看见他坐在马桶上的样子，并且他知道我在隔间外面更有帮助，能看到他看不到的。

汤米·斯温登和美术老师一样高，身材几乎和体育老师一样魁梧。来到卫生间，走向墙边的一个便池，他快速扫了一眼小隔间下面，没有看到脚，很可能以为只有他一个人。然后他回头看了眼卫生间的门，直接朝我这边看过来，接着向后伸手从股缝往上拉短裤。我总是看见人们做这件事，因为我经常与人们待在一起，他们总以为自己是独自一人。当人们的短裤夹在股沟中时，会感觉很不舒服。我从没被卡过，麦克斯没想象我发生这种事情。谢天谢地！

汤米·斯温登走回便池，撒了泡尿。完事后，他抖了抖他那话儿，扣好纽扣，拉上牛仔裤的拉链。有一回麦克斯让我去核查护士办公室附近的残疾人专用洗手间是否有人时，我看见一个孩子在抖他那话儿，汤米的方式跟那个孩子不一样。我不知道他在做什么，但不只是抖动。我不喜欢在人们上卫生间时偷看他们，尤其在他们拽那话儿时，但是麦克斯讨厌敲门声，因为他在里面如果有人敲门，他不知道说什么。他过去常说"麦克斯在上大号"，但有个小孩儿告诉老师他说的话后，他碰到了麻烦。

老师告诉麦克斯那样说不合适。"下次有人敲门时就说'我在里面'。"她告诉麦克斯。

"可那听起来很傻，"他说，"别人不知道我是谁，我不能只说'我在里面'。"

"好吧，"老师说，仿佛是感到沮丧，不想再多说了，于是任由孩子们去做荒谬的事，"那就告诉他们你是谁。"

于是现在有人敲小隔间的门时，麦克斯就说"麦克斯·德莱尼占用中"。听到这句话时，别人要么大笑，要么就好笑地盯着门看。

我不怪他们。

汤米·斯温登弄完后站在水槽边，伸手到水龙头边，正要拧水龙头让卫生间充满水声时，他听见从麦克斯躲藏的隔间传来一声扑通。

"啊？"他说，再次弯下身去看隔间里有没有脚。他没有看见脚，于是走到第一个隔间使劲敲门，力道重得让整个隔间都震荡了起来。"我知道你在里面！"他说，"我能从缝隙里看到你。"

我觉得汤米不知道门后是麦克斯，因为门和墙之间的缝隙特别小，不可能看到他的整张脸。不过作为学校里的一个大块头的好处也就在这里，他尽可以敲一个小隔间的门，而不用担心门后是谁，原因在于他可以打倒学校里任何一个小孩儿。

想象一下那是什么感觉。

麦克斯没有搭腔，汤米又开始猛敲，"谁在里面？我想知道。"

"什么也别说，麦克斯！"我在门边说道，"他进不去，他最后会走的。"

可我错了。第二次麦克斯还不搭话时，汤米双手支地，跪在地上，将头探入门下，"白痴麦克斯。"他边说边笑，不是一个友善的笑，一个坏笑，"真不敢相信是你。我今天走运了。怎么了？那一下憋不住？"

"不是的，"麦克斯叫道，我能够听出他声音中的恐慌，"它已经出去了一半！"

情形实在是糟糕。

麦克斯被困在一个公共卫生间里，一个本来就让他惊恐的地方。他的裤子裹在脚踝上，他很可能还没有拉完。汤米·斯温登站在门的另一边，毫无疑问，汤米想揍麦克斯。只有他们两个人。当然除了我，但我的帮助有等于无。

麦克斯回答汤米时的语气最让我害怕。他的语气里不仅仅有惊慌，还有恐惧，就像电影里的人第一次见到鬼或怪兽。麦克斯只看见了隔间门下面怪兽的一瞥就吓坏了。他很有可能已经快卡壳了，那可不好。

"开门，白痴，"汤米说道，把头缩了回来，站起身，"快点儿，我要把你打扁。"

我不知道"打扁"是什么意思，但我的眼前浮现出汤米·斯温登转动麦克斯的头扔到卫生间那头，就像扔一个保龄球的画面。

"麦克斯·德莱尼占用中。"麦克斯大喊，他像小女孩儿一样尖叫道，"麦克斯·德莱尼占用中。"

"最后一次机会，白痴。开门，否则我就进来了！"

"麦克斯·德莱尼占用中。"麦克斯再次尖叫道，"麦克斯·德莱尼占用中。"

汤米·斯温登又跪在地上，准备趴到门下来，我不知道他要做什么。麦克斯比他班上的大多数孩子需要的帮助更多，我总是在他身边，随时给他提供帮助。哪怕那天他告发汤米·斯温登，我也告诉他小点儿声，求他"冷静点儿，别冲动，不要叫嚷"。麦克斯那天不会听我的，因为校园里出现了一把刀，违反了如此重要的一个规则，他没法儿控制自己。似乎整个世界都破碎了，他需要找到一个老师来修补。那天我没能阻止他，但我尝试过。

起码我知道该做什么。

但我现在不知道该做什么。汤米·斯温登就要爬到门下，进入麦克斯被困的小隔间，有可能麦克斯正坐在马桶上，膝盖抬到胸前，裤腿绕在脚踝上，吓呆了。如果他还没有哭，他马上就要哭了，等到汤米一路杀至门下，麦克斯很有可能尖叫，急促的呼吸，凄厉的尖叫，让他的脸发红，眼睛里充满泪水。他会把双手攥成拳头，脸埋在臂弯里，紧闭上双眼，发出那种细微刺耳的几乎是无声的尖叫，让我想起犬笛，充满空气中，但几乎没有声音。

在有老师到来之前，汤米·斯温登将把麦克斯打扁，不管那是什么意思。但我知道被打扁对任何孩子来说都不是好事，对麦克斯会更为糟糕，因为麦克斯就是那样。事情会永远跟随麦克斯。他从不忘记。即使是最最微小的事情也能永久地改变他。不管打扁是什么，它都将永远改变麦克斯。我清楚，但我不清楚该做什么。

"救命！"我想喊叫，"来人啊，救救我的朋友！"可是只有麦克斯能够听到。

汤米的头消失在隔间下面，我叫道："奋力抗争，麦克斯！奋力抗争！别让他到里面！"我不知道我为什么要说这些，这些话让我自己都吃了一惊。这不是一个好主意。这个主意并不巧妙，也谈不上新颖。但这是唯一能做的事，麦克斯只能抗争，否则就要挨打。

汤米的头和肩现在在隔间下面，我能看见他马上就要站起来了，接着他就会和麦克斯一起在隔间里，站在那个瘦小的抖个不停的身体旁边，就要伤害他，就要打扁他。

我像个傻瓜一样站在隔间外面，内心里我想进去站在我的朋友旁边，但是麦克斯不想让别人看见他裸露身体和上大号。我像麦克斯之前那样卡住了。

就在那时传来另一声尖叫，这次不是麦克斯，而是汤米在尖叫。不是麦克斯那种惊恐的细弱的尖叫，这是另外一种尖叫，一种更平常的尖叫。不是出于惊恐和害怕，而是不能相信刚刚发生的事情而尖叫。汤米边叫边说着什么，努力想站起身来，他忘了头上的门，他的背猛地撞上了门底，让他又尖叫了起来，这次是因为疼痛。这时门突然开了，麦克斯就站在门边，裤子差不多拉上去了，但没有扣上纽扣，也没有拉上拉链，他跨坐在汤米的头上。

"跑！"我喊道，他照做了，踩着了汤米的手，汤米又尖叫出声。麦克斯从我身边跑过去，使劲拉上他的裤子，接着他就到了门外。我跟着他。他没有左转往教室里跑，反而向右转弯，边跑边系上裤子纽扣，拉上拉链。

"你要去哪儿？"

"我还需要上卫生间，"他说，"护士办公室旁边的卫生间现在应该清理干净了。"

"汤米怎么了？"我问，"你做了什么？"

"我在他的头上拉屎了。"麦克斯说。

"有别人在卫生间，你上大号了？"我问。我真不敢相信他在汤米·斯温登的头上拉屎。这件事让人难以置信，但他在其他人在场的情况下上了大号，更令人惊奇。

"只是一点点，"麦克斯说，"他进来时我差不多快拉完了。"他沿着走廊又走了几步才补充道："今天早上我上过大号，这次就少多了。记得吧？这是个额外的大号。"

麦克斯担心汤米会告发自己，就像他告发汤米瑞士军刀那件事一样。但我知道汤米不会。因为没有孩子想要他的朋友或者他的老师知道有人在他的头上大便了。汤米现在肯定杀麦克斯的心都有了。真的想杀死他。让他的心跳停止或者其他置人于死地的方式。

但等那天到来时我们再担忧吧。

麦克斯可以忍受对死亡的恐惧，只要他不因为在汤米·斯温登的头上拉屎而惹上麻烦。孩子们总是害怕死亡，麦克斯也是如此，害怕汤米·斯温登把他掐死或者打烂他的鼻子，这很正常。可是孩子们不会因为在一个五年级学生的头上大便而被停学。那样的事只会发生在一个坏掉的世界。

我告诉麦克斯不要担心有麻烦。他对我半信半疑，但这已经足够让他不必失控。

此外，这件事已经过去三天了，我们连汤米的人影都没有见到。起初我以为他旷课了，我特意去帕伦蒂太太的教室看他来了没有。他在，坐在第一排，离老师最近，以便老师能盯紧他。

我不太清楚汤米是怎么想的。也许有人在他的头上大便这件事情让他非常尴尬，他决定把这件事整个都忘掉；也许他特别生气，打算在杀死麦克斯之前先折磨他，就像课间休息时孩子们用放大镜烧蚂蚁，而不是直接一脚踩死它们一样。

麦克斯就是这么想的，虽然我告诉他不是这样的。我知道他有可能是对的。

你不可能在像汤米·斯温登这样的孩子头上拉屎后还指望安然无事。

第三章
格雷厄姆

· · · ·

某一天我也会死，如果那是幻影朋友最终的命运。

我今天看见格雷厄姆了。在去食堂的路上我经过她的身边，她冲我招了招手。

她正在慢慢地消失。

我简直不能相信。

她挥手时，透过她的手，我可以看见她刺猬式的头发和露齿的笑容。

幻影朋友有的会过很久才消失，有的会很快消失，我觉得格雷厄姆没剩下多少时间了。

她的人类朋友是一个叫梅根的女孩儿，六岁了。格雷厄姆只活了两年，但她是我年纪最大的幻影朋友，我不想让她走。她是我除了麦克斯以外，唯一真正的朋友。

我担心她。

我也担心我自己。

某一天，若我在自己面前抬起手，看见麦克斯的脸在另一面，那时我就会知道我也在逐渐地消失。某一天我会死，如果那是幻影朋友们最终的命运。

肯定是这样。对吧？

我想跟格雷厄姆说话，但我不知道说什么。她是否知道自己正在慢慢地消失？

如果她不知道，我要告诉她吗？

在这个世界上，有很多幻影朋友我从来都没有见过，因为他们不离开家门。大多数幻影朋友不够幸运，不能去学校，不能像我和格雷厄姆这样自由地走动。麦克斯的妈妈有次带我们去她的一个朋友家里，我碰到了三个幻影朋友。他们全坐在黑板前面的小椅子上，双臂交叉，像雕塑一样一动不动，一个叫杰西卡的小女孩儿对他们背诵字母表，并要求他们回答数学问题。但是这几个幻影朋友不能行走，也不能说话。我走进游戏室时，他们在座位上冲我眨眨眼。就是那样。

只是眨眼。

这类幻影朋友都活不久。我曾在麦克斯的幼儿园班上看到一个幻影朋友突然冒出来，十五分钟后就消失了。如同有人在屋子中间给她充气，她越来越大，越来越大，越来越大，像人们在庆祝游行时卖的人形气球，直到她变得几乎和我一样大。一个高个子的粉红女孩儿，头上扎着马尾，脚上戴着黄花。但是故事时间结束时，又像有人突然扎了她一针，她渐渐缩小到我再也看不见。

眼看着那个粉红女孩儿消失，我非常害怕。十五分钟算不了什么。

她连整个故事都没有听完。

但是格雷厄姆在我身边待了这么久，我们认识两年了。我不相信她要死了。

我想冲她的人类朋友梅根发火，因为是梅根的过错。她不再相信格雷厄姆了。

格雷厄姆死后，梅根的母亲问到她的朋友去哪儿了时，梅根会这么说："格雷厄姆不在这儿住了。"或者说："我不知道格雷厄姆在哪儿。"或者说："格雷厄姆度假去了。"她的母亲会回过头微微一笑，心想她的小女孩儿长大了。

不！将要发生的不是这样的事情。格雷厄姆不会去任何地方度假。她不是搬去另一个城市或另一个国家。

格雷厄姆正在渐渐地死去。

因为你不再相信，小女孩儿，现在我的朋友快要死了，就因为你是唯一能看见和听见格雷厄姆说话的人。这并不意味着她不是真实存在的，我也可以看见并听见格雷厄姆说话。她是我的朋友。

你和麦克斯在上课时，我们有时在秋千那儿会面聊天。

你和麦克斯在休息时，我们常常玩捉迷藏的游戏。

那次我阻止麦克斯跑到正在行驶的车前，格雷厄姆说我是英雄。尽管我觉得我不是，但那种感觉仍然很棒。

现在她就要死了，因为你不再相信她了。

我们在食堂坐着。麦克斯在上音乐课，梅根在吃午餐。梅根在餐桌边自如地与其他女孩儿聊着天，看样子她不像以前那样需要格雷厄姆了。她在笑，她在大笑，她注视着在谈话的人，她甚至不时搭话。她现在是团体的一分子了。

她是一个全新的梅根。

"你今天感觉怎么样？"我问道，希望能让格雷厄姆自己提起消失的事情。

她确实这么做了。

"如果你指的是那件事，我知道发生了什么。"她说。听起来非常悲伤，从她的语气中还能听出她放弃了，似乎她已经屈服了。

"哦。"我说，一时间我不知道该说些什么。我盯着她，接着我假装看向别处，向后看看，向左看看，就像食堂角落里有声音吸引了我的注意力似的。我没法儿看着她，那意味着看穿她。最后，我把目光转回到她的身上。我强迫自己去看，问道："那是什么感觉？"

"没什么感觉。"她朝我举起双手，我能在她的手的另一面看见她的脸，这次没有笑容。仿佛她的双手是蜡纸做的。

"我不懂，"我说，"出了什么事？你跟梅根说话时，她还听得见吗？"

"是的，她也看得到我。刚刚在午休前的十分钟，我们还一起玩了'跳房子'的游戏。"

"那她为什么不再相信你了？"

格雷厄姆叹了口气，又叹了口气，"不是她不相信我，而是她不再需要我了。过去她害怕与其他孩子说话。她小的时候有口吃，现在没有了。她口吃时，错过了很多与其他孩子谈话和交朋友的机会。但如今她跟上了。两个星期前，她与安妮一起去玩。这是她有生以来第一次参加聚会。现在她跟安妮一直说个不停。昨天上课时，甚至因为本应该是阅读的时间她们却用来聊天而惹上了麻烦。今天女孩儿们看到我们在玩

'跳房子'的游戏时，她们也过来玩。"

"什么是口吃？"我问道，想知道麦克斯有没有口吃。

"就是说话不流畅，梅根过去说话经常卡壳。她明白该说什么词，但她的嘴却不听使唤。好多次我会非常慢地替她说出那个词，然后她就能说出来了。但现在她只在害怕、紧张或惊讶的时候才口吃。"

"她好了？"

"差不多吧。"格雷厄姆说，"平时赖纳太太辅导她，放学后大卫杜夫先生对她进行治疗。花了很长时间，不过目前她讲话流畅，因此她正在交朋友。"

麦克斯也在接受赖纳太太的辅导，不知道他是否可以被治愈，不知道大卫杜夫先生是不是麦克斯的妈妈想让他见的那位治疗专家。

"那现在你要做些什么？"我问道，"我不希望你消失。怎样才能阻止这一切的发生？"我担心格雷厄姆，但我提出这些问题也是为了我自己，以免她就在我的眼前消失。在我还有机会时我需要问出这些问题。

格雷厄姆张开嘴想说什么，但又停了下来。她闭上双眼，摇了摇头，用手揉着眼睛。不知道她是不是犯了口吃，但她突然哭了起来。我努力回想以前是否见过一个幻影朋友哭泣。

我认为没有。

她头垂到胸部不住地啜泣。泪水顺着她的脸颊往下流，有一滴泪水从她的下巴滴落。我看着它落下，在桌面溅开来，然后完全消失。

就像格雷厄姆不久以后的命运。

我感觉自己回到了男卫生间。汤米·斯温登在隔间下面爬；麦克斯坐在马桶上，裤腿绕在脚踝上；我站在角落里，不知道该说什么，也不知道该做什么。

我一直等到格雷厄姆由啜泣转为抽噎，等到她不再流泪，等到她再次睁开眼睛。

然后我说："我有一个主意。"我等着格雷厄姆说点儿什么。

她只是抽噎。

"我有一个计划，"我又说，"一个救你的计划。"

"真的吗？"格雷厄姆说，看得出来她不相信。

"是的，"我说，"你要做的就是成为梅根的朋友。"可情况不是这样，话一出口我就意识到了。

"不，等等，"我说，"不是那样。"我停了下来。我有想法，但我需要找到合适的表达方式。

"流畅地说出来。"我想着。

而后我知道该怎么说了。

"我有一个计划，"我又说道，"我们需要确保梅根仍然需要你。我们必须找到一个方法让梅根的生活没法儿离开你。"

真不敢相信我们没有早些想到这一点。梅根的老师——潘道夫太太，每星期五都要进行一次拼写测试，梅根总是做不好这些测试。

我认为麦克斯从来没有拼错过单词，但是格雷厄姆说梅根每个星期拼错大约六个单词，是测试单词的一半，虽然格雷厄姆不知道十二的一半是六。这个她不知道，让我觉得有些不可思议，因为这是显而易见的事情。我是说，六加六等于十二，你怎么会不知道十二的一半是六呢？

不过话说回来，麦克斯和我在一年级时，我恐怕也不知道十二的一半是多少。

但我想我是知道的。

趁梅根吃午饭的时间，格雷厄姆和我列了一个有关梅根的问题的清单。我告诉格雷厄姆我们需要找出一个她能够自己解决的问题，等她解决后，梅根就会知道自己有多么需要格雷厄姆。

格雷厄姆觉得这是一个很棒的主意。"这应该会奏效。"她说。自从她感觉心灰意冷以来，这是她第一次睁大眼睛，神采奕奕，"这是一个好主意，也许真的会管用。"

我估计任何主意格雷厄姆都会觉得是好主意，因为她在不断地消失。

我跟她说她的耳朵没有了，想逗她发笑，实际上她一开始就没有耳朵，但对我的笑话她无动于衷。她很害怕，说她感觉今天更不真实了，如同她就要升至空中飘走。我想向她讲太空中的卫星，它们的轨道如何衰减，然后它们也会在空中飘，看她是否就是那种感觉，但我马上停了下来。

她不会想谈论这个。

去年麦克斯给我讲了轨道衰减的事情。他在一本书上看到的。我很幸运，麦克斯非常聪明，并且热爱读书，我也就学了很多知识。因此我知道十二的一半是六，还知道卫星能脱离轨道，永远在空中飘浮。

我很高兴我的人类朋友是麦克斯，而不是梅根。梅根连"船"这个词都拼不出来。

就这样，我们列了有关梅根的问题的一个清单。当然，我们没法儿把清单写在纸上，我们都提不了笔。好在这个清单很短，我们能够记下它的内容。

心情低落时说话口吃；

怕黑；

常犯拼写错误；

不会系鞋带；

每晚睡觉前发一通脾气；

拉不上上衣的拉链；

打球越不过投手。

这个清单并不让人满意，因为在很多事情上格雷厄姆都帮不上她的忙。如果格雷厄姆会系鞋带或者拉拉链，她或许就可以系好梅根的运动鞋，拉上梅根的上衣，但她做不到。我只知道有一个幻影朋友能触摸并移动人类世界中的物品，但哪怕我求他，他也不会帮我们。

何况我特别怕他，不会去找他。

我不清楚什么是发脾气，于是格雷厄姆解释给我听。听起来跟麦克斯卡壳的情况很像。梅根不喜欢睡觉，每当她妈妈提醒她到了刷牙的时间时，她就开始尖叫跺脚，有时她爸爸不得不把她拎到卫生间。

"每天晚上都这样吗？"我问格雷厄姆。

"嗯。她满脸通红，浑身是汗，最后就哭起来。不少晚上她都是因为哭累了而睡着的。我真为她难过。不管她的爸妈和我对她说什么都没用。"

"唉！"我叹气道，没法儿想象每天晚上听人发一通脾气是多么让人恼火。麦克斯并不经常陷入卡壳的境地，但是他发作的时候，就像他在内心里发脾气。他变得很安静，手攥成拳，身体微微颤抖，但他的脸不会发红，也不流汗，也不尖叫。我认为他在内心做着所有这些事情，但是从外表来看，他只是卡住了。有时要过很久他才能恢复过来。

但起码发生这样的事情时，麦克斯不吵人，也不闹人，也绝不会因为到了睡觉时间就发作。麦克斯喜欢睡觉，只要到了合适的时间。

晚上八点半。

如果太早或太晚，他会不高兴。

我想不出有什么办法可以让格雷厄姆帮助梅根缓解发脾气的症状，因而单子上没剩下多少可做的事情了。我们又回到了拼写测试。

"我怎样可以帮助她拼写呢？"格雷厄姆问道。

"我教你。"

潘道夫太太把每周要拼写的单词挂在教室前面的图纸上，像格斯科太太一样。星期四下午她把图表取下来，格雷厄姆和我这一天的最后一个小时便站在图表前面记忆每个单词。我从来没有特别关注过麦克斯的拼写测试，也没仔细听过格斯科太太的拼写课，所以这个过程比我想象的要难。难多了。

不过一个小时后，格雷厄姆已经能准确地拼出每一个单词了。

明天梅根做测试时，她会站在梅根旁边，当梅根拼错时，格雷厄姆就告诉她正确的拼法。这是一个特别好的方案，因为梅根每个星期都要进行拼写测试，因此这将不会是一次性的事情。她每个星期都可以帮助梅根。也许她还能在其他测试上帮到梅根。

这或许真能奏效，如果格雷厄姆今天晚上不消失的话。幻影朋友芬格先生曾告诉我大多数的幻影朋友是在他们的人类朋友睡觉时消失的。但他那么说，兴许只是他胡诌来唬我的。这样的事别人怎么会知道？我几乎要告诉格雷厄姆尽力让梅根今晚保持清醒，以防芬格先生说的是真话。可是梅根才六岁，这么小的孩子不可能一夜不睡。不论格雷厄姆做什么，她最终都会睡着的。

我只能祈求格雷厄姆能熬过今晚。

麦克斯对我很恼火，因为我花了太长时间与格雷厄姆在一起。实际上他并不知道我与格雷厄姆在一起。他只知道我在别的地方，他很生气。这让人很欣慰。若有一段时间看不到麦克斯，我总是会有点儿紧张，但如果他因为我没有总在他身边而恼怒，这说明他一直挂念着我，想念我。

"我要上卫生间，可你不在，没人帮我查看卫生间，"麦克斯说，"我不得不敲门。"

我们现在在回家的校车上。麦克斯蹲坐在座位上，对我耳语，这样其他孩子就听不到我们的谈话。但其实只要他们想听，他们总能听到。麦克斯看不到其他孩子能看到的东西，但我能。我不会一叶障目，不见森林。

"我要上卫生间，可你不在，没人帮我查看卫生间。"麦克斯又说了一遍。如果别人不回答他的问题，他会一直重复，他要得到一个答案后才能说下一件事情。不过麦克斯并不用问句的形式来问问题。很多次他只是平实地说，希望对方明白这是一个问题。如果他要重复自己的话三四次——对我，他从来不需要重复，但有时对他的老师和他的爸爸，他得如此——他会非常沮丧。偶尔这会让他卡壳。

"我刚才在汤米的教室，"我说，"我想看看他下一步有什么计划。我要确认这个星期他不会展开报复行为。"

"你在秘密地监视他。"麦克斯说，这也是一个问句，虽然他并没有用疑问的口气来说。

"没错，"我说，"我在秘密地监视他。"

"好吧。"麦克斯说道，我能看出他还是有一点儿恼火的。

我不能告诉麦克斯我刚才跟格雷厄姆在一起，我不想让麦克斯知道存在其他的幻影朋友。如果他认为我是这个广袤的世界里唯一的幻影朋友，他会觉得我很特别，觉得我独一无二。这样不错，我觉得。

这有助于我存留。

但是如果麦克斯知道有其他的幻影朋友，那么他对我生气的时候，比如像现在这样，他就可以忘掉我，想象一个新的幻影朋友。那样的话，我就要消失了，如同正在消失的格雷厄姆。

这让我很不好受，我想告诉麦克斯有关格雷厄姆的事。一开始我想告诉他，是因为我认为他帮得上忙。也许麦克斯能想出一个好主意，他非常聪明。也许他能帮助我们解决梅根的一个难题，譬如教她系鞋带，然后告诉梅根那是格雷厄姆的主意，那样一切都会归功于格雷厄姆。

但现在我想告诉麦克斯这些，是因为我害怕。我害怕失去我的朋友，我没有其他人可以倾诉。我猜我可以跟帕贝聊聊，但我跟它不太熟，肯定不如我跟麦克斯和格雷厄姆熟。并且即使帕贝可以说话，跟一只狗谈话也感觉怪怪的。麦克斯是我的朋友，他应该是那个当我悲伤和害怕时倾吐的对象。但是我不能。

我只是希望格雷厄姆明天能到学校来，而且我们还不太晚。

麦克斯的父亲喜欢告诉别人，他和麦克斯每天晚上都会在后院玩抛接球，像他们今天晚上在做的一样。他告诉每个人麦克斯会玩，有时候不止一次，但他通常等到麦克斯的妈妈不在时才说。如果他知道她马上回来的话，她一离开房间，他就说这件事。

但是他和麦克斯并没有真正地在玩抛接球。麦克斯的爸爸把球扔给麦克斯，麦克斯任球落在地上滚，当球停止转动时，他捡起来试着抛回。只不过麦克斯的爸爸总是站得离麦克斯比较远，让他够不着，虽然他告诉麦克斯"投入进去""用力扔""全力以赴，儿子"。

每当他们玩抛接球游戏时，麦克斯的爸爸叫麦克斯"儿子"而不是"麦克斯"。

但即使麦克斯"投入进去"并"全力以赴"（我不明白这两个词是

什么意思，我想麦克斯也不懂），球也永远都传不到他爸爸的手上。

如果麦克斯的爸爸想要球到他的手上，为什么他不站近一点儿？

麦克斯现在在睡觉。没有闹脾气，当然。他刷过牙，换上星期四晚上的睡衣，读了一个章节的书，然后在八点半躺了下来，头搁在枕头上。麦克斯的妈妈今晚有个会面，于是麦克斯的爸爸吻了一下他的前额并道了晚安。他关上麦克斯房间的灯，扭亮了小夜灯。

有三个。

黑暗中，我坐在麦克斯的床边，记挂着格雷厄姆，寻思着还有没有什么事情我没有想到，是否还有什么事情我能做。

过了一会儿，麦克斯的妈妈回来了。她悄悄地进入房间，踮起脚俯身吻了一下麦克斯的额头。麦克斯允许他的父母亲他，但动作必须要快，只能在脸颊或前额。每次他们吻他时，麦克斯都会往后退缩。不过麦克斯像这样睡着时，他的妈妈可以给他一个更长的吻，通常是在前额，有时也在脸颊上。偶尔为了吻麦克斯，她在睡觉之前，一晚上会去他的房间两三次，哪怕是她送的他上床睡觉并且已经吻过他了。

有一天吃早饭时，麦克斯的妈妈告诉他，在他睡着后她给了他一个晚安吻。她说："昨天晚上我亲吻你、向你道晚安时，你看起来真像一个天使。"

"是爸爸送我上床睡觉的，"麦克斯说，"不是你。"

这就是麦克斯一个不像问句的问句。我知道，麦克斯的妈妈也知道。她总明白，她比我更懂。

"没错，"她说，"我昨晚去医院看外公了，但我回来后，我悄悄地去了你的房间，给了你一个晚安吻。"

"你给了我一个晚安吻。"麦克斯说。

"是的。"他的妈妈说。

随后，我们乘校车去学校时，麦克斯蹲坐下来后问我："妈妈亲我的嘴唇了吗？"

"没有，"我说，"亲了前额。"

麦克斯摸了摸他的前额，接着看着他的手指。"是一个很长的吻吗？"他问道。

"不是的，"我说，"超短。"但这不是事实。我不怎么对麦克斯撒谎，但这么回答是因为我觉得这样对麦克斯和他的妈妈都更好。

他的妈妈不在家，没有送他上床睡觉时，麦克斯仍然会问我他的妈妈有没有给他一个长吻，我总是回答："没有，超短。"

我从来没有告诉过麦克斯，他的妈妈在睡觉之前给他的额外的亲吻的事。

但这算不上撒谎，因为麦克斯从来没有问过我，她有没有给他额外的亲吻。

麦克斯的妈妈在吃饭。她热了那盘麦克斯的爸爸留下来的剩饭剩菜。麦克斯的爸爸坐在她对面看一本杂志。我不是一个很好的读者，但我知道这本杂志的名字是《体育画报》。每个星期，报刊递送员都要给麦克斯的爸爸送来一本《体育画报》。

我有点儿恼火，因为看来麦克斯的爸妈不会马上看电视，而我想看电视。我喜欢挨着麦克斯的妈妈坐在沙发上看电视节目，在放广告的时间听他们谈论节目。

广告是在大节目之间的一些小节目，但大部分广告都无聊乏味。没人真的看广告。人们利用广告时间聊天、去洗手间或者给杯里添点儿汽水。

麦克斯的爸爸老是抱怨没有好的电视剧，他说那些故事很"荒唐"，有太多"错失的机会"。我不太明白那是什么意思，如果能允许他去告诉角色做什么，那些电视剧会更精彩。

有时他的牢骚会引来麦克斯妈妈的反感，她就是喜欢看那些电视剧，而不去寻找"错失的机会"。"我就想放松一下。"她说，我同意她的看法。我看电视剧不是为了去改进它们，我就是喜欢那些故事。大多数的时候，麦克斯的爸妈会因为情节好玩而笑，当情节很恐怖或紧张时，他们就咬自己的指甲。我想麦克斯的爸妈并不知道看电视时他们在同一时间咬自己的指甲。

他们还喜欢预测下一集会发生什么。我不清楚，但我估计麦克斯爸妈三年级的老师肯定是格斯科太太，因为她总是要求学生们预测一下她正在读的书，并且似乎做预测是麦克斯的爸妈最喜欢做的事情。我也喜欢做预测，为的是稍后我可以印证是否正确。麦克斯的妈妈喜欢预言有好事将要发生，即使一切看起来都很糟糕。我一般会预测可能出现的最坏的结果，有时我是对的，尤其我们看电影时。

因此我今晚非常担心格雷厄姆，我忍不住去想最糟糕的情况。

有几个晚上，我不得不坐在椅子上，因为麦克斯的爸爸坐在麦克斯的妈妈旁边，搂着她，挨得特别近，他们都面带微笑。我喜欢这样的夜晚，他们很开心，但同时我也感到有点儿受冷落，好像是个局外人。在这样的夜晚，我有时离开，特别是他们一起看没有故事情节的节目时，像人们选定谁唱得最好、获胜者赢取奖金这样的节目。

实际上，我认为看谁唱得最差更有意思。

麦克斯的爸妈长时间没有说话了。她在吃饭，他在看杂志。只听得到刀叉触碰盘子发出的叮当声。麦克斯的妈妈从来不这么沉默，除非她想要麦克斯的爸爸先开口。通常她有说不完的话，但有时他们吵架后，她就等着看麦克斯的爸爸会不会先说话。她从来没有告诉过我这些，但我观察了他们这么长时间，早就明白了。

我不知道今晚他们为什么争吵，这就像看一出电视剧。我知道他们马上要吵嘴，但我不清楚具体的内容。这是一个谜。我估计与麦克斯有关，他们经常为此吵架。

吃完饭后，麦克斯的妈妈终于开口了："你考虑过看医生吗？"

麦克斯的爸爸叹了口气："你真的认为有这个必要？"他没有从杂志上抬起头来，这是一个不好的信号。

"十个月了。"

"我知道，但十个月并不是一段很长的时间。我们以前没碰到什么麻烦。"他现在看着麦克斯的妈妈。

"我知道，"她说，"那我们要等多久？我不想等到一两年后，我们跟别人聊起时才发现有问题。我宁愿现在就知道，这样一来我们能采取些措施。"

麦克斯爸爸的眼睛转了转："我只是觉得十个月并不是那么难以等待的一段时间。斯科特和梅勒妮花了快两年的时间。记得吗？"

麦克斯的妈妈叹了口气。我不清楚她是伤心、沮丧还是别的什么。

"我知道，"她说，"可跟别人说一下不会有害处，对吧？"

"对，"麦克斯的爸爸说道，听起来有点儿生气，"如果跟别人说说是我们必须做的事情，那没什么。可是如果我们有问题，跟一个医生谈不会有用。他们要做测试。才十个月。"

"难道你不想知道？"

麦克斯的爸爸没有搭话。如果麦克斯的妈妈是麦克斯，她会重复这个问题，但有时大人们不回答一个问题也是一种回答。麦克斯的爸爸现在就是这样。

等他最终说话时，他回答了麦克斯妈妈的第一个问题，而不是最后一个："好吧，我们去看医生。你能预约一下吗？"

麦克斯的妈妈点了点头。我以为麦克斯的爸爸同意后，她会高兴，可她仍然板着脸。麦克斯的爸爸看上去也很沮丧。他们都没有看着对方。一次也没有。仿佛他们之间隔着一百张餐桌，而不是一张。

我也为他们感到难过。

如果他们只是看电视，这样的情景永远不会发生。

我告诉麦克斯我还要去察看一下汤米·斯温登的情况。他没有介意，他早上上过大号，直到中午为止，他不需要我去核查卫生间了。

况且一大早，格斯科太太正在给全班朗读。麦克斯喜欢听格斯科太太朗读。他的注意力都集中在她的声音上而忘掉了其他的一切，他或许都没发觉我走了。

我没有去汤米·斯温登的班上，我去了潘道夫太太的教室。我其实不想去，我害怕我将要发现的事实，或者说我不会发现的事实。

我走进教室，这间教室比格斯科太太的教室更整洁有序，所有的书桌都排列得整整齐齐，潘道夫太太的讲桌上也没有堆积成山快要滑倒的文件。可以说是太干净了。

我从房间的这一边看向那一边，又从那一边看回这一边。格雷厄姆不在。我查看了书架后面的角落和衣帽间。她也不在那里。

孩子们坐在座位上，盯着站在教室前面的潘道夫太太。她指着一张日历讲述着日期和天气。写着这周要拼写的单词表的图纸已经不在了。

我看见了梅根，她坐在靠近教室后面的地方。她的手举着，想回答潘道夫太太有关十月份天数的问题。

三十一。我知道答案。

我没有看见格雷厄姆。

我想走到梅根的身边，问她昨天晚上是不是不再相信她的幻影朋友了。

"你不再相信那个尖头发的女孩儿了吗？在你不知道如何交谈，大家都取笑你的时候，她一直都陪在你的身边。

"你一不口吃，就忘记你的朋友了？

"你注意到她在消失吗？

"你杀死了我的朋友吗？"

梅根听不到我说话。我不是她的幻影朋友，格雷厄姆才是。

格雷厄姆过去是。

这时我看见她了。她就站在离梅根几步远的地方，接近教室的后面，但我几乎看不见她。我透过她径直看到窗户，我之前竟然不知道她在那里。就像很久以前有人在窗子上画了她的画像，如今褪色破损了。要不是她眨了下眼睛，我甚至不会注意到她。我先察觉到的是那个动作，不是她。

"我以为你看不到我。"格雷厄姆说。

我不知道该说什么。

"没有关系，"格雷厄姆说，"我知道要看到我有多难。今天早上当我睁开眼睛时，一开始我都看不见自己的手。我以为自己已经消失了。"

"我不知道你睡觉。"我说。

"是的，我当然睡觉。你不睡觉？"

"不。"我说。

"那麦克斯睡觉时，你干什么？"

"我跟他的父母在一起，一直到他们睡觉。"我说，"然后我外出散步。"

我没有告诉她我去街角那家加油站，也没有告诉她我去杜奇斯热狗餐厅、医院和警察局。我从没告诉过任何幻影朋友我在这些地方逗留过。我感觉它们是属于我的。我自己的特别的事情。

"哇，"格雷厄姆说，我第一次注意到她的声音也开始变弱，听起来虚幻，有气无力，就像她隔着一扇门说话，"我从不知道你不用睡觉。我为你而感到难过。"

"为什么？"我问，"睡觉有什么好？"

"睡觉的时候会做梦。"

"你做梦？"我问。

"当然，"格雷厄姆说，"昨天晚上我梦见梅根和我是孪生姐妹。我们一起在沙地上玩，我的手指可以摸到沙子。我可以把沙子握在手里，让沙子从我指间滑下，就像梅根做的那样。"

"真不敢相信你做梦。"我说。

"真不敢相信你不能。"

有一会儿，我们两人都没有说话。教室前排一个叫诺曼的男孩儿正在谈论他参观老纽格特监狱的经历。孩子们是不准进入监狱的。但我不明白为什么潘道夫太太没有揭穿他。假使格斯科太太听见诺曼讲这个故事，她会说："真可惜，太丢脸了！来让所有人知道你的大名！"那么诺曼将不得不说实话。

诺曼手上拿着一块小石头，他说它来自监狱，说它来自"地雷"。这也完全说不通，地雷是士兵们埋在地下的炸弹，当其他士兵经过踩到地雷时，它就会爆炸。麦克斯模拟过为他的玩具兵挖雷区，因而我知道。诺曼怎么能从一颗地雷里得到一块石头？

但是诺曼骗过了所有人，班上的所有孩子现在都想摸那块石头，哪怕它很可能就是他今天早上在操场上捡的一块石头。就算他确实是在一颗地雷上面或地雷下面发现的，它仍然只是一块石头。为什么大家如此激动？潘道夫太太不得不告诉大家"坐回原位，放松"。格斯科太太想让孩子们放松时，她会说："别着急，别慌张。"我不知道这是什么意思，但听起来很有趣。

潘道夫太太又一次让大家坐下来。她允诺如果大家耐心一点儿，会给每个人一次握一下那块石头的机会。

"就是一块破石头罢了。"我想喊。

这些愚蠢的行为继续上演，而我的朋友正在死去。

"拼写测试是什么时候？"最后我问道。

"接下去就是了，我想。"格雷厄姆说，她的声音比刚才更微弱，似乎她站在三扇门的后面，"通常展示和讲述活动一完，她就进行测试。"

格雷厄姆说得没错，诺曼讲完他编造的监狱之行的谎话，每个人都摸了他那块破石头后，潘道夫太太终于分发了拼写测试的白线试卷。

测试期间，我站在教室的后面，格雷厄姆站在梅根的旁边。我几乎再也看不到她了。她站着不动时，几乎完全消失了。

我站在后面，希望梅根至少犯一个错。虽然她拼写能力很差，但格雷厄姆说有时她也能全部拼对。如果今天她全都拼对了，我们将没有时间去制订一个新的计划。

我感觉格雷厄姆随时可能消失。

这时愿望实现了。潘道夫太太说"giant（巨大）"，梅根在试卷上写下这个单词。一秒后，格雷厄姆探过身来，指着那个单词说了些什么。梅根拼错了，可能开头写的是"j"而不是"g"。看见她擦掉重写，我很开心。

三个单词后，同样的情况又出现了，这次出现在单词"surprise（惊喜）"上。到测试结束时，格雷厄姆帮助梅根拼对了五个单词。我等待着消失逆转，现在我的朋友随时会再次完整地出现，她会再次平安无事。

我等待着。

格雷厄姆等待着。

测试结束了。我们坐在教室后面的一张小桌子旁，四目相对。我等待着可以跳起来大叫的那一刻："一切正在发生！你回来了！"

潘道夫太太的注意力转移到数学上了，我们仍然等待着。

但是事情没有发生。事实上，我认为她消失得更厉害了。格雷厄姆就坐在离我三英寸远的地方，我几乎看不见她。

我怀疑我的眼睛出了问题，它们肯定在跟我开玩笑，但我明白事实就是那样。格雷厄姆仍在消失，她变得越来越透明。

我不能告诉她。我不想告诉她计划没有作用，它本该有效的。它必须有效。

但是没有。格雷厄姆在消失，她几乎不见了。

"没有用，"她最后打破沉默，说道，"我感觉得出来。没关系。"

"必须有用，"我说，"因为你，她拼对了所有的单词。她需要你，她现在知道这一点。必须有效。"

"没有用，"格雷厄姆说，"我感觉得出来。"

"疼吗？"一说出口，我就希望我没有问。问这个问题让我觉得难受，因为我是为我自己而问，不是为我的朋友。

"不，"格雷厄姆说，"一点儿也不疼。"尽管很难看到她，但我认为她在笑。"就像我在飘浮，无拘无束。"

"肯定有别的事情我们能做。"我说，听起来焦急万分，但我没有办法。我感觉自己在一艘就要沉入海中的大船上，没有小船来救我。

格雷厄姆应该在摇头，但我说不准。现在看到她太难了。

"我们肯定能做点儿事情的，"我又说道，"等等。你说过梅根怕黑。告诉她床底下住着一只怪兽，它只在晚上出来，就是因为你，她才没有被吃掉。告诉她每天晚上你保护她不受怪兽的侵袭，如果你死了，她就会被吃掉。"

"布多，我不能。"

"我知道这样做不道德，可是如果你不这么做，你就要死去。你必须试一试。"

"没关系，"格雷厄姆说，"我准备好离开了。"

"你这么说是什么意思？离开去哪儿？你知道你消失后会发生什么吗？"

"不，但没关系，"她又说了一遍，"不管发生什么，我会好好的，梅根也会好好的。"

我几乎听不见她说话了。

"你必须试一试，格雷厄姆。告诉她，她需要你！告诉她，床底下有一只怪兽！"

"不是那样的，布多。问题不在于梅根是否需要我。我们错了。梅

根长大了。首先是我，接着会是牙仙①，明年就会是圣诞老人。她现在
是个大女孩儿了。"

"但是牙仙不是真的，而你是真实存在的。抗争，格雷厄姆！请抗
争！不要离开我！"

"你是我的好朋友，布多，但我必须走了。我现在要去坐在梅根旁
边，最后的几分钟我想与她一起度过。坐在我的人类朋友的旁边。这是
我唯一真正感到伤心的事。"

"什么？"

"我再也看不到她了，看不到她长大。我会非常想念梅根的。"她
停顿了一下，接着补充说，"我十分爱她。"

我哭了起来。一开始我不知道，因为我从来没有哭过。我的鼻子
突然塞满了鼻涕，我的眼睛也湿润了。我感觉既温暖又悲伤。万分地悲
伤。我感觉我的眼睛像一根有个结的软管，只想放手四处喷水。我感觉
我的泪水就要喷涌而出。我很高兴我在哭，因为我不知道该对格雷厄姆
说些什么告别的话，而我必须说。格雷厄姆马上就要离开了，我就要失
去我的朋友了。我想道别，想告诉她我有多么爱她，但我不知道怎么说
才好，但愿我的眼泪替我说明了一切。

格雷厄姆站起身对我笑。她点了点头，走到梅根的身边，在梅根的
后面坐了下来，在梅根的耳边低语。我认为梅根没有听见她说话，因为
梅根正在微笑着听潘道夫太太讲课。

---

① 传说中将儿童脱落的乳牙取走并在其枕下留一枚硬币的仙人。

　　我站起身，走到门边。我想离开，我不想格雷厄姆消失时我在这里。我再一次回头看。梅根又举起了手，准备回答另一个问题。她流畅地回答。格雷厄姆仍坐在她的身后，坐在一把一年级学生用的小椅子上。我几乎看不见她了。如果潘道夫太太打开窗户让一阵微风吹进来，那就足够把格雷厄姆最后剩余的那一点永远地吹走。走之前我又看了她一眼，格雷厄姆还在笑。她盯着梅根，伸长脖子看那个小女孩儿的脸。她在笑。

　　我转过身，把我的朋友留在了身后。

第四章
万圣节的枪声
· · · · · ·

我刚刚看见我的朋友被一把真枪击中,挨了一颗子弹,我没法儿不去想这件事。我希望麦克斯的妈妈也可以安抚我,亲吻我的额头。

　　格斯科太太在讲授数学。孩子们分散在教室四处，掷骰子、扳着指头数数。我花了一分钟查看了教室的各个角落，但是麦克斯不在这里。很好。麦克斯讨厌这些游戏，他讨厌掷骰子和孩子们掷出双六时的尖叫。他只想一个人待着解他的数学题。

　　我不清楚麦克斯现在该在哪里。他可能与麦克金太太和帕特森太太在学习中心，也可能在休谟太太的办公室。很难跟得上他的行踪，因为一天之中，他要见许多位老师。我也不大会认有指针的钟，而格斯科太太的教室里只有这种钟。

　　我先去了休谟太太的办公室，它离格斯科太太的教室最近，但是麦克斯不在那里。休谟太太正在跟校长谈论一个男孩儿，听起来很像是汤米·斯温登，不过他的名字是丹尼，上二年级。校长似乎很担心。谈论丹尼时，她三次用了"处境"这个词。大人们多次使用"处境"这个词时，那表示情况不妙。

　　校长帕尔默太太，是一位年长的女士，不喜欢惩罚孩子或让他们退学，她跟休谟太太探讨着让学生守规矩的其他方法。她认为如果让一个像汤米那样的孩子在幼儿园里做志愿者，他就会规矩点儿。

　　我认为那恰好给了汤米·斯温登一个欺负更小的孩子的机会。

休谟太太认为帕尔默太太的想法不切实际。我听过她不止一次对其他老师这么说。休谟太太认为，如果帕尔默太太多让像汤米·斯温登这样的孩子放学后留校，他或许就不会在卫生间打像麦克斯这样的孩子。

我赞同休谟太太的观点。

麦克斯的妈妈说正确的事往往是最难的。帕尔默太太估计还不懂得这个道理。

我沿着走廊一直走，查看了学习中心，但麦克斯也不在这里。麦克金太太正在辅导男孩儿格雷戈里。他读一年级，患了一种称作癫痫的病，他必须一直戴着头盔，以防发病时摔到脑袋。癫痫相当于是闹脾气与卡壳的混合。

要是我替格雷厄姆想出了一种缓解梅根闹脾气的方法，格雷厄姆就还会在这里。也许梅根并不在意单词拼写，也许我们需要解决比拼写测试更重大的问题。

麦克斯很有可能在护士办公室旁边的卫生间。毕竟他很有可能有额外的大号要上。如果事实如此，麦克斯准要疯了，因为他连续两天不得不敲门。

但是麦克斯也不在卫生间，卫生间里面是空的。

我有些担心了。

剩下唯一的麦克斯可能在的地方，那就是赖纳太太的办公室，但是麦克斯只在星期二和星期四见他的演讲老师。也许他今天与她在一起是出于某种特殊的原因，也许赖纳太太下星期二要去参加婚礼。这是他唯一可能在的地方。但是赖纳太太的办公室在学校的另一边，去那里我必须经过潘道夫太太的教室。

我有整整三分钟没有想起格雷厄姆，感觉好了点儿。我在想格雷厄姆是否已经完全消失了。如果我经过那间教室往里看，不知道还能不能看见她坐在梅根的后面。也许我将看见我的朋友留下来的些许痕迹。

我想等麦克斯回到格斯科太太的教室来，但我知道我应该去赖纳太太的教室见他。看见我会让他高兴。老实说，我也想见麦克斯。眼看着格雷厄姆消失让我比以往更想看到麦克斯，即使这意味着要经过潘道夫太太的教室。

但我没有去那里。

在穿过学校里隔开小孩子区与大孩子区的体育馆时，我看见了麦克斯。他穿过一道通向外面的双扇门走进了校园。这不合常理。现在不是休息时间，这道门也不是通往操场的。它面向停车场和街道。我从没看见有孩子穿过这道门。

帕特森太太在他后面走了进来。进入学校时她停了下来，左顾右盼，仿佛她期待看见有人在门边等着。

"麦克斯！"我叫道。他回头看了看我，一句话也没有说。他知道如果他跟我说话，帕特森太太会问个没完。有些大人向麦克斯问起我时，跟他讲话的语气就像他还是一个婴儿。他们会说："布多现在跟我们在一起吧？"或者会说："布多有什么想对我说的话吗？"

"有，"我总是告诉麦克斯，"告诉他我想打烂他的鼻子。"

但他从来没有这么说过。

还有一些大人听到麦克斯谈论我时，会认为麦克斯生病了，有问题。有时他们甚至看上去有点儿怕他。因此我们几乎从来不在别人面前交谈。有人从远处看见麦克斯在操场、校车上或卫生间跟我说话时，他就说他在自言自语。

"你去哪儿了？"我问道，虽然我知道麦克斯不会回答。

他回头往外面停车场的方向看了一眼，眼睛睁得大大的，向我表明不管他刚才在哪里，情况都不赖。

我们朝格斯科太太的教室走去，帕特森太太领路。在到达教室门之前，她停了下来，转过身看着麦克斯。然后她弯下腰来与麦克斯四目相对：

"记得我说过的话，麦克斯。我只想让你得到最好的。只有我知道什么对你是最好的。"

我不能肯定，但帕特森太太的最后一句话更像是对她对自己说的，而不是对麦克斯。

她正要说点儿别的时，麦克斯打断了她："你一遍遍地说同一件事情时，让我感到烦恼。这让我觉得你认为我不够聪明。"

"对不起，"帕特森太太说，"我不是那个意思。你是我认识的最聪明的男孩儿。我不再说那些了。"

她停了下来，我能看出她在等待麦克斯说些什么。这种情况经常发生。麦克斯没有注意到停顿。当跟他说话的人停下来，期待麦克斯说点儿什么时，他只是等着。如果没有问题需要回答，他也没什么想说的，他就什么也不说。沉默并不会让他像跟他交谈的那个人一样局促不安。

帕特森太太最后又开口了："谢谢你，麦克斯。你真是一个既聪明又可爱的小伙子。"

即便我认为帕特森太太说的是真话，她的确认为麦克斯聪明可爱，她说话的腔调与有些人跟麦克斯谈论我时的调子也一样，同样是儿语。她听起来假惺惺的，似乎她在努力显得真实，而不是原本就是真实的。

我一点儿也不喜欢帕特森太太。

"你今天跟帕特森太太去哪儿了？"我问。

"我不能告诉你，我答应要保守秘密。"

"但是你从不对我保密。"

麦克斯咧嘴而笑，不算是一个笑，但是接近于麦克斯的笑："之前从来没有人要求我保密。这是我的第一次。"

"是一个不好的秘密吗？"我问。

"这么说是什么意思？"

"你做了坏事吗？帕特森太太做了坏事吗？"

"没有。"

我思考了一会儿："你们在帮助某个人？"

"算是，这是一个秘密。"麦克斯说，他又咧嘴而笑，眼睛睁得很大，"我不能告诉你更多了。"

"你真的不告诉我？"我问。

"是的，这是一个秘密，我的第一个秘密。"

麦克斯今天没有去学校。今天是万圣节，在这一天麦克斯不上学，他害怕孩子们在万圣节聚会期间戴的面具。上幼儿园时，看到一个叫JP的男孩儿戴着蜘蛛侠面具从卫生间走出来后，麦克斯就吓蒙了。这是他第一次在学校卡壳，老师不知所措。我从来没看到过一个老师那么惊恐。

在麦克斯读一年级时，万圣节那天他的爸妈送他去学校，希望他已经没事了。"没事了"是说他父母不知道该做什么，因此他们什么也没有做。由于麦克斯长高了，穿更大的运动鞋，他们期盼事情已经改变了。

但是一有孩子戴上面具，麦克斯就又卡壳了。

去年万圣节时，他待在家里，今天也一样。麦克斯的爸爸今天也休假了，他们可以整天在一起。他打电话给他的老板，说他病了。一个成年人不必因为生病才说自己病了，但是如果一个小孩儿想不上学待在家里，他必须真的生病了。

或者害怕万圣节的面具。

我们正去往柏林高速公路上的薄煎饼店。麦克斯喜欢这家薄煎饼店。这是他最喜欢的四家餐馆之一。麦克斯只在这四家餐馆吃东西。

麦克斯最喜欢的四家餐馆名单是：

1. 国际薄煎饼店

2. 温迪汉堡店（麦克斯不再去汉堡王就餐了，因为他的父亲有一次告诉他，有位顾客吃鱼肉三明治时，吃出了一根刺。麦克斯担心他父亲

的汉堡王店里每样食物里面都有刺）

3. 麦克斯汉堡店（实际上有许多麦克斯餐厅，比如麦克斯鱼餐厅、麦克斯市中心餐厅，麦克斯喜欢跟他有同样名字的餐厅。麦克斯的父母最先带他去的是麦克斯汉堡店，现在他就只在这里用餐）

4. 角落里的哈巴狗餐厅

如果麦克斯去一家新餐厅，他不会吃东西。有时他甚至会卡壳。很难解释原因。对于麦克斯来说，柏林高速公路上的薄煎饼店里的薄煎饼是薄煎饼，但是街对面小餐馆里面的薄煎饼就算不上薄煎饼了。即便它们看起来一样，味道也差不多，但它们对麦克斯而言，是完全不同的食物。他会告诉你来自对面小餐馆里的薄煎饼确实是薄煎饼，但不是他的薄煎饼。

如我所说，这很难解释。

"今天你想在薄煎饼上加点儿蓝莓吗？"麦克斯的父亲问道。

"不用。"麦克斯说。

"好的，"麦克斯的爸爸说，"那下一次再说。"

"不用。"

我们静静地坐了一会儿，等服务员端上食物。麦克斯的爸爸翻阅着菜单，尽管他已经点过餐了。麦克斯和他的爸爸点完餐后，女服务员把菜单放在了果酱后面，她一离开，麦克斯的爸爸就又取了回来。我认为这是因为他不知道说什么，想有点儿东西看看。

麦克斯和我进行了一场瞪眼比赛。我们经常玩这个。

第一场比赛他赢了。一位服务员将一杯橙汁掉到地板上时我分了心。

"今天不上学你开心吗？"我们正要开始另一场瞪眼比赛时，麦克斯的爸爸问道。他父亲的声音吓到我了，我眨了眼睛。

麦克斯又赢了。

"是的。"麦克斯说。

"你今晚想试着玩一下'不请吃就捣蛋'①游戏吗？"

"不。"

"你不用戴面具，"麦克斯的爸爸说，"如果你不想，根本就不用化装。"

"不。"

我认为与麦克斯说话有时会让麦克斯的爸爸伤心。从他的眼神里我看得出来，从他的声音里我也听得出来。他们说得越多，情况越糟糕。他的肩膀下塌，一连声地叹气，下巴陷进胸部。他觉得麦克斯回答问题时只用一个词全是他的过失。麦克斯不愿意说话的责任在他。除非有要说的，要不然麦克斯就不说话，不管你是谁，因此如果你问他的是"是"或"否"的问题，你得到的回答也便是"是"与"否"。

麦克斯不知道怎样与人聊天。

事实上，麦克斯也不想知道。

我们又一次陷入了沉默。麦克斯的爸爸又一次看菜单。

---

① 指万圣节孩子们挨家逐户要糖果等礼物，如不遂愿便恶作剧一番的风俗。

一个幻影朋友进入了这家餐厅。他跟在一对父母和一个长着雀斑的红头发小女孩儿后面。这个幻影朋友竟然跟我非常像。他看上去几乎就是个人，只不过他是黄皮肤。不是有一点儿黄，像有人给他涂上了能找到的最黄的颜色。他也没有眉毛，这对于幻影朋友来说很常见。除此之外，他完全会被当作一个人，如果那位红头发的女孩儿和我之外的人看见他的话。

"我去查看一下厨房，"我对麦克斯说，"确保厨房是干净的。"我想要四处探查时，经常这么说。麦克斯喜欢我去查明地方是否干净。

麦克斯点点头，他用指头在桌子上敲着图案。

我走向那个黄皮肤的男孩儿，他在女孩儿旁边的一个位置坐了下来。他们在餐厅的另一边。麦克斯从这边看不到我。

"你好，"我说，"我是布多。想聊聊吗？"

黄皮肤男孩儿惊得差点儿从凳子上摔下来。这种反应我见多了。

"你能看见我？"黄皮肤男孩儿问。他的声音是一个小女孩儿的声音，这在幻影朋友中很常见。孩子们不会想象他们的幻影朋友拥有低沉的声音。想象一个与自己相似的声音会比较容易。

"没错，"我说，"我能看见你。我跟你一样。"

"真的？"

"是的。"

我没有使用"幻影朋友"这个词，因为不是每个幻影朋友都知道这个名称，有些第一次听见这个名称时会感到害怕。

"你在跟谁说话？"小女孩儿问道。她三四岁大。黄皮肤男孩儿的话她听到了一半。

我在黄皮肤男孩儿的眼睛里看到了惊恐，他不知道该说什么。"告诉她你在自言自语。"我说。

"对不起，亚历克西斯，我在自言自语。"

"你能起身走开吗？"我问，"你做得到吗？"

"我得去趟卫生间。"黄皮肤男孩儿对亚历克西斯说。

"好的。"亚历克西斯说。

"什么好的？"坐在亚历克西斯对面的女人问道。毫无疑问她是亚历克西斯的母亲。两人就像是从一个模子里出来的，都是红头发，脸上都有雀斑。

"乔乔可以去卫生间。"亚历克西斯说。

"哦，"亚历克西斯的爸爸说，"乔乔要去卫生间，对哦？"

亚历克西斯的爸爸用的是儿语。我有点儿讨厌他了。

"跟我来，"我说着领乔乔穿过厨房，下了一段楼梯，来到地下室。我之前探查过这个地方。只有四家餐厅，我们去过三家，去遍并不困难。我的右边是一个小型冷库，左边是一间仓库，它算不上一个房间，只不过是由铁丝网栅栏围起来的一处空间。栅栏从地板延伸到天花板。我穿过也是由铁丝网栅栏做成的门，在门外的一个盒子上坐了下来。

"哇！"乔乔说，"你怎么做到的？"

"你不能穿过门吗？"

"我不知道。"

"如果你能，你应该知道的，"我说，"没关系的。"我又回到门这边，在楼梯旁角落处的一个塑料桶上坐了下来。乔乔在铁丝网旁边又站了一会儿，盯着它看。他伸出手想去摸它，似乎害怕触电，他缓缓地移动他的手。他的手停在铁丝网边，没有触碰栅栏。他的手没有在铁丝上移动，停了下来。并不是栅栏阻止他进入，而是栅栏这个意念。

我自己也见过这种情况。出于同样的原因，我不能穿过地板。我走路时不留脚印，因为实际上我并没有接触地面，我接触的是地面这个意念。

有些意念，像地板，过于坚固，幻影朋友们没法儿穿过。没人想象一个幻影朋友滑过地板然后消失。在一个小孩儿的头脑里，地板这个意念太坚固，太持久，如同墙。

我们很幸运。

"坐下。"我说，指着一个桶。

乔乔坐下了。

"我是布多，抱歉吓到你了。"

"没关系，你看起来跟真人一样。"

"我知道。"我说。

我让许多幻影朋友都吓了一跳，每当他们意识到我在跟他们说话的时候，因为我看起来太像真人了。借由黄色的皮肤以及眉毛的缺失，他们通常很容易分辨出别人是一个幻影朋友。

大多数时候，他们看起来一点儿也不像人。

但是我像，因此我有点儿吓到他们了。我看起来很真实。

"能告诉我是怎么回事吗？"乔乔说。

"你知道些什么？"我问道，"让我们从这里说起，然后我会补充进去我知道的被漏掉的部分。"这是初次与一位幻影朋友交谈的最好的方式。

"好的，"乔乔说，"我该告诉你什么？"

"你活了多长时间？"我问。

"我不知道。有一段时间了。"

"好些天？"我问。

"哦，是的。"

"好些星期？"

乔乔想了一会儿。"我不知道。"

"那好，"我说，"也许几个星期。有人告诉你你是什么吗？"

"妈妈说我是亚历克西斯的幻影朋友。她没有对亚历克西斯说这个，我是在她对爸爸这么说时听到的。"

我笑了。许多幻影朋友将他们人类朋友的父母也视为自己的父母。

"好，"我说，"那么你知道你是一个幻影朋友。唯一能看见你的人是亚历克西斯和其他幻影朋友。"

"你也是吗？"

"没错。"

乔乔凑近我："那是不是意味着我们不是真实的？"

"不，"我说，"那只意味着我们是另外的一种真实，大人们没法儿理解的一种真实，于是他们就直接认为我们是幻想的。"

"为什么你可以穿过栅栏而我不能？"

"我们能做我们的人类朋友幻想我们去做的事情。我的人类朋友幻想我是这样的长相并能穿过门。亚历克西斯幻想你的皮肤是黄色的并且你不能穿过门。"

"哦，"这声"哦"似乎在说，"你刚刚解释了一件大事情。"

"你真的使用卫生间吗？"我问。

"不。我只是告诉亚历克西斯我想四处转一转。"

"我应该早点儿想到这个的。"

"有幻影朋友使用卫生间吗？"他问。

我笑了笑："我从没遇到过。"

"哦。"

"现在你最好回到亚历克西斯身边。"我说，想着麦克斯兴许也在纳闷儿我去哪儿了。

"哦。好的。我能再见到你吗？"

"也许不能。你住在哪里？"

"我不知道，"他说，"在绿房子里。"

"你应该想办法查明你的地址，免得你迷路了，尤其是你不能穿过门。"

"你这么说是什么意思？"他问，看起来很焦急，这不奇怪。

"你必须小心别被落下。确保车门一开你就爬进去。否则他们会丢下你把车开走的。"

"但是亚历克西斯不会那么做的。"

"亚历克西斯是一个小孩儿，"我说，"不是她说了算。她的父母才是做主的人，他们认为你不是真实存在的。你必须照顾好自己。好吗？"

"好，"他说，说这话时他声音特别小，"希望可以再见到你。"

"麦克斯和我常来这儿。也许我会在这里再见到你。好吗？"

"好。"听起来像是一个愿望。

我站起身，准备回到麦克斯的身边，但是乔乔仍然坐在桶上。

"布多，"他问，"我的父母在哪里？"

"啊？"

"我的父母，"他说，"亚历克西斯有父母亲，我没有。亚历克西斯说他们也是我的父母，但他们看不见我，也听不到我说话。我的父母在哪里？我能够看到我的父母吗？"

"我们没有父母。"我告诉他。我想说些更动听的话，但没有更动听的。我这么说时他看上去很悲伤，我理解，因为这也让我很悲伤。"所以你必须照顾好自己。"我说。

"好的。"他说，但他还是没有起身。他坐在桶上，盯着自己的脚。

"我们必须走了。好吗？"

"好，"他终于站起身来，"我会想念你的，布多。"

"我也是。"

晚上九点二十八，麦克斯开始尖叫。我知道这个时间是因为我正看着钟，等待九点半时麦克斯的爸爸换频道，看我一周最喜欢的节目。

我不知道他为什么尖叫，但我明白这不正常。他不是从一场噩梦中醒来，也不是看到了一只蜘蛛。这不是一声平常的尖叫。我知道不管他的父母爬楼爬得多快，他都会卡壳。

就在这时我听见从房子前面传来砰砰砰的三声响，击中了房子。在麦克斯开始尖叫之前，很可能也有一声砰的响声。当时电视上正在放广告，广告声音很大。我又听见了两声巨响，接着是玻璃破碎的声音。一扇窗，我想。一扇窗户破了。麦克斯卧室的窗户被打碎了。我不清楚我是怎么知道的，但我就是知道。麦克斯的爸妈已经到了二楼。我能听见他们沿着过道跑向麦克斯房间的声音。

我仍然坐在那把舒适的椅子上，卡壳了。不像麦克斯那样，但是尖叫、响声和玻璃破碎的声音让我一下子蒙了，不知道该做什么。

麦克斯说一个好兵"在压力之下也有良好的表现"。我经不起压力，无法应对。

接着我行动了起来。

我起身来到正门，穿过门，走上前面的门廊，刚好瞥见一个男孩儿消失在街对面的房子后面。那是泰勒家。泰勒夫妇是老人，他们没有小男孩儿，这个男孩儿应该是穿过他们的后院逃跑。我本想去追他，但意识到没有必要。

我知道那是谁。

即使我追上了他，也于事无补。

我转过身看着这栋房子，我本以为会在墙上发现破洞，也许还有火花。但只有鸡蛋。蛋清和蛋黄顺着麦克斯卧室窗户的边沿线往下流。他的窗户破了，一部分窗没有了玻璃。

我没有再听见麦克斯的尖叫。

他卡壳了。

他卡壳时不会尖叫。

麦克斯卡壳时，其他人什么也做不了。他的妈妈会揉揉他的背、摸摸他的头发，但这只是让他妈妈自己得到一些安慰。麦克斯或许都没有注意。麦克斯最终要靠自己才能恢复过来。虽然麦克斯的妈妈担心这将是"麦克斯经历过的最可怕的一段经历"，但麦克斯卡壳这种状态，从来没有变得严重些或轻微些。他就是卡壳了。唯一有变化的是他卡住的时间。由于在麦克斯睡觉时，从来没发生过卧室窗户被打破，玻璃落到床上来这种事。我认为这次他会卡壳好一阵子。

麦克斯卡壳时，膝盖紧绷到胸前，前后摇摆，发出哼哼唧唧的声音。他的眼睛睁着，但似乎什么也看不见，他什么也都听不到。麦克斯曾经告诉我他卡壳时，能听到身旁人的声音，但是听起来就像它们来自隔壁家的电视——虚幻而遥远。

跟格雷厄姆消失前的感觉有点儿类似。

我没什么可说的，也做不了什么。

于是我来到了加油站。不是我无情，而是这里不需要我。

但我等到警察出现，询问了麦克斯的爸妈一堆问题后才离开。那位警官比电视剧中出现的警察矮瘦得多，拍了几张房子、窗户以及麦克斯房间的照片，把一切都记在一个小笔记本上。他问麦克斯的父母是否知道别人为什么要朝家里扔鸡蛋，他们说不知道。

"今天是万圣节，"麦克斯的爸爸说，"很多人不都被扔了鸡蛋吗？"

"他们的窗户没有被石头砸破，"那位矮小的警官说，"况且看起来扔鸡蛋的人的目标明确指向了你们儿子的窗户。"

"他们怎么知道这是麦克斯房间的窗户？"他的妈妈问道。

"你说过这扇窗户贴满了《星球大战》的图案，"矮小的警官说，"对吗？"

"哦，没错。"

连我都知道这个问题的答案。

"麦克斯在学校跟别人有冲突吗？"那位警官问道。

"没有。"麦克斯的爸爸说，他很快做出了回答，让麦克斯的妈妈没有机会开口。他害怕给她机会说话。"麦克斯在学校表现良好，一点儿问题也没有。"

除非你把在一个小霸王头上拉屎考虑在内。

这家加油站在街的尽头，六个街区外。二十四小时营业。它不像那家杂货店和街那头的那家加油站会打烊，这也是我非常喜欢它的原因。午夜时分，我还能在那里发现醒着的人。如果要我列出世界上我最喜欢的地方，格斯科太太的教室会排在第一位，而第二位就是这家加油站。

今晚我从门外进去时，赛莉和迪伊当班。赛莉一般是女孩儿的名字，但这个赛莉是个男孩儿。

有一两秒钟，我想起了格雷厄姆，有男孩儿名字的我的女性朋友。

我问过麦克斯，布多是否通常是男孩儿的名字，他说是的，但他说这话时皱了下眉，可能他也没有把握。

赛莉比今天来家里的那位警官还要瘦弱矮小，几乎是个小不点儿。他的真名应该不是赛莉。人们叫他赛莉是因为他比大多数女孩儿的个子还小。

迪伊站在糖果棒和奶油蛋糕货架间，把更多的糖果棒和奶油蛋糕摆出来方便人们购买。奶油蛋糕是黄色的小蛋糕，人人都拿这种小蛋糕取乐，但人人都吃，迪伊总在添补奶油蛋糕架。她满头小鬈发，嚼着口香糖。她老是嚼口香糖，她嚼的时候就像在用全身心嚼，浑身每个部位都在动。迪伊总是又怒又喜。很多小事会惹她生气，但就在她吼叫时，她也在笑。她喜欢叫喊，喜欢抱怨。叫喊和抱怨让她高兴。

我觉得她很有趣。我喜欢她。如果要我列一个除了麦克斯以外我最想与之交谈的人的名单，格斯科太太会排在前列，迪伊也会排在前列。

赛莉在柜台后面，拿着一个写字板，假装去数挂在他头顶的塑料箱里面的香烟盒。实际上他在看柜台后面的一台小电视上的节目。他总是这么干。我不知道电视上放的是什么，但是里面有警察，就像大多数电视剧一样。

店里有一位顾客。那个年长的男人在店后面的冷藏柜旁边转悠，透过玻璃寻找他要的果汁或汽水。他不是常客。常客是指经常来加油站的人。

有些人天天来。

　　迪伊和赛莉不介意有人老来，但是偶尔通宵在此工作的多萝西讨厌常客。她说："世界上落魄者能去的地方多了去了，为什么他们非要来一个破加油站闲荡？"

　　我猜我也是一位常客。有那么多地方我可以待，但我来了这里。

　　我不在意多萝西怎么想。我热爱这个地方。自从我晚上离开麦克斯以来，这是第一个让我感觉安全的地方。

　　迪伊让我有安全感。

　　我就站在迪伊的旁边，她注意到赛莉没有干活儿。"嘿，赛莉！别光顾着玩，把存货盘点完。"

　　赛莉抬起一只手，用中指指着迪伊。他经常这么做。我之前以为他举手是想要问问题，就像麦克斯想问格斯科太太问题时会举起手来，我最后一次见到格雷厄姆时，梅根也举了手。但我现在明白不是那个意思，因为赛莉从来不像是有问题要问。有时迪伊也拿自己的中指冲他指回去，她这么做时，偶尔加上这句话"滚你妈的蛋"，我知道这不是一句好话，有一次在食堂，茜茜·拉蒙特对简·法伯尔说这句话时被逮住，惹了不少麻烦。似乎赛莉和迪伊在隔空互相击掌。这应该是一种粗鲁的行为，就像一个人不喜欢别人时对人伸舌头，赛莉只在迪伊对他很刻薄时才这么做。但是顾客显得刻薄时，赛莉从不这么对待他们。我见过有些顾客比迪伊刻薄十倍。因此我还是搞不清楚状况。

　　我不能问麦克斯，因为他不知道我来这里了。

　　实际上，赛莉和迪伊很喜欢对方。但每当有顾客在店里时，他们就假装吵架。不会吵得太凶。麦克斯的妈妈会称这为斗嘴，也就是不会造成讨厌对方的后果的争吵。赛莉和迪伊就是如此，他们斗嘴，但顾客一走，他们就和好如初。有人在看时，他们喜欢装模作样。

麦克斯永远不会理解这种事。对于人们在不同的场合有不同的表现，他很难明白。去年乔伊来家里玩，麦克斯的妈妈问："小伙子们，你们想玩电子游戏吗？"

"我吃完饭才能玩电子游戏。"麦克斯说。

"哎呀，没关系的，麦克斯。乔伊来了，你可以玩。"

"我吃完饭才被允许玩电子游戏，并且只能玩三十分钟。"

"没关系的，麦克斯。"他妈妈说，"你有朋友过来了，今天不一样。"

"吃饭之前我不能玩电子游戏。"

麦克斯和他的妈妈就这样来回往复，最后乔伊说："没关系。我们去外面玩抛接球游戏。"

这是麦克斯的最后一次玩乐聚会。

那位顾客离开了，赛莉和迪伊又恢复了和睦的状态。

"你妈妈怎么样了？"赛莉问。他回去数香烟了，不过可能是因为电视上在放广告。

"她还好，"迪伊说，"但是我叔叔得糖尿病后脚被锯掉了，我担心他们也会对我的妈妈这么做。"

"为什么他们要那么做？"赛莉瞪大双眼问道。

"血液循环不好。她已经有点儿症状了。脚有点儿坏死，他们就要锯掉。"

"该死！"赛莉说，似乎他仍然没法儿相信迪伊刚才说的话。

我也不信。

这就是我喜欢在加油站晃荡的原因。来这家店之前，我不知道脚会坏死而被锯掉。我以为如果一个人身体的一部分死亡了，一切就都死了。

我要去问麦克斯血液循环不好是什么意思，我必须保证他没有得这种病。我还想知道"他们"是谁。

锯掉别人脚的人。

他们还在谈论着迪伊妈妈的情况，这时波利走进门来。波利在沃尔玛工作，喜欢买刮刮乐彩票。我喜欢刮刮乐彩票，我喜欢波利来买彩票，他总是在柜台上把彩票刮开，如果他中了奖，他会马上把奖金递给迪伊、赛莉或者多萝西来买更多的彩票。

刮刮乐彩票就像一个小型的电视节目，比广告都短，但是精彩很多。每一张刮刮乐彩票都像一个故事。付出一美元去赢一百万美元，那是很多钱。一张彩票可以改变波利的整个人生。一秒钟他就能成为一个有钱人，不必再去沃尔玛工作，可以有更多的时间待在这里。我在这儿时，常看他刮彩票。我就站在他的肩旁，看着那些细小的碎屑从刮奖区脱落。波利从没中过比五百美元更大的奖，但这就够他高兴了。他假装没发生什么了不起的事情，但是他的脸颊变得绯红，站都站不稳。他的脚在地上滑来滑去，手不停地搓，就像一个上幼儿园的小孩儿尿急。

也许有朝一日波利会中"大奖"。他买了这么多刮刮乐彩票，总有一天会中。

我担心我不在这里的时候他中奖，这样我就只能事后从迪伊或赛莉那里听说了。

波利说如果他中了大奖，我们就不会再看到他了，我不相信。我认为波利没有比加油站更好的地方可去。不然他为什么每天晚上都来买彩票和一杯咖啡，并待上一小时？赛莉、迪伊甚至多萝西应该都是波利的朋友，即使赛莉、迪伊和多萝西不这么想。

但迪伊了解，从她与波利说话的口吻我看得出来。我觉得她不想成为波利的朋友，但她需要成为波利的朋友。为了波利好。

这也是为什么迪伊是这个世界上除了麦克斯、他的爸妈以及格斯科太太之外我最喜欢的人。

我看着波利刮了十注彩票，却一无所获，现在他没有钱了。"明天是发工资的日子，"他说，"我手头有点儿拮据。"

波利这样说是想要喝免费的咖啡。迪伊告诉他可以喝一杯。波利慢慢地啜着咖啡。他站在柜台边和赛莉一起看电视。赛莉连假装数香烟的样子都不摆了。时间是十点五十一分，这意味着电视剧接近尾声了，现在错过里面的内容是最痛苦的。如果你愿意，可以跳过头十分钟，但是你不能错过最后的十分钟，那是最精彩的部分。

"我发誓如果你不关掉该死的电视，我就去告诉比尔把它扔掉。"迪伊说。

"五分钟！"赛莉说道，目不转睛地盯着屏幕。"然后我就关掉。我保证。"

"发发慈悲。"波利说道。

节目结束时（一个聪明的警察逮住了一个自认为很聪明的坏蛋），赛莉回到柜台的后面，波利喝完了咖啡，等到又有两名顾客离开后，他告别了。他大力地挥了挥手，在门边站了一会儿，似乎不想离开（我认为他从没离开），告诉我们他明天再来。

有一天我会跟随波利，看他住在哪里。

仍然是万圣节，虽然现在是深夜，大部分小孩儿都上床睡觉了，但有个人戴着面具走进来时，我并不惊讶。那是一个魔鬼面具。头上有两只红色的塑料角。迪伊正在店的另一边往货架上放创可贴、阿司匹林和小管牙膏。她单膝跪在地上，没有看见那个戴着魔鬼面具的男人进来。赛莉在数刮刮乐彩票。戴魔鬼面具的男人从离赛莉最近的门进来，走到柜台边。

"不好意思，店里不允许戴面具。这是一个……"

听起来赛莉想说点儿别的，但是他停了下来。有事情不对劲。

"打开收款机把钱给我，否则我打掉你的脑袋。"

这是那个戴魔鬼面具的人的声音。他拿着一把枪，黑银相间，看上去很重。他拿枪指着赛莉的脸。我知道子弹伤不了我，但我还是弯下身来。我害怕。那个男人的声音听起来特别大，虽然实际上不是。

我躲闪时，身旁的迪伊站了起来，手上拿着几支牙膏。我们在半道擦身而过，我们的脸掠过彼此时，我突然想告诉她停下脚步，弯下腰。

"出了什么事？"她问道，她的头出现在架子的上方。

就在这时我听见了一声巨响，如果我的耳朵能受伤，肯定伤到了。这让我尖叫了起来，不是长声尖叫，而是迅即的尖叫，惊讶的尖叫。在我的尖叫停止之前，迪伊倒下了。似乎有人往后推了她一把，她倒在了一架薯片上。她向后倒时身体转了过来，我看见了她衬衣上的血。这不像是电视上的场景。她的衬衣上有血，脸上和胳膊上也有小血滴。到处都是血。迪伊什么也没有说。她落在薯片上，脸先碰着薯片，小管的牙膏散落在她的身边。

"×！"那个男人说道，那个戴魔鬼面具的男的。不是赛莉。这不是一声愤怒的"不"。这是害怕的"×"。"×！×！"他又叫了两声。他仍然害怕，但也似乎不能相信他看到的景象。仿佛他是在电视上突然出现的坏蛋，没人告诉过他事情会这样。

"起来！"他吼道。他现在又恢复到愤怒。我以为他在跟我说话，我站起身来。但他不是在对我说话。这时我想到他是在对迪伊说话，她已经从薯片架滑到了地板上。但他也不是在跟迪伊说话。他对着柜台吼，想看到里面，但是柜台很高。它在一个台子上，人们要爬过三级楼梯才能到柜台的后面。赛莉应该在柜台的另一边，地板上。但是从戴魔鬼面具的人站的地方，看不到他。

"×！"他又叫了起来，发出咆哮声，然后他转身跑了起来。他打开一分钟之前迪伊还没有流血时他进来的那扇门，跑进了黑暗中。

我站了一会儿，看着他逃走。接着我听见了迪伊的声音。她躺在我脚边的地板上喘息，就像科里·托佩尔哮喘发作时那样。她的眼睛睁着，看上去她在望着我的眼睛，但是她看不到我的眼睛。但在内心我坚信她可以。我认为她正看着我。她看上去非常害怕。这不像电视剧。这有太多的血。

"迪伊挨了一枪。"我说，这让我感觉好了点儿，因为挨了一枪比死了好得多。"赛莉！"我喊道，但是赛莉听不到我说话。

我跑向柜台，爬过三级楼梯看向柜台后面。赛莉躺在地板上抖个不停，比麦克斯卡壳时抖得还厉害。起初我以为赛莉也挨了一枪，然后我记起来只听到了一声枪响。赛莉没有吃子弹，赛莉吓蒙了。他需要给医院打电话，不然迪伊就会死。但是赛莉吓蒙了。

"起来！"我对赛莉喊道，"快点儿！起来！"

赛莉卡住了，跟麦克斯卡住时情形一样。他蜷成一团不停地颤抖。迪伊要死了，因为赛莉动弹不了，我只能看着。这个世界上我最喜欢的一个人在流血，我却无能为力。

离我最近的门开了。戴魔鬼面具的男人回来了。我看过去，期待看到他的枪和他的尖角，但不是那个人。是丹。老丹。另一个常客。不像波利那么随和，但是更正常。没有那么悲伤。丹走了进来，有一瞬间，我以为他在看着我，确实如此。他看穿我了，他看起来很困惑，因为他一个人也没有看到。

"丹！"我叫道，"迪伊被打了一枪。"

"有人吗？"老丹四处看，"伙计们？"

迪伊发出了声音。丹看不到她，因为她躺在架子后面的地板上，有一会儿，我认为丹没有听到她的声音。而后他顺着她的方向看过去，说："有人吗？"

迪伊又发出了一点儿声音，我突然高兴了起来。非常高兴。迪伊还活着。我吼道迪伊被枪打伤了，这比说迪伊死了要好，我知道她没有死。她在喘息，更好的是，她在试图回应老丹。这意味着她神智清醒。

丹走到迪伊倒下去的货架间。看见迪伊在地板上时，他说："我的天哪，迪伊！"

老丹行动迅速。他边打开手机拨号码，边走进货架，在迪伊身旁跪了下来。他就是不折不扣的老丹，他每晚在加油站停下来买一瓶胡椒博士饮料，以便在回纽黑文的路上保持清醒。老丹，不会在加油站做无益的逗留，但他也一样随和。我喜欢波利和他的刮刮乐彩票，还有他慢品咖啡的样子，但是在紧急关头，我喜欢老丹。

救护人员把迪伊和赛莉分别抬进两辆车里。迪伊先被抬了出去，接着是赛莉，虽然他根本没有受伤。我想告诉救护人员赛莉只是卡壳了，没有人只是因为卡壳而需要坐救护车，但是他们听不见我说话。

一个长着浓密头发的救护人员用一个带天线的老式手机告诉医院的人迪伊的情况很危险。这意味着迪伊可能会死去，尤其如果她看清楚了朝她开枪的戴魔鬼面具的人的样子。似乎你对开枪打你的人知道得越多，你就越可能死去。

警察关闭了这家加油站，虽然它不该关门的。在迪伊和赛莉被送走后，我回了家。

麦克斯仍在卡壳。他爸爸明天一早五点钟要上班，已经睡觉去了。他妈妈还没睡，坐在麦克斯床边的一张椅子上。

我的椅子。

我不介意。我也想跟麦克斯的妈妈坐在一起。我想要她整晚待在麦克斯的房间。我刚刚看见我的朋友被一把真枪击中，挨了一颗子弹，我没法儿不去想这件事。

我也希望麦克斯的妈妈可以把我的头发向后理顺，亲吻我的前额。

星期六早上，麦克斯醒来了。他恢复了："你为什么要坐在这里？"

我以为他在跟我说话。我坐在床尾。我整晚都坐在这里，想着迪伊、赛莉和戴魔鬼面具的男人。我一直看着麦克斯的妈妈，这样我会好受一点儿。

但麦克斯不是在对我说话，他在跟他的妈妈说话。她在我的椅子上睡着了，听到他说话，她醒了过来。就像有人拧了她一把，她跳了起来。

"什么？"她说道，四处张望，仿佛不知身在何处。

"你为什么坐在那里？"麦克斯又问道。

"麦克斯，你醒了。"鸡蛋、石头、打破的窗户、麦克斯卡壳等事件似乎从天而降，要将她充满，就像气球中的气。她从椅子上一跃而起，充满了气，完全清醒了，她很快答道："我坐在这里是因为你昨天晚上情绪低落，我不想让你独处。"

麦克斯看着他床旁边的窗户，上面覆盖着透明的塑胶——麦克斯的爸爸昨晚钉上的。"我卡壳了？"他问道。

"是的，"他妈妈说，"卡了一阵子。"

麦克斯知道他卡过壳，但他总是要问他是否卡壳了。我不知道为什么。他不像得了遗忘症，那种疾病会让一个人的大脑停止工作，不能记录他的所见所为。电视剧里的人经常得这种病，我认为真有这种病，虽然我从没遇到过一个得这种病的人。似乎麦克斯在复核，确保一切正常。麦克斯特别喜欢复核。

"谁打破了我的窗户？"他问，仍然看着塑胶。

"不清楚，"他的妈妈说，"这是一次偶然的事件。"

"怎么会有人偶然打破我的窗户？"

"孩子们在万圣节会做疯狂的事情，"他妈妈说，"他们昨晚朝我们家扔了鸡蛋，还有石头。"

"为什么？"从他说话的语气，我能听出麦克斯为这事感到沮丧。我相信他的妈妈也能听出来。

"这叫作恶作剧，"她说，"有些孩子认为在万圣节搞恶作剧是没有关系的。"

"搞？"

"设计恶作剧、玩恶作剧，"她说，"人们有时说'搞恶作剧'这个词。"

"哦。"

"你想吃早餐吗？"他的妈妈问道。麦克斯的妈妈老是担心麦克斯没有吃饭，即使他已经吃了很多了。

"现在几点了？"麦克斯问道。

麦克斯的妈妈看了下表。那也是带指针的表，我不会认。"八点三十分。"她说，脸上愁云尽扫。麦克斯只在九点前吃早餐。九点后，他必须等到十二点才吃午餐。

这是麦克斯的规矩，不是他的妈妈定下的。

"好的，"麦克斯说，"我这就去吃。"

他的妈妈去做薄煎饼了，麦克斯也才方便换衣服。他不穿睡衣吃早餐，这也是麦克斯的规矩。

"昨天晚上妈妈亲我了吗？"麦克斯问道。

"亲了，"我说，"但只亲了额头。"我想告诉麦克斯昨天晚上那个戴魔鬼面具的男人开枪击中了我的朋友，但我不能。我不想让麦克斯知道我去加油站、小餐馆、警察局和医院。如果他知道我去这些地方，他会不高兴。他以为我整晚上坐在他旁边，或者起码是在房间的某处，以备他需要我。如果知道我在这个世界上有其他朋友，他会生气。

"是一个长长的亲吻吗？"麦克斯问道。

第一次，这个问题让我受不了。我明白对于麦克斯来说，知道他的妈妈的亲吻不是太久很重要，但是一个妈妈吻的长短并没有那么重要。与手枪、鲜血和在救护车中的朋友相比，这件事情微不足道，他不必每天问我。难道他不知道一个妈妈的长吻也不是件坏事吗？

"不是，"我说，像我通常那样，"超级短。"但这次我说的时候，没有笑，我皱着眉头。这句话是从我紧咬的牙缝中挤出来的。

麦克斯没有注意到，他从来注意不到这些事情，他仍然看着覆盖在窗户上的塑胶。

"你知道谁打破了我的窗户吗？"麦克斯问。

我知道，但我不清楚是否要告诉麦克斯。我不清楚这是否就像他妈妈的长吻，我是否要说谎。我仍然为他担心长吻而感到愤怒，虽然我想做对他有益的事，但我也不想去做，我不想伤害麦克斯，但我现在不想帮他。

我想了好久。

"你知道谁打破了我的窗户吗？"麦克斯再一次问道。他讨厌问我两次问题，所以现在他也生气了。

我决定实话实说，不是因为这样对麦克斯最好，而是因为我很愤怒，不想顾及什么是对的。

"汤米·斯温登，"我说，"听到你的窗户被打破后，我跑到外面看见他跑了。"

"汤米·斯温登？"麦克斯问。

"没错，"我说，"就是汤米·斯温登。"

"汤米·斯温登打破了我的窗户，还朝我们家扔了鸡蛋。"吃薄煎饼时，麦克斯对他的妈妈说道。真不敢相信他告诉了他的妈妈。我没料到。他将怎么解释这一点呢？突然我不生麦克斯的气了。我开始担心，担心他将要说的话。现在我为自己如此愚蠢而感到生气。

"谁是汤米·斯温登？"麦克斯的妈妈问道。

"在学校对我很不好的一个男孩儿。他想杀我。"

"你怎么知道的？"他妈妈看上去不相信他。

"他告诉我的。"

"他到底是怎么说的？"她还在洗煎锅，我知道她仍然不相信他。

"他说他要把我打扁。"麦克斯说。

"那是什么意思？"

"我不知道，但不是好话。"麦克斯盯着他的薄煎饼。麦克斯吃东西时会盯着他的食物。

"你怎么知道不是好话？"他的妈妈问道。

"因为汤米·斯温登对我说的每一句话都不是好话。"

有一会儿，他的妈妈一声不吭。我以为她会忘记整件事，谁知接着她又开口了："你怎么知道是汤米·斯温登扔的鸡蛋和石头？"

"布多看见他了。"

"布多看见他了？"这次麦克斯妈妈的话，听上去不像问句，实际上却是个问句。

"没错，"麦克斯说，"布多看见他了。"

"好的。"

我感觉像是房间里的大象。这个短语的意思是说两个人都知道存在着如同大象那么大的东西，却避而不谈。麦克斯的妈妈跟他的爸爸谈论麦克斯和他的"诊断结论"时，经常会用到这个短语。

我花了不少时间才明白房间里的大象是什么意思。

麦克斯和他的妈妈吃了一会儿后，他的妈妈问道："汤米·斯温登跟你同班吗？"

"不，他在帕伦蒂太太的班上。"

"三年级？"

"不是的。"麦克斯说，似乎有点儿恼火。他认为他的妈妈应该知道帕伦蒂太太不教三年级，因为在麦克斯看来，知道谁教哪一个年级是件大事，"帕伦蒂太太是五年级的老师。"

"哦。"

麦克斯的妈妈没有再说到汤米·斯温登、鸡蛋、石头、被打扁以及我，这不是个好兆头。这意味着她正盘算做点儿什么。

我能感觉出来。

迪伊和赛莉星期六晚上没有回来，星期天晚上也没有。一个多萝西称为艾斯纳先生的人在代班。我不曾见过艾斯纳先生，多萝西在他面前似乎很紧张，他们基本不和对方说话。

艾斯纳先生让我想起了麦克斯的校长。帕尔默太太是学校的负责人，穿的衣服比大多数老师要高档，但我认为倘使真让她接管一个班，她教不了孩子。

艾斯纳先生也一样。他扎着领带，像迪伊一样从顾客那里接过钱，把奶油蛋糕架摆满，但是看得出来他总是思来想去，而不是单纯地做那件事情。

迪伊还活着。我知道，因为波利和老丹星期六晚上过来询问了迪伊的情况。实际上，无论如何他们都会来，他们是常客，就连老丹也比往常待得时间长，问了些有关迪伊的问题。艾斯纳先生没有对他们说太多，他们也就很难待得下去。一切都不一样了，不对劲！

　　迪伊在一个叫作"我看见你了"①的地方。这应该是个人们仔细照顾病人，不让他们死去的地方。多萝西说不能确定迪伊能否"活过来"，这意味着她可能会死去。

　　不知道她能否回到加油站，我又能否再见到她。

　　但愿能回来。我感觉每个人都在消失。

---

① 原文为 I See You，布多依据听到的内容估计的，实际上应为ICU，意为重症监护治疗病房。

第五章
不好的预感
· · · · ·

·

每个人都为活着的人忧心忡忡，而受到伤害的实际上是
死去的人。

我为麦克斯感到担心。今天星期一，我们回到了学校。

麦克斯的妈妈今天应该有所计划。汤米·斯温登让她犯愁，恐怕她会把事情弄得更糟。我希望汤米·斯温登星期五晚上就已经报了仇，那么现在麦克斯是安全的。但麦克斯在他头上大便之前，因为刀子的事情麦克斯就给汤米带来了不少麻烦，也许汤米觉得对麦克斯的报复还不够。很有可能如此，但如果麦克斯的妈妈介入此事，事情只会变得更加不可收拾。

家长们像麦克斯一样，不知道如何秘密地处理事情。

格斯科太太今天很搞笑。她写了一篇有关感恩节火鸡的文章，并且读给大家听。她在教室里走来走去，边读边发出火鸡的声音，连麦克斯都咧开嘴来。不是笑，但也差不多了。格斯科太太用脚蹭着地板，拍打着她的手臂如同翅膀一样。没人能把视线从她身上移开。

帕特森太太来到教室门口，示意麦克斯到她那里去。格斯科太太实在太有趣了，过了一会儿，麦克斯才注意到帕特森太太。我以为麦克斯会皱眉，因为格斯科太太的故事还没有讲完，但他看到帕特森太太时，他的眼睛睁得大大的。他看起来很兴奋。我搞不懂。

我想跟格斯科太太待在一起，看她下一步要做什么，但我还是跟随麦克斯和帕特森太太顺着过道朝学习中心走去，只是我们到达要向左转的地方时，麦克斯和帕特森太太一直往前走，麦克斯什么也没有说。这比麦克斯想要离开格斯科太太更令人惊奇，麦克斯不喜欢变化，而这肯定是我们去学习中心的路上的一个变动。这是一个不合理的变动，我们必须绕道礼堂，还要经过体育馆，要多走一倍的路。

这时我看见在上个星期麦克斯和帕特森太太进入的门厅，我们停了下来。我们现在在礼堂的后面，在一个没有教室也没有办公室的门厅，可帕特森太太在开门前仍然左顾右盼。接着她把手放在麦克斯的背上，轻轻地把他往外面推。麦克斯正往外走，但帕特森太太想要麦克斯走得更快，这让我警觉了起来。似乎她要他在有人看到之前穿过门。

这事有些不对劲。

我试图跟随，但麦克斯沿着那条水泥路往停车场走时，转过身来看着我。我也站在外面，就在门的另一边，他看着我，来回摇头。我知道那是什么意思，意思是说"没门儿"。

他不想我跟着他，他挥手示意我回去。

他想要我回到学校里面。

通常麦克斯让我干什么，我就干什么，因为那差不多就是我的工作。他需要我的帮助，我欣然地给予。有些时候他要求独处，譬如他在读书或大便的时候。事实上，很多次。但这次不一样。我知道，麦克斯不应该离开学校，他绝对不应该从面向停车场的侧门出去。

这事有些不对劲。

我按照麦克斯的吩咐回到校内，但我就靠在门边的墙上，偷偷朝外张望。麦克斯和帕特森太太走进停车场了，在车辆之间的过道上。这些应该是老师们的车，因为孩子们不允许驾车。肯定是。麦克斯和帕特森太太在一辆蓝色的小车旁停了下来。帕特森太太又一次四处看，是那种想确认没人注意的四处张望。然后她打开车的后门，麦克斯爬了进去。帕特森太太再一次环顾四周才钻进前座——有方向盘的那边，开车的人坐的那边。

她要开车带麦克斯走！

不过她没有，车没有动。他们坐在车里。麦克斯坐在后座上，帕特森太太坐在前座。帕特森太太应该在说话，麦克斯一直低着头。不是躲避，而是看着座位上的什么东西。他看起来很忙，他在做着什么事情。

过了一会儿，帕特森太太从车里出来，又一次四处看。她在确保没人注意。我知道。我在很多不知道我在注意他们的人的身边待过，我了解一个人偷偷摸摸是什么样子，帕特森太太就在偷偷摸摸地做事情。她为麦克斯打开门，他也钻了出来。他们一起走回门边。帕特森太太用一把钥匙打开门，他们走了进去。我朝门厅走了几步，离开门口，背靠着墙坐下，这样麦克斯会认为我一直在这里，没有偷看。

我想让他认为我不知道他和帕特森太太去哪里了，更重要的是，我想让他知道我不在意。我不想让他疑心我在担心，因为下次帕特森太太再带麦克斯去她车里时，我也会去。

如果帕特森太太再带他去她的车里（我认为她会的），情形不会跟这次一样。我不知道会怎样，但会更糟糕。我知道。帕特森太太不会轻易打破与麦克斯在她的车里待五分钟的规则，除非有别的事情将要发生。

我解释不出所以然，但现在帕特森太太比汤米·斯温登更让我忧心。

忧心得多。

我们坐在霍根医生的办公室里。霍根医生是个聪明人。麦克斯坐了很久，霍根医生一次也没有勉强他说点儿什么。她一直在旁边看他玩"新发明的心智玩具"的塑料和金属片。从她的语气，我能判断出"新发明"不是它们名字的一部分，但我不知道它是什么意思。

我知道"新"的意思，但什么是"新发明"呢？

麦克斯喜欢这些玩具。麦克斯的妈妈会说他"很投入"，这是说他对于周围的一切完全没了兴趣。麦克斯常常会沉浸在某事当中，这是好现象，这表明他很高兴，但也表明他忘记了其他的一切。麦克斯的这种状态，就像只有一件事情存在。从他在茶几前的地毯上坐下来开始玩这些玩具开始，他的头就没有抬起过。

霍根医生很聪明，任麦克斯玩乐。她不时问一个问题，到目前为止，她的问题用是、不是或一个词就可以回答，因而麦克斯回答了她提出的大部分问题。

这很高明。如果霍根医生只是让麦克斯说话，没有让他玩心智玩具和安静的时间，他很可能"拒不开口"。麦克斯不跟休谟太太说话时，她这么说麦克斯。但是麦克斯正慢慢地习惯霍根医生，如果她等的时间足够长，最后他可能与她交谈。尤其她没有让他觉得她在观察他并且记录下他说的一切。多数时候，大人们本来想要与麦克斯慢慢相处，但末了他们失去了耐心，就把事情搞砸了。

霍根医生很漂亮。她比麦克斯的妈妈年轻，她穿得并不正式，裙子、T恤和运动鞋，仿佛她要去公园里散步。这也很精明，让她看起来就像另一个女孩子，而不是一个医生。

麦克斯害怕医生。

最令人高兴的是，她没有问一个有关我的问题。没有一个。我本来担心她会一直问麦克斯有关我的情况，但似乎她对麦克斯最喜欢的食物（通心粉）和他最喜欢吃的冰激凌的口味（香草）比对他的幻影朋友更感兴趣。

"你喜欢上学吗？"霍根医生问。霍根医生告诉过麦克斯可以叫她埃伦，但我觉得那样很怪。麦克斯目前为止还不需要叫她的名字，我不知道他准备叫什么，但我保准他会叫她霍根医生。如果他记得她的名字，如果她告诉他时他在听。

"有点儿。"麦克斯说。他的舌头从嘴角伸出来，眯起眼睛，盯着两片"心智玩具"，想搞清楚它们是怎么拼在一起的。

"你最喜欢学校的什么？"

麦克斯沉默了十秒钟，说："午餐。"

"哦，"霍根医生说，"你知道自己为什么最喜欢午餐吗？"

看她有多机灵？她没有问麦克斯为什么午餐是他的最爱而是问他是否知道。如果麦克斯不能解释原因，他可以直接说不，他不会为不知道答案觉得笨。如果霍根医生问出一个问题让麦克斯感觉愚蠢，她或许永远没办法让他开口。

"不知道。"麦克斯说。霍根医生一点儿也不觉得惊奇。

我也不感到惊奇。但我知道为什么麦克斯最喜欢午餐,因为午餐时,他一个人,没人打扰他,没人告诉他该做什么。他坐在午餐桌的末端,独自一人,读他的书,享用每天一样的食物:花生酱和果冻三明治、格兰诺拉麦片条①、一杯苹果汁。一天中的其他时间无法预料,你永远不知道会发生什么。事情总是变幻莫测。老师和孩子们总是令他吃惊。但是午餐始终一成不变。

这只是一种推测。我不知道为什么麦克斯最喜欢午餐,估计麦克斯自己也不知道。有时候你能感觉到一些事情却说不清楚原因。就像我对帕特森太太的感觉。我遇见她时就不喜欢她,但我说不出个所以然来。我就是知道,现在她与麦克斯有一个秘密,我更加不喜欢她了。

"谁是你最好的朋友,麦克斯?"霍根医生问道。

麦克斯说"提莫西",有人问起谁是他最好的朋友时,麦克斯一贯如此回答,虽然我才是他真正最好的朋友。但是麦克斯知道如果他说出我的名字,人们会问他问题,并且告诉他我并不存在。提莫西是在学习中心的一个男孩儿,有时他们一起学习。麦克斯说提莫西是他最好的朋友,因为他们不吵架。两人都不喜欢与其他孩子一起学习,他们的老师让他们一同学习时,他们的想法是在一起各学各的。

休谟太太有一次告诉麦克斯的妈妈,麦克斯最好的朋友们都对他

---

① 用烘烤过的谷类、坚果等配制成的早餐食品。

置之不理，这真让人伤心。可休谟太太不明白麦克斯一个人的时候很开心。休谟太太和麦克斯的妈妈以及大多数人与朋友们在一起时最开心，这并不意味着麦克斯也要在有朋友的情况下才会开心。麦克斯不喜欢其他人，人们让他自个儿待着时他最高兴。

就像我与食物。我不吃东西。我从没遇见过一个吃东西的幻影朋友。有天晚上，我去医院（因为医院从不关门）跟苏珊待在一起，她是一个不能再用嘴吃东西的女士。她有一根直通肚子的吸管，护士们通过这根吸管喂她布丁。苏珊的姐妹们来看望她，她们在苏珊房间外面的过道时，她的胖妹妹说苏珊再不能吃东西太让人遗憾了，因为食物里有非常多的乐趣。

"不，没有！"我说，但没人能听到我的话。

不过这是真的。我很高兴我不吃东西，不管苏珊的胖妹妹说什么。吃对我来说，就像一个讨厌鬼。即便食物可口，你却需要担心有没有足够的钱去购买食物，要烹煮食物而不要把食物烧焦，还要像苏珊的妹妹那样吃不会致胖的适量食物；另外，烹煮食物、清洗碗碟、切芒果、削土豆皮、请服务员送来牛奶而不是奶油等都需要时间；还有被食物噎死和对某些食物过敏的危险。这一切看起来如此复杂。我不在意食物尝起来有多美味，不值得这么费神。或许苏珊也是这么想的。现在她用一根腹部的吸管吃东西，这比每天晚上做饭简单多了。哪怕她不这么想，我仍然这么想。如果我有机会吃东西，我也会拒绝，我不想养成吃东西的习惯，也不想陷入所有这些繁文缛节中，这个词是格斯科太太最喜欢的词之一。

虽然我不吃东西，但我仍然很开心，哪怕食物里有很多欢乐。不为食物操心也有快乐在。后者的欢乐或许更多。

对于麦克斯来说，独处是欢乐的。他并不孤单。他只是不太喜欢别人，但他是开心的。

"你最不喜欢的食物是什么？"霍根医生问道。

麦克斯停顿了一下，手在半空中静止了一会儿，然后说："豌豆。"

我本来以为是绿皮西葫芦①。我敢说他忘了绿皮西葫芦。

"你最不喜欢学校的什么？"霍根医生问。

"体育，"麦克斯说，这次回答得很快，"美术，还有课间休息。它们是连着的。"

"你在学校最不喜欢谁？"

麦克斯第一次抬起头来，他的表情有些不自然。

"学校里有你不喜欢的人吗？"霍根医生问道。

"有。"麦克斯说，他的目光又落回心智玩具上。

"你最不喜欢谁？"

现在我明白霍根医生在做什么了，她在想办法让麦克斯谈论汤米·斯温登。麦克斯就要打开门让她进入。真不该让麦克斯的妈妈知道汤米·斯温登。这只能让事情越来越糟。

"埃拉·芭芭拉！"我说道，希望麦克斯会重复我说的话。

"汤米·斯温登。"麦克斯说，没有抬起头来。

---

① 一种美洲南瓜。

"你知道你为什么不喜欢汤米·斯温登吗？"

"知道。"麦克斯说。

"为什么你不喜欢汤米·斯温登？"霍根医生问道，她的身体往前倾了些。这是她一直在等待的答案。

"因为他想要杀我。"麦克斯说，仍然没有抬起头来。

"哦。"霍根医生说道，听上去像真的一样，仿佛她真的感到惊讶，虽然我认为她一直知道汤米·斯温登。她很有可能是从麦克斯的妈妈那儿听来的。

这次会面是一个巨大的圈套，麦克斯中计了。

霍根医生什么也没说，她接着问道："你知道为什么汤米·斯温登想杀你吗，麦克斯？"

大人们认为他们的问题很重要时，总是把麦克斯的名字放在问句的最后。

"也许。"麦克斯说。

"为什么你认为汤米·斯温登也许想杀你，麦克斯？"

麦克斯停了下来。他手上拿着一块新发明的心智玩具，他盯着它看。我明白他脸上的表情，这个表情说明他准备撒谎。麦克斯不善于撒谎，他总是要花很长时间才能想出一个谎言。

"他不喜欢叫麦克斯的男孩儿。"麦克斯说。他说得太快了，声音听起来有些异常。我确定霍根医生知道这是一句谎话。这个回答很可能是麦克斯从一个五年级学生那儿得来的，那个人告诉过麦克斯他的名字很傻。即便的确有个孩子不喜欢他的名字，我也不认为这谎撒得好，因为没人因为另一个人的名字而想杀他。

"还有别的吗？"霍根医生问道。

"什么？"麦克斯说。

"还有其他原因让你认为这个男孩儿也许想杀你吗？"

"哦，"麦克斯说，他又一次停顿了，"没有。"

霍根医生不相信他。他真希望霍根医生相信他，但她没有，我看得出来。麦克斯的妈妈跟她聊过，我知道。不知道麦克斯的爸妈是什么时候决定送麦克斯来这儿的，不知道麦克斯的爸爸是什么时候在争吵中败下阵来的。

也许就是昨晚我在加油站的时候。

但即使麦克斯的妈妈没有跟她聊过，霍根医生还是会知道麦克斯在撒谎。他是地球上最差劲的说谎者。

霍根医生又实在非常聪明，这让我更加害怕。

不知道接下来她想做什么。

不知道我能不能找到一个方法让她跟麦克斯谈谈帕特森太太。

我跟着麦克斯。他又一次让我在门边等，但这次我打算偷偷地靠近帕特森太太的车，看看他们在里面搞些什么名堂。我不在意他说什么。感觉有事情不对劲。

我穿过玻璃门从学校出来时，麦克斯和帕特森太太在去停车场的半路上。人行道的右边有一棵树，我先躲在那后面。我通常不像这样躲起来。我不记得曾经躲开过麦克斯。其他人看不见我，从某种意义上讲，我总是躲着除了麦克斯以外的人。

这是头一次我躲着所有人。

顺着人行道再过去一点儿有另外一棵树，那棵树在左边，有一点儿偏离道路，于是我又跑到了那边。如果我跑的时候真接触了地面，我就会走，踮起脚让麦克斯听不见我的声响。但我移动时，就算对麦克斯来说，也是无声无息的，因而跑更好，这意味着我暴露在外的时间更短。

我从树后看见麦克斯和帕特森太太快到车边了。帕特森太太走得很快，比不要孩子们保守秘密、不会大中午把他们从学校带出来的大人们行动都要迅速。我打算从那棵树边爬到停车场。离我大概三十步远有一排车。如果我爬行，我能够藏在那排车的后面。麦克斯长得矮，看不到汽车这边的情况。有趣的是我爬行时，我身后的两个教室里面的孩子们应该都会看到我在学校门前的草地上爬行。这感觉怪怪的，隐身于这么多张脸前面。

我听见有车门打开的声音，麦克斯和帕特森太太到车边了。我有了个主意。我蹲在一辆红色的小车后面，那是那排车的第一辆，我从窗子中偷偷张望，试图看看麦克斯是否在帕特森太太的车里。我看不太清帕特森太太的车，那辆车离得有点儿远，在过道对面那排车里。不过我能穿过我前面的这些车，因为它们都有门。这就是我的主意，不是沿着过道走过去，而是爬过那些车。

我爬进那辆红色小车里。这辆车又脏又乱，前座上堆满了书和纸，车座下满是空水瓶和纸袋。这很有可能是格斯科太太的车。这让我想起她的教室，乱糟糟的，堆得满满的。我喜欢。我觉得整洁有序的人花太多时间计划，却没有花足够的时间做事。我信不过整洁有序的人。

我敢说帕特森太太是一个整洁有序的人。

我穿过红色小车另一边的门，然后又穿过了五辆车，在一个左右两边共有四个车门、尾部还有一扇门的大车里蹲了下来。透过后车窗，我能看见帕特森太太的车。帕特森太太停车时车头朝外，不像疯狂的格里斯沃尔德太太每天早晨花上五分钟把车倒进车位，引得所有的孩子都在旁边笑她。这样很好，这意味着她跟麦克斯的视线不在我这边，对于我悄无声息地走近他们再好不过了。我穿过那辆大车的后门，跑向帕特森太太的车边，经过两排车之间的人行道。我一直低着头免得麦克斯回过头来。

帕特森太太的车窗开着。天气暖和，她的车没有开动，她开窗很可能是为了透气。我想看看后座上麦克斯在做什么，但是我从站的地方听见了帕特森太太的声音。她正在打电话。我趴下身，爬到帕特森太太的车门边，以便听得更清楚些。我蹲在车旁前门和后门之间的位置。

"好的，妈妈。"我听见帕特森太太说。

接着是停顿。

"好的，妈妈，"她又说道，"我爱你。"

又是停顿。

"不，妈妈，我不会有麻烦的。你是我的妈妈，我应该在白天跟你说说话，尤其你现在病得这么重。"

又是停顿。

"我知道，妈妈。你说得对，你总是对的。"

帕特森太太笑了笑，说道："真幸运有这个小伙子帮我。"接着她又笑了。两次笑听起来都很假。"他叫麦克斯。"她说，"他是我认识的最善良、最机灵的男孩儿。"

她停顿了一两秒，然后说："好的，妈妈，我一定告诉麦克斯你多么感谢他的帮助。我真的很爱你，妈妈。但愿你马上有好转。再见！"

整个谈话都显得不对劲。我多次听过麦克斯的爸妈在电话里交谈，从来不是这个样子。这一切都不正常。她的笑是假装的，她停下来倾听的时间太短，她说"妈妈"这个词太多次了。

她说出来的一切无可挑剔，没有"嗯"，没有磕巴过。

听起来像是一个一年级老师对她的全班学生读一本书。听起来一切都是说给麦克斯听的，而不是说给她妈妈听的。

我挪动起来往后爬，试图去车后门时，麦克斯的车门开了，我正好趴在门前面，门开时底端恰好穿过我，因为这是一扇门。

麦克斯看见我了，他由笑转为皱眉，他的眼睛先是睁得大大的，又眯成一条缝，之间现出了细小的皱纹。他很生气，但他什么也没说。帕特森太太的门过了一会儿也开了，她从车中钻了出来。我感觉自己很傻，双手撑地，蹲在他们之间，我尴尬羞愧得无法站起身来。我就待在那里看着帕特森太太关上车门去握麦克斯的手。他又看了我一眼，而后握住了她的手。我从没有见过帕特森太太握过麦克斯的手，看起来很奇怪。麦克斯讨厌握手。麦克斯没有往后看。我起身看着他进入学校，消失在门厅。他没有回头看我一眼。

我往帕特森太太的车里看了看。麦克斯刚刚坐过的后座上有一个蓝色的双肩背包，背包被拉上了，我看不到里面。除了这个背包以外，车里什么也没有。车里很干净，没什么多余的东西。

我的直觉没错。帕特森太太是个整洁有序的人。

她不可信。

麦克斯不跟我说话。那天余下的时间他连看都没看我一眼，回家的校车上，我试图跟他坐在一起时，他摇头，给了我一个"没门儿"的表情。我们还从没有在校车上分开坐过。我在麦克斯前面的一个座位上坐了下来，就在校车司机的后面。我想转过身看着麦克斯，对他笑，也让他对我笑，但我做不出来这样的事情。我知道他不会回我微笑。

我必须在麦克斯不再生我气的时候跟他谈谈帕特森太太。我还是不清楚他们在做什么，但不是好事。我现在更加确信这一点。上学日的大中午，麦克斯坐在那辆车里，旁边是那个蓝色背包，还有帕特森太太的那通电话——听起来不像一通真正的电话，尤其她和麦克斯握手，等等，我越想越觉得害怕。

有一会儿，我觉得自己也许反应过于强烈了。也许这就像电视剧，所有的线索都指向了一个凶手，结果凶手另有其人，一个让人惊讶的凶手。也许帕特森太太是一个好心的女士，她和麦克斯坐在那辆车里有一个很充分的理由。但我知道我是对的，我没有反应过度。我解释不出所以然来，但我就是知道。这大概也是电视剧里那些角色的感受。他们认为凶手是这个人，实际上却是另一个人。不同的是：这是现实生活，没有电视编导为我设置很多假线索。这是现实生活，现实生活不可能连续地出现这么多假线索。

唯一的好消息是明天是星期五，帕特森太太星期五几乎从来不来。这让校长帕尔默太太很抓狂。我有一次听到她跟一个女人聊到帕特森太太，那个女人点了点头，嗯嗯呃呃，说帕特森太太有使用病假的权利，倘若她病了的话。谈话就这样结束了。我不知道为什么帕尔默太太不告诉她没有人会在每星期的同一天生病。那个女人走后，帕尔默太太把问题归咎于该死的教师工会。我没搞清楚那是什么意思，后来我问麦克斯，他也不知道。

因而帕特森太太明天很有可能生病，或者假装生病。我有一个周末的时间来让麦克斯原谅我，然后我们可以谈一谈。

有一会儿，我很害怕，麦克斯这么生气，还拒绝跟我说话，是不是不再相信我了？然后我意识到麦克斯不可能对不存在的人生气，这实际上是一个好迹象。他肯定非常相信我才这么生气。

也许我当时应该想个办法让梅根对格雷厄姆生气。也许那会拯救格雷厄姆的生命。

最近我时常想起格雷厄姆。我想到她不再存在，她说过做过的一切对她再没有意义。即使格雷厄姆对我、梅根、也许帕贝仍然有影响，这也不重要了，因为她不在了。

这是有关格雷厄姆消失的唯一重要的事实。

麦克斯的奶奶去世时，麦克斯的爸爸说奶奶会活在麦克斯的心中，并且只要他们记得奶奶，她就会常存在他们的记忆中。这对于麦克斯而言挺好，也许这让他感觉好了些，但对于麦克斯的奶奶却毫无助益。她过世了，即使她还活在麦克斯的心中，也不存在了。她不在意麦克斯的心中有些什么，因为她什么也在意不了。每个人都为活着的人感到忧心忡忡，而受到伤害的实际上是死去的人，像麦克斯的奶奶和格雷厄姆。

她们不在了。

没有什么比这个更糟糕了。

一整晚，麦克斯都没有跟我说话。他做了家庭作业，玩了三十分钟的电子游戏，在与他的头一般大的一本书里读了一篇关于世界大战的故事，然后睡觉去了，什么也没有说。我坐在他床边的椅子上，等着他进入梦乡，期待听到他小声说："布多，没关系。"但他没有开口。最后他的呼吸变得平稳，他睡着了。

门开了，麦克斯的妈妈回来了。她跟医生有约，因而她没有送麦克斯上床睡觉。她进房间亲了麦克斯一下，把被子拉到他的脖子上，又亲了他三下。

她离开了。

我跟在她的后面。

麦克斯的爸爸正在看一场棒球比赛。麦克斯的妈妈进入起居室后，他按下了遥控器上的静音键，但他的目光没有从屏幕上移开。

"那么，她怎么说？"麦克斯的爸爸问道，听起来有些恼火。

"她说进行得很顺利。他们聊了一会儿，麦克斯回答了一些问题。她认为她最终能取得他的信任并让他敞开心扉，不过需要时间。"

"你认为麦克斯不信任我们？"

"别这样，约翰，"麦克斯的妈妈说，"他当然信任我们。但那并不意味着他会什么都告诉我们。"

"哪个孩子会告诉爸妈一切？"

"这不一样，"麦克斯的妈妈说，"要是你看不出来，我很抱歉。"但她的语气没有一点儿抱歉的意味。

"解释给我听，怎么不一样？"麦克斯的爸爸说。

"我觉得我不了解我自己的儿子。他跟别的孩子不同。他回到家后，不告诉我们学校发生的故事；他不跟其他孩子玩；他认为学校里有人想杀他；他仍然跟他的幻影朋友说话；天哪，他简直不让我碰他，我要等他睡了才能亲他。为什么你看不到这些呢？"她说话的声音更大了，我感觉她要么会哭，要么会叫，或者两者都会有。她的内心估计已经在哭，但是忍住了眼泪，以便还能继续与麦克斯的爸爸争吵。

麦克斯的爸爸一声未吭。大人们用这种沉默来说他们不愿意说出的话。

当麦克斯的妈妈再次开口时，声音温和而平静："她觉得他非常聪明，比他表现出来的更聪明。她认为会取得实质性的进展。"

"四十五分钟她就能看出这么多？"

"她见过不少像麦克斯这样的孩子。她没有说什么绝对的话，她只是猜测。依据她目前为止的所见所闻。"

"保险可以支付多长时间？"麦克斯的爸爸问道。我不知道这句话是什么意思，但从他的语气我可以判断出他问这话并不是为了改善气氛。

"开始的十次，之后要看她的发现。"

"共付医疗费①呢？"麦克斯的爸爸问。

"真是的，我们让儿子得到一些帮助，而你担心共付医疗费？"

"我只是问一问。"麦克斯的爸爸说，看得出来他为问这个问题而感到后悔。

"好吧，"麦克斯的妈妈说，"二十美元。行了吗？"

"我只是问一问，"他说，"没别的了。"他停顿了一会儿，笑了笑又说："如果麦克斯才见她四十五分钟，共付医疗费就是二十美元，你不得不想一想她一小时能得到多少报酬。对吧？"

"她不是在酒店工作，"麦克斯的妈妈说，"她是一个医生。拜托。"

"我不过开开玩笑。"麦克斯的爸爸说着笑了。这次我相信他。麦克斯的妈妈应该也信了。她笑了，过了一会儿，她坐到了麦克斯爸爸的旁边。

"她还说了什么？"麦克斯的爸爸问。

"什么也没有，真的。麦克斯几乎回答了她所有的问题，她说这是好现象。他一个人在办公室也不显得紧张，她说这很难得。但他还是认为学校里有人想杀他。汤米·斯温登，你知道这个名字吗？"

"不。"

---

① 费用超过限额时由患者支付给保险公司的。

"麦克斯说汤米不喜欢他的名字，这就是汤米想杀他的原因，但是霍根医生不信。"

"她不相信汤米·斯温登要杀他，还是她不相信他不喜欢麦克斯的名字？"

"她不清楚，"麦克斯的妈妈说，"但她认为关于汤米麦克斯没有说出全部真相，这是唯一一次她觉得麦克斯没有说真话。"

"我们应该怎么做？"麦克斯的爸爸问。

"我明天给学校打电话。麦克斯或许误解了什么，但我还是要谨慎一些。"

"直升机妈妈去救援？"麦克斯的爸爸以前也叫过麦克斯的妈妈直升机妈妈，我不明白是什么意思。我知道直升机是什么，但我从来没有看见过麦克斯的妈妈开直升机，或是玩麦克斯的玩具直升机，他有很多玩具直升机。

麦克斯的妈妈笑了，这让我更加困惑。麦克斯的爸爸说麦克斯的妈妈是一个直升机妈妈时，通常都让她很生气，但有时她认为这样说很好笑，我搞不清楚为什么。

"如果汤米·斯温登威胁我儿子，"麦克斯的妈妈说，"有必要的话，我会调集他妈的整个空军把他炸开花。直升机妈妈，当然啰。"

"你有时候有点儿疯狂，"麦克斯的爸爸说，"或许有点儿神经质。你老是反应过火。不过麦克斯很幸运有你。"

麦克斯的妈妈伸手过来紧紧握住麦克斯爸爸的手。有一瞬间，我以为他们要亲吻，这总让我感觉别扭，但他们没有那样做。

麦克斯的妈妈说："再约两次后，霍根医生想跟我见一面，你想去吗？"

"又要让我们花去一笔共付医疗费吗？"

这一次他们真的亲吻了，于是我转移了目光。真希望我知道什么是共付医疗费。麦克斯的爸爸第一次提到这个词时，麦克斯的妈妈很生气。但现在这个词让她想要亲他。

这也是我如此理解麦克斯的原因，因为有时我也像他一样迷惑不解。

第六章
失踪
· ·

如果我消失了，我会为不能看着麦克斯长大而难过，
但我也会为不能看着自己长大而难过。不过一个人消
失后是不能难过的，消失的人没法儿感到伤心。他们
要么被记得，要么被遗忘。

帕特森太太今天不在学校。帕尔默太太或许会生气，我却松了一口气。麦克斯还是没有跟我说话，但起码我有整个周末的时间来让他原谅我。

今天是异样的一天，麦克斯看都不看我。一开始我们在格斯科太太的教室背乘法表（麦克斯两年前背过），接着我们上美术课，奈特太太教麦克斯怎样把不同颜色的纸片拼成一个图案，麦克斯似乎不太感兴趣，他没怎么听奈特太太的讲解，这很奇怪，因为麦克斯对涉及图案的事情一向很喜欢。

在格斯科太太的教室里吃完点心后，他朝学习中心走去。即便我就在他的身边，他也不朝我瞥一眼。我真的有些生气了，他反应过火了，我觉得。

麦克斯的妈妈有时候也这样。

我不过就是跟随他到了帕特森太太的车旁边罢了。

"麦克斯，放学后你要玩军事模型吗？"我问道，"今天是星期五，我们可以部署一场大型战斗，明天玩一整天。"

麦克斯没有搭话。

"别犯傻了，"我说，"你不可能永远不搭理我。我就是想知道你当时在干什么。"

麦克斯走得更快了。

我们走的又是去学习中心的那条远路，帕特森太太带他走的那条路。我猜这是条新路，虽然花的时间更长。也许麦克斯觉得这条路更好，因为这意味着他可以少花点儿时间在学习中心。

到达通向停车场的玻璃门时，麦克斯停下来往门后看。他的脸紧贴玻璃，呼出的气让玻璃蒙上了雾。他不仅仅是看，他在寻找，在搜寻。我也看，顺着他的视线看。这时他看到了。

我没有。

我不清楚他看到了什么，但他一定看到了什么东西，因为他站得更直，鼻子抵在玻璃上。现在玻璃上没有雾了，他屏住了呼吸。他看到了什么东西，并且屏住了呼吸！我又朝那个方向看，可我什么也没有看到。远处只有两排汽车和街道。

"待在这里。"麦克斯说。过了这么久他突然跟我说话，我吓了一跳。

"你要去哪儿？"我问。

"待在这里，"他又说了一遍，"我马上回来。我保证，如果你待在这里等我，我马上就回来。"

麦克斯在撒谎，我明白，就像那天在霍根医生的办公室，她知道麦克斯说了谎话。但是麦克斯又跟我说话了。他跟我说话，并且不显得生气，我便又开心了起来。我想相信他，如果我这样做，一切都会再次好起来。麦克斯不会再冲我生气，即使我没有格雷厄姆、迪伊、赛莉、爸爸或妈妈，麦克斯又回到了我的身边，这就够了。

"好，"我说，"我在这里等你。很抱歉上次我没有听你的话。"

"好的。"麦克斯说。他朝左右看了一下，看有没有人到门厅来。他让我想起帕特森太太，我忽然有些担忧。麦克斯在撒谎，这事有些不对劲。

没人过来，于是麦克斯打开门走出了学校。他顺着水泥路走向停车场，走得很快但没有跑。

我又看了看。他看见了什么？我朝他前进的方向看过去，什么也没有看到。只有车和街道、几棵长着黄叶红叶的树、草地。

什么也没有。

然后我看到了。

帕特森太太的车！我现在看见了。车正从一辆银色的卡车后面开出来，之前它在那辆大卡车后面看不见。车头先露了出来。帕特森太太把她的车倒进了银色卡车旁边的停车位上，因而她可以把车头先开出来，这个时候我知道这事真的不对劲，只有格里斯沃尔德太太才傻到把车倒进停车位。但帕特森太太今天这么做了，这不正常，她鬼鬼祟祟的，有所预谋。不知怎的，我认为这一切麦克斯全知道。

那辆车在麦克斯面前停了下来，麦克斯打开后车门爬了进去。麦克斯进了帕特森太太的车！

我穿过玻璃门，沿着水泥路跑起来。我喊着麦克斯的名字，我请他停下来。真希望我能告诉他他中了圈套。我没法儿解释所以然，可我从心底明白这一点。但他看不到，因为他是麦克斯，他只见树木，看不到森林。但我没法儿用一个词把这些都说出来，我只能喊："麦克斯！"

车现在动了，经过过道往街上开，我赶不上了。这绝对是帕特森太太，在那辆车拐入过道前，我看见她了。她在加快速度，似乎她能从后视镜里看见我，我没法儿及时赶上那辆车。那辆车到达过道末端，左转进入街道，开走了。我一直跑到街上。我拐入人行道继续跑，直到我再也看不见那辆车。我想继续跑，因为我不知道还能做什么，但最终我停了下来。

麦克斯离开了。

我坐在路边上等。我不在乎麦克斯是否知道我想跟着他，我要等他回来，然后我要告诉他以后再也不要进帕特森太太的车。我不是老师，但我知道老师们不应该在上课日的大中午开车带孩子们走。

倘使我知道麦克斯马上会回来，我就不会这么担心。但现在我很担心，有太多的事情令我感到忧虑：

帕特森太太今天没到学校上班；

她开车来学校只是为了接麦克斯；

她把车倒进车位里以便能尽快开走；

她把车停在那辆大卡车后面，这样学校里没人会看到她的车；

她和麦克斯约好了见面；

麦克斯知道她会来；

她在等待他；

他看到她时屏住了呼吸；

没人看到他们离开。

我一直希望我只是反应过度，就像电视上的某个角色，指控自己的朋友犯了可怕的罪行，后来发现自己错了。我肯定反应过度了，因为麦克斯是跟一个老师在一起，即便她违反了规定，她仍然是一位老师。

但她今天不上班而专程过来接麦克斯，这件事情我没法儿释怀。这是最让人起疑的地方。

我听见一声铃响，这是第一次的下课铃，看来我在路边上坐了一个多小时了。麦克斯班上的同学现在正沿着过道走向食堂。不知道格斯科太太是否知道麦克斯不见了，尽管她是一位好老师，最好的老师。麦克斯有很多老师，也许格斯科太太认为麦克斯跟赖纳太太，或休谟太太，或麦克金太太在一起，而休谟太太和赖纳太太认为麦克斯跟格斯科太太在一起。

也许帕特森太太知道麦克斯的老师们会这么想，才选择今天来接他。

这让我更加忧心。

很难不担心，试图让自己不要担心反而提醒我应该担心。一个人坐在路边上等待朋友回来时，很难忘记自己当初为什么坐在路边上。

每有一辆车经过、一只鸟啁啾、一次下课铃响起，我就更为担忧。每一辆车、每一声啁啾、每一次铃响，都让我距离上次见麦克斯又远了一些。每一个都更像是永远。

自从麦克斯走后，响了四次铃，这表明麦克斯已经离开两小时了。不知道学校是不是有一个后门，没人告诉过我。也许穿过后面的小树林有一条路可以抵达停车场，也许帕特森太太从那条路带麦克斯回来了，那样的话没人会看见他们一起回来。我思忖自己是否应该起身去找后门，或者进去看看麦克斯是不是回来了。这时我听见扩音器里在呼叫麦克斯的名字。扩音器在学校内和外面的操场播放，在楼的另一边，但我仍然可以听见有人在叫麦克斯的名字。那是校长帕尔默太太。

"麦克斯·德莱尼，请立刻到你的教室。"

麦克斯没有回来，或许他回来了，正往格斯科太太的教室走。我想留在路边上，像我保证过的那样等待。但现在帕尔默太太知道麦克斯不见了，进去等也许更好。

同时，我也想弄明白发生了什么。

格斯科太太、赖纳太太和休谟太太站在格斯科太太的教室里。教室里没有一个孩子。他们应该去上音乐课了，星期五下午他们有音乐课。三个老师看上去都一脸愁容，她们盯着教室的门。我进入时，我认为她们正看着我。有一瞬间，我觉得她们能看见我。

我进了教室。如果我能照镜子，如果我有倒影，我会看到和老师们同样的一脸愁容。

过了一会儿，帕尔默太太走了进来。"他没有出现？"她问道，她也愁容满面。

"没有。"格斯科太太说，她的语气从没这么严肃过，她只说了一个词。她从没有这么担忧过。

"他会在哪里？"休谟太太说，她也很担心。

"这是好现象。"我想着，她们理应感到忧虑。

"好吧，待在这里。"帕尔默太太说着离开了房间。

"要是他出走了呢？"休谟太太问道。

"麦克斯不是这样的人。"格斯科太太说。

"老实说，我认为他不在楼里，唐娜。"休谟太太说。唐娜是格斯科太太的名字。孩子们从不称呼一个老师的名字，但老师们之间可以随意叫名字。

"他不会无缘无故离开这栋楼。"格斯科太太说，她说得没错。麦克斯不会离开这栋楼，除非一个老师哄骗他离开。事实正是如此。

我是唯一知道真相的人，但我谁也告诉不了。麦克斯是我唯一能告知的人，可麦克斯不在这里，因为麦克斯正是失踪的人。

帕尔默太太的声音又从扩音器里传出来："教员们，请花点儿时间看看你们的周围和你们所在的区域。来自格斯科太太班上的麦克斯·德莱尼在这栋楼里迷路了，我们要确保他找到回教室的路。如果你们看见了麦克斯，请马上给办公室打电话。麦克斯，如果你听见我说话，请回到你的教室。如果你被困在某个地方，请大声叫喊，我们会找到你。别担心，孩子们。这所学校很大，孩子们有时会迷路。"

说得好，我想道。

"我认为他不在楼里，我们需要报警。"休谟太太说，"他住得并不太远。也许他走回家了。"

"没错，"赖纳太太说，"我们应该给他的父母打电话。他有可能回家了。"

"麦克斯不会离开这栋楼。"格斯科太太说。

帕尔默太太回来了。真不敢相信她看起来如此镇定："我让埃迪和克丽斯去查看地下室，并且打开所有的壁橱；食堂员工正在搜查厨房；温迪和莎伦在搜查外面。"

"他离开了，"休谟太太说，"我说不清所以然，但他不在这里。已经过去很久了，这是一个问题。"

"我们不知道。"帕尔默太太说。

"她说得没错，"格斯科太太说道，她的声音更轻柔，听起来不像之前那么肯定，像是完全被吓坏了的样子，"我不信麦克斯会对所有的通知置之不理。"

"你认为他不在这栋楼里？"帕尔默太太问道。

"没错，我不清楚他是怎么不见的，但我想他不在这里。"

我告诉过你格斯科太太是个聪明人。

整个学校处于临时禁闭状态。也就是说在警方许可之前，没人能离开学校，连老师们也不行，连帕尔默太太也不行。诡异的是唯有我知道帕特森太太带走了麦克斯，也唯有我可以离开学校。我才应该是那个被关起来的，但唯有我可以出去。

即便我知道麦克斯出了什么事，我还是不知道帕特森太太带他去了哪里，就算我知道，我也不清楚该做什么。我什么也做不了，我跟那些一无所知的人一样无能为力。

不同的是，我大概是最担忧的。人人都很忧虑。格斯科太太很担心，休谟太太和帕尔默太太同样如此。但我比她们都要忧虑，因为我知道麦克斯出了什么事。

就连警察都很担心。他们看着彼此，轻声交谈，这样老师们和帕尔默太太就听不见了。但我能听到。我能站在他们的旁边，听清他们说的每个词，但他们没人能听到我的只言片语。我是唯一可以帮助麦克斯的，但没人能听到我说话。

我出生后，我试图让其他人，譬如麦克斯的爸爸和妈妈听我说话，因为那时我不知道他们听不见我。我以为他们不理我。记得有天晚上，麦克斯和他妈妈出去了，我和麦克斯的爸爸待在家里。我害怕跟麦克斯一起出去，那时我还从来没有离开过家，于是我和麦克斯的爸爸整晚一起坐在长沙发上。我一直冲他大喊大叫。我以为如果我喊叫的时间够长，他起码会看我一眼，叫我安静下来。我求他听我说话，与我交谈，但他一直盯着棒球比赛，就像我不存在一样。接着，我尖叫时，他笑了。有一会儿，我以为他在笑我，其实他是为电视上那个人说的话而感到好笑，因为电视上的另一个人也在笑。我原以为到我喊得那么大声，直接冲着他的耳朵，他不可能听到电视上那个人讲话。也就是在那时，我才知道除了麦克斯没人能听到我说话。

后来，我碰到了其他幻影朋友，最终明白他们能听到我说话。至少是那些有听觉的幻影朋友。不是所有的幻影朋友都能听见。我碰到过一个幻影朋友，她就是一只蝴蝶结加两只眼睛。我都不知道她是一个幻影朋友，直到她冲我眨起眼睛，仿佛她在向我发送一个信号。她就像一个小女孩儿头上的一只小蝴蝶结，一只粉红的蝴蝶结。我也是从这里知道她是一个女孩儿的。但我说的话她什么也听不见，因为那个小女孩儿从来没这么想象过她。即使有些孩子忘了给幻影朋友安上耳朵，大部分人还是想象他们的幻影朋友可以听见，于是他们就能听见。但这只小蝴蝶结不行。她只是冲我眨眼，我也冲她眨眼。她很害怕，这能从她的眼神和她眨眼的样子中看出来。虽然我尝试了，我也没法儿告诉她一切都会好起来的。我能做的只是眨眼。不过来来回回的眨眼似乎让她少了点儿害怕，少了点儿孤独。

但只是那么一点儿。

我也会害怕，如果我是戴在一个上幼儿园的小孩儿头上的一只耳聋的小蝴蝶结。

粉红色的小蝴蝶结女孩儿第二天消失了。尽管我认为不存在是一个人所能遭遇的最糟糕的事情，但这个粉红色的小蝴蝶结女孩儿消失后或许会更开心，因为至少她不会再那么害怕了。

警方认为麦克斯从学校里出走了。他们站成一圈，这么嘀咕着。他们认为格斯科太太没有说实话，麦克斯今天早上很可能早就离开了教室，比格斯科太太认为的时间更早，这就是他们还没有找到麦克斯的原因。"她不知道那个小孩儿是什么时候不见的。"一个警察说道，圈子里的每一个都点点头。"假如你说得没错，说不准他走了多远。"另一个警察说道，每一个人都再次点头。

警察不像孩子，他们似乎总是意见相合。

警察局局长说他派了一些警察和社区志愿者（对于人类来说，这不过是一个冠冕堂皇的说法）查看学校后面的森林，并在附近的街道寻找麦克斯。他们会敲每一栋房子的门看是否有人见过麦克斯。我之前也想去外面找，但现在我想留在学校里面。虽然我没有被关起来，但我的状态也差不多。我要等麦克斯回来，帕特森太太不可能永远把他藏起来。

我只是希望警方可以查出帕特森太太带走了麦克斯。我一直在想电视剧里的警察肯定早就查明真相了。

过去的几天里，我见到了不少警察。首先是汤米·斯温登砸碎了麦克斯的窗户后，来家里的那位警察；接着是迪伊被枪击，赛莉吓蒙后来加油站的一位男警察和一位女警察；现在学校里到处都是警察，很多警察。但没有一个像电视剧里出现的警察，我担心没有一个警察像电视上的那么聪明。现实世界中的警察全都比电视上的矮些、胖些、毛发多些。有一个耳朵里还长了毛，不过不是女警察，是一个男警察。我从没在电视上看过长相这么普通的警察。电视节目制片人认为他们在骗谁呢？

"他们认为自己在骗谁呢？"这是一个格斯科太太式的问题。她经常问这个问题。通常是对那些试图告诉她把家庭作业忘在厨房餐桌上的坏小子说的。她说："你认为你在骗谁呢，伊桑·伍兹？我又不是三岁小孩儿。"

我想问帕特森太太她认为她在骗谁，但看上去她在欺骗所有人。

学校被临时禁闭，让帕尔默太太很烦恼。警察搜查完学校后，我听见她对辛普森太太唠叨。帕尔默太太认为麦克斯出走了，因而她不能理解为什么整个学校要一直被禁闭。警察已经搜查了每个房间，每个壁橱，还有地下室。他们知道麦克斯不在这里。我认为他们只是小心行事。警察局局长说如果学校里的一个小孩儿失踪了，其他小孩儿也可能失踪。"也许有人带走了那个孩子。"帕尔默太太想抱怨时，他说，"如果情况是这样，学校里应该有人知道一些内情。"

我觉得他并非真的认为有人带走了麦克斯。他只是出于谨慎，以防万一。这就是让帕尔默太太生气的地方。她不认为有万一，她认为麦克斯出去散步了，没有回来。警察局局长也是这么想的。

我不断想着警察搜查地下室、森林和敲门的每一分钟，都是我永远失去麦克斯的又一分钟。

我不认为麦克斯死了。我甚至不清楚为什么这个想法一直在我脑中闪现，因为我不信。我认为麦克斯活着，并且状况良好。他很可能坐在帕特森太太车的后座上，旁边放着那个蓝色背包。我认为他安好，但我也一直在想他没有死。我希望我不要再想他没有死，而只想着他还活着。

但要是麦克斯死了，我能知道吗？还是我会噗的一声消失，谁也不知道发生了什么？我屏住呼吸，等待着"噗"，可倘若我要"噗"，我根本就不会知道。我会直接"噗"的一声消失。前一秒我还存在，下一秒我就不在了。等待它发生很傻，但我控制不了。

我一直希望帕特森太太带走麦克斯是有原因的。也许他们去吃冰激凌迷了路，或者她带麦克斯去野外旅行忘了告诉格斯科太太，又或许她带麦克斯去见她的母亲。他们随时会开进车道，麦克斯就会回来了。

只是我认为昨天帕特森太太没有跟她母亲讲话。

我甚至认为帕特森太太没有母亲。

不知道麦克斯的妈妈是否知道麦克斯不见了，还有他的爸爸。有可能。也许他们现在正在森林里搜寻。

帕尔默太太来到教室。格斯科太太又在给孩子们读《查理和巧克力工厂》，通常我很喜欢，但如今麦克斯错过了这个故事，他喜欢听格斯科太太朗读。再说，薇露卡·索尔特刚刚掉进垃圾道了。我认为格斯科太太现在不应该读有关孩子消失的故事。

格斯科太太停了下来，抬头看帕尔默太太。

帕尔默太太说："我能跟同学们说几句话吗，格斯科太太？"

格斯科太太表示同意，但她的眉毛扬起，那表明她十分困惑。

"孩子们，我相信你们都听到我刚才叫麦克斯·德莱尼到教室来。你们也知道我们处在禁闭状态中。你们肯定有很多疑问，但没什么可担心的。我们只想找到麦克斯。他也许走散了，或者有人提前把他接走了，他忘了告诉我们。就这些。你们知道麦克斯去哪儿了吗？今天他对你们中的任何人说过话吗？说过要提前离开学校的话吗？"帕尔默太太问。

就在刚才，孩子们看见警车停在学校的前面，帕尔默太太要求老师们"开始实行临时禁闭，直到有进一步的通知"时，格斯科太太已经问过孩子们这些问题，但她还是让帕尔默太太问了。

布里安娜举起手，"麦克斯经常去学习中心，也许他今天在去那儿的路上迷路了。"

"谢谢你，布里安娜。"帕尔默太太说，"有人正在确认这件事情。"

"为什么这里有警察？"这回是埃里克。他没有举手，因为他从不举手。

"警察在这里帮助我们寻找麦克斯，"帕尔默太太说，"他们擅长寻找丢失的孩子。我相信他马上就会出现。不过他今天跟你们中的任何人说过什么吗？有吗？"

孩子们摇头。没人听见麦克斯说过什么，因为没人跟麦克斯说过话。

"好的。谢谢你们，"帕尔默太太说，"格斯科太太，我能跟你谈谈吗？"

格斯科太太放下书，走到教室门边。

我跟了上去。

"你确定他什么也没跟你说？"帕尔默太太问道。

"什么也没有。"格斯科太太说，她听起来有些恼怒。我也会如此。这个问题警察局局长已经问过格斯科太太两遍了。

"你确定他离开教室的时间？"

"我确定。"格斯科太太说，更显恼火。

"好的。如果孩子们想起了什么事情，请告诉我。我现在要去安排一下解除禁闭的事情。街上已经有不少家长等着接孩子了。"

"家长们已经知道了？"格斯科太太问道。

"警方敲了两个小时的门，家长教师联谊会在组织志愿者搜寻附近的地区。安伯警报①已经发出。有辆新闻报道车停在了外面。在六点之前肯定会有更多。"

"哦。"格斯科太太说,听起来她不那么恼火了。她像是一个刚刚受到了惩罚的小孩子。格斯科太太从没这样过,她看上去既害怕又困惑,这令我恐惧。

帕尔默太太转过身去,留下格斯科太太站在门口。我跟随帕尔默太太进入走廊。我想听听她会对警察局局长说些什么,我不想听讨厌的薇露卡·索尔特出了什么事。

我不在乎她有多么坏。消失的孩子似乎就不再有趣了。

帕尔默太太穿过大厅转向办公室时,学校的前门打开了。是站在旁边的警察把门打开了。

帕特森太太走了进来。

我停了下来。

我不敢相信自己的眼睛。帕特森太太走进了学校。我等待着跟在她后面的麦克斯,但是警察关上了门。

没有麦克斯。

"卡伦,我简直没法儿相信这个消息,"帕特森太太说,"发生了什么?"

帕尔默太太和帕特森太太在大厅中央拥抱。

---

① 发生儿童绑架案时,通过商业广播或交通信号灯等向社会大众传播的一种警戒通知。

帕尔默太太在拥抱帕特森太太，而麦克斯不在这里。

我想跑到帕特森太太的车边去看看麦克斯是不是还在后座上，但我放弃了。帕特森太太说她不能相信麦克斯失踪的新闻，而明明就是她让他失踪的，她在撒谎。麦克斯再也不会出现在她车的后座上了。

有一两秒钟，我认为他死了，我整个身体充满悲哀。我认为我马上也要死了。接着我记起来我还在这里，麦克斯肯定还活着。

事情是这样的：如果麦克斯死了（他没有）而我还活着，那意味着麦克斯死去或者麦克斯不再相信我时，我不会消失。

我不想麦克斯死去，我不认为他死了（因为他没有），但如果他死了而我没有，这就有所意味。这将是历史上最可悲的事情，但这也有所意味。有关我的一些重要事情。我不是说我想麦克斯死去，我不想，他也没有死。但是假如他死了，我仍然活着，那将是一件重要的事情。

我一直在想他或许死了，因为我看了太多的电视剧。

警察局局长来到拐角处时，帕特森太太和帕尔默太太结束了拥抱。这次拥抱时间很长，她们现在应该互相喜欢，虽然在麦克斯失踪之前，她们并不喜欢对方。帕尔默太太或许忘掉了有关教师工会的一切。她们站在大厅中央，看上去像是最好的朋友，甚至可以说是姐妹。

"露丝·帕特森？"警察局局长问道。我不知道他是不是真正的警察局局长，但他是今天的负责人，又腆着个大肚子，看上去像一个警察局局长。他的真名是鲍伯·诺顿，这不是电视剧中的警官取的那种名字。这让我觉得他找到麦克斯的可能性比较小。

帕特森太太转过身，"是的，我就是。"

"我们能去帕尔默太太的办公室谈谈吗？"

"当然。"

帕特森太太听起来很担忧。警察局局长或许认为她在为麦克斯担心，但我认为她在担心被抓。也许她试图让担心被抓听起来像是担心麦克斯。

帕特森太太和帕尔默太太在一张沙发上挨着坐了下来，警察局局长在茶几对面的沙发上坐了下来。他腿上放着一本黄色的便条，手上拿着一支笔。

我坐在警察局局长旁边，尽管他不知道我坐在他这边。

"帕特森太太，"警察局局长说，"你是麦克斯·德莱尼的辅导老师，对吗？"

"没错。我花大量的时间辅导麦克斯，但我也有其他学生。"

"你不是整天跟他在一起？"警察局局长问道。

"不是。麦克斯是个聪明的孩子，他并非整天需要帮助。"

帕特森太太说话时，帕尔默太太在一边点头。我从没见过她如此赞同帕特森太太。

"你今天为什么没有上班？"警察局局长问道。

"我和医生有个预约，实际上，两个预约。"

"你们在哪儿会面？"

"第一个就在街那头，"帕特森太太说着，指向学校前面，"在无须预约的诊所。他们楼里有一个物理治疗中心。我早上给我的肩做了理疗，我在法明顿大街还有一个预约，我就是在那里接到了秘书的电话。"

"帕尔默太太说你经常缺勤，尤其星期五的时候。因为要做物理治疗吗？"

帕特森太太看了帕尔默太太一眼，然后她再次转向警察局局长，面露微笑。

她把麦克斯藏起来了，现在坐在警察局局长面前，还在笑。

"是的。"她说，"我的意思是说，有时我生病了，有时我跟医生有约。"她停顿了一下，深吸了一口气，接着说："没人知道这个，但我患有红斑狼疮，这造成了过去几年我身体上的一些毛病。一个星期工作五天有时让我难以承受。"

帕尔默太太倒抽了一口气："露丝，我不知道。"她伸手摸了下帕特森太太的肩头。那是麦克斯情绪低落时他母亲会给他的那种触摸，如果麦克斯愿让她这么触碰他的话。真不敢相信帕尔默太太会这样触摸帕特森太太。麦克斯不见了，帕特森太太说她患了一种叫红斑狼疮的病，于是突然帕尔默太太想要拥抱她并拍她的肩。

"没关系，"帕特森太太对帕尔默太太说，"我不想让别人担心。"

"能告诉我们一些可以帮助我们找到麦克斯的信息吗？"警察局局长问道。他听起来有些恼火，我很开心。

"我什么也想不起来，"帕特森太太说，"麦克斯从来都不会逃跑，但他一直是个好奇的男孩儿，他问过很多有关森林的问题。但我没法儿想象他会一个人去那里。"

"逃跑？"警察局局长问道。

这次帕尔默太太开口了："我们一些有特殊需要的孩子有逃离我们的倾向。如果他们到达门口，有时会往街上跑。但麦克斯不是其中的一员。"

"麦克斯从没有逃跑过？"警察局长问道。

"没有，"帕特森太太说，"从未。"

真不敢相信她如此镇定自若。也许红斑狼疮能让人成为骗人的高手。

警察局局长低头看着他的黄色便条。他清了清嗓子。我不清楚我怎么知道的，但我能看出他现在要问重要的问题了，更难对付的问题：

"麦克斯今天本来应该从格斯科太太的教室去学习中心，但他没有到那里。他通常都是自己去吗？"

"有时。"帕特森太太说，但这不是事实。我总是陪他去学习中心。"如果我在学校，我会去接他，但他不需要护送。"帕特森太太补充道。

"我们试图让麦克斯更独立，"帕尔默太太说，"即使露丝在，有时我们也让麦克斯自己在楼里转转。"

"但星期五的时候，"帕特森太太说，"我预定在学习中心辅导麦克斯，因而我一般会送他去那里，因为我也要去。"

"你认为麦克斯有可能提前离开格斯科太太的教室吗？"

"也许，"帕特森太太说，"他不会认指针式时钟，唐娜是按时让他去学习中心的吗？"

"她说是的，"警察局局长说，"我怀疑她可能一时疏忽提早送他出来了，或者他可能没有告诉她或在她没有注意的情况下离开了教室。"

"有可能。"

"她在说谎！"我大叫道，没法儿控制住自己。格斯科太太从来不会提早送孩子们出来的。正相反，她完全忘掉送他们出来。她太忙于自己的书本和教学，并且麦克斯绝不会不经允许就离开教室的。从来没有。

帕特森太太越是谎话连篇，我越是害怕。她太会说谎了。

"麦克斯的父母呢？"警察局局长问道，"关于他们有什么情况吗？"

"你这么说是什么意思？"

"作为家长，他们怎么样？他们相处融洽吗？他们按时送麦克斯上学吗？他被照顾得好吗？等等。"

"我不懂，"帕特森太太说，"你认为他们对麦克斯做了什么？他今天来学校了。"

"他确实来了，有可能他只是出去散步，随时都会出现，在玩别人家后院的秋千，或躲在森林里。但假如麦克斯没有出去散步，而是有人把他带走了，这个人他很有可能认识。通常来说是一位家人。有人会带走麦克斯吗？他的父母有可能牵涉进来吗？"

帕特森太太没有像听到其他问题那样很快作答，警察局局长注意到了。他和我一同向前倾身，他认为他要听到一些重要的内容，我也这么想。

但是警察局局长认为他就要听到一个重要的事实，我却认为将是一个重大的谎言。

"我总是为麦克斯待在学校感到担心，"她说话的语气就像在提起一个沉重的背包，她的用词听起来很沉重，"麦克斯是一个相当敏感的男孩儿，他没有什么朋友。孩子们时不时欺负他。有时他忘记自己做了什么而陷入不安全的境地，如跑到校车前面，或者忘了他对坚果过敏。如果我是他的父母，我不知道我是否会把麦克斯送到公立学校。这太危险了。想到优秀的父母送像麦克斯这样的男孩儿来学校让我很痛心。"

帕特森太太停了下来，看着她的鞋。我认为她根本不知道她在说什么，因为她抬起头往后看时，她似乎很惊讶看到警察局局长。"但他们不会伤害麦克斯。"她说。

转折太快了，我想。

帕特森太太不喜欢麦克斯的爸妈。我以前不知道，现在知道了。她应该不想让我知道这一点。

"但没什么具体的事情让你对他的父母表示忧虑？"警察局局长问道，"除了他们送麦克斯上公立学校？"

帕特森太太停顿了一下，说："是的。"

警察局局长问了帕特森太太一些问题，有关学习中心的老师、麦克斯的同班同学，以及麦克斯每天见到的其他人，并没有太多人。她说她没法儿想象学校里有人会带走麦克斯。

警察局局长不停点头，说：

"我想请你和我的一位警官一起走一下麦克斯通常去学习中心的路，看有没有什么能唤起你的记忆。如果有，请告诉我。他还会从你这里获取一些联系方式，问你几个问题，有关麦克斯每天可能会接触到的其他人，好吗？"

　　"好的。"帕特森太太说，"回答完他的问题后，我能回家吗？至少回去一会儿。物理治疗以及与医生的约见让我很疲乏，我想休息一下。不过如果你们希望我待在学校的话，我也可以躺在教职工活动室的沙发上。"

　　"不用，你可以回家。有需要我们会联系你。如果麦克斯到晚上还不出现，我们很有可能要再次跟你谈谈，有时人们不知道他们或许掌握了可以帮助我们的信息。"

　　"我会尽我所能提供帮助。"帕特森太太说，她从沙发上起身，"你会找到他，对吧？"

　　"但愿如此。"警察局局长说，"如我所说，一个小时内他很有可能会现身，他很可能在某人的后院玩耍。我们会找到他。"

　　我知道我会。

　　我会跟帕特森太太一起回家。

　　麦克斯的爸妈站在办公室的长桌后面。我先看到他们，因为我先走出了帕尔默太太的办公室。接着帕特森太太看到了他们，但我估计她认不出他们来。她甚至不认识他们。她偷了他们的儿子，还告诉警察局局长他们是不称职的父母，她甚至都不认识他们。麦克斯的父母应该也不认识她。他们知道她的名字，但他们之前从来没有见过她。他们见过麦克金太太、赖纳太太和格斯科太太。

　　没有帕特森太太，从来没有辅导老师。

帕特森太太没有停下来跟他们交谈。她走到左边办公室的侧门外，有个警察正在那儿等着她。那是一个脖子上有个棕色斑点的老男人，看上去他没能力拦住坏人，即使这个坏人是帕特森太太，而她的确是个坏人。

帕尔默太太从她的办公室走了出来，她看见了麦克斯的父母。

"德莱尼先生和太太。"她说，听起来有些吃惊。她走向长桌，打开分隔普通人员和办公人员的转门，"请进来。"

通常一切由麦克斯的妈妈做主，但她现在不像是发号施令的人。她的手在颤抖，脸煞白，看上去软绵绵的，像个玩偶。我知道这听起来很荒谬，但就连她的鬈发看上去也没那么鬈了。这不像她惯常的那样强势，她看上去很害怕，甚至有所渴求。渴求消息，我想。

麦克斯的爸爸现在像是头儿。他搂着麦克斯的妈妈，环视着这间办公室，如同格斯科太太点名时那样，检点谁在谁不在。

他们经过长桌往帕尔默太太的办公室走去，但要不是麦克斯的爸爸推着她走，麦克斯的妈妈估计不会动。

"有新的消息吗？"还没走到帕尔默太太的办公室，麦克斯的爸爸就问道。他说起话来也像领导，他的话像是利剑，直冲帕尔默太太，听得出来话里有话。他不仅仅是在问一个问题。他为失去麦克斯而朝帕尔默太太嚷，虽然他没有嚷，虽然他只是问有没有消息。

"来我的办公室谈吧，"帕尔默太太说，"诺顿局长在等你们，他能回答你们所有的问题。"

"麦克斯失踪时，诺顿局长不在这里。"麦克斯的爸爸说。

更尖锐的利剑。

"请，"帕尔默太太说，"里面请。"

我们走进帕尔默太太的办公室。这次麦克斯的父母坐在几分钟前帕特森太太和帕尔默太太坐的沙发上。真希望我能告诉麦克斯的父母，他们目前就坐在偷走麦克斯的人刚刚坐的地方。

帕尔默太太坐到警察局局长仍然坐着的沙发上。那里没有我的位置，于是我站在麦克斯父母坐的沙发旁边。尽管这里没有派别，因为房间里不像之前有坏人，但我仍然觉得有派别，直觉告诉我应该站在麦克斯的父母这边。

警察局局长起身握了麦克斯父母的手。他介绍了自己，每个人都坐了下来，除了我。

"德莱尼先生和太太，我是诺顿局长。我负责对你们儿子的搜寻工作，让我来跟你们说说目前的进展。"

麦克斯的妈妈点点头，但是麦克斯的爸爸没有，他动也没动。我认为他是故意这么做的。如果他动了，哪怕点了头，房间里就不再有派别。每个人都在同样的立场，他们会是一个团队。

他一动不动。

警察局局长告诉麦克斯的父母对学校的搜寻情况，并说人们正在搜寻邻近的社区。他说他们是在假定麦克斯出走并很快会被找到的基础上展开行动的，听起来他希望麦克斯出走了并能很快被找到，否则他就不知道该怎么办。

"麦克斯从来没有出走过。"麦克斯的爸爸说。

"是的，"警察局局长说，"但他的老师们认为这是有可能的，这比其他情况更有可能。"

"比如呢？"麦克斯的爸爸问。

"抱歉。"警察局局长说。

"你指的是哪些其他情况？"

警察局局长停顿了一会儿。等他开口时，他说得很慢："嗯，他逃离学校比他被绑架的可能性更大。"

听到"绑架"时，麦克斯的妈妈低声呜咽了起来。

"我不想吓你，德莱尼太太。如我所说，我随时期待我的电话响起，告诉我他们发现麦克斯在某人的后院玩或是在邻居屋后的一片树林里迷路了。但假如没有找到他，我们肯定会考虑有人把他带走的可能性。我已经为此做了些准备工作。两种可能性我们都在调查，以防万一。"

"有他出走后在街上被人带走的可能吗？"帕尔默太太问道。从她和警察局局长脸上的表情，我能看出他们都希望她没有问过这个问题，至少不是当着麦克斯父母的面。她看着麦克斯的妈妈，后者看起来要哭了。"对不起，"她说，"我不是存心要吓你。"

"这不可能。"警察局局长说，"如果麦克斯决定出走时，一个人贩子刚好开车经过学校，这也太凑巧了。不过我们会考虑这些可能性的，我们会与接触过麦克斯的所有职员谈话，看最近是否有新的人接触过他。"

"为什么麦克斯是一个人？"麦克斯的妈妈问道。这是一个好问题，这个利剑般的问题本应该引起反响，但听起来像是凝胶物。她身体无力，晃晃悠悠的。

"麦克斯的辅导老师今天不在，并且麦克斯自己一个人去过学习中心很多次。"帕尔默太太说，"事实上，对他的个别教育计划的目标之一就是让他更独立，能遵循计划表自己在楼里走动，因而他自己从教室走到学习中心是十分平常的事。"

"他就是在那个时候失踪的吗？"麦克斯的爸爸问道，"在由教室去学习中心的路上？"

"没错。"警察局局长说，语速很快。我认为他想要帕尔默太太保持安静，这样他可以占用她说话的时间。"最后一次有人看见麦克斯，是在他日常的教室。他没有到达学习中心，但由于他的辅导老师今天不在，学习中心的老师们没有注意到麦克斯没有去，因为她是在那里辅导他的。他的老师格斯科太太，以为你们的儿子在学习中心，因而在有人发现以前，麦克斯很有可能已经离开两个小时了。"

麦克斯的爸爸用手指梳理着头发，克制住自己说难听的话。他与麦克斯的妈妈吵架时老这么做，通常就在他摔门而出之前。

"我们想从你们这里获取一些信息，"警察局局长说，"常与麦克斯接触的人的名字，他生活中新出现的人，日常起居，以及我们有必要了解的医学信息。"

"你说过你们随时能找到他。"麦克斯的妈妈说。

"是的，我知道，我仍然相信这一点。有超过两百个人正在搜索这片区域，而且媒体也在帮我们传播这个消息。"

　　警察局局长正要说点儿别的时，有人敲门，一个女警察把头伸进办公室来：

　　"帕特森太太要回家了，如果你用不着她的话。"

　　"路上没有发现？"警察局局长问道。

　　"没有。"

　　"我们有她的联系方式？"

　　"有。"

　　"那好，"他说，"她可以走。"

　　"你让坏人走了！"我喊道，但没人听见。这就像麦克斯的爸爸或赛莉看到一个警察误把坏蛋释放时冲着电视喊叫那样，只不过电视中的坏蛋总会被抓住。这是现实世界，电视中的规则估计不适用。像汤米·斯温登和帕特森太太这样的坏人在现实世界能占上风。麦克斯只有我，而我又帮不上忙。

　　"好的，我送她回家。"女警官说。

　　这意味着我也要走了，尽管内心里我很想留下来跟麦克斯的妈妈在一起。帮助她的唯一方法就是帮助麦克斯，但似乎现在不应该离开她。她看上去如此虚弱，似乎她只有一半在这里。

　　可我必须找到我的朋友。

　　我穿过办公室门，再次进入办公室大厅，我没有看到帕特森太太。告诉诺顿局长帕特森太太准备离开的女警察正在打电话，她坐在女秘书通常坐的桌子旁。我不知道帕特森太太在哪里，但我知道她停车的地方，我担心她可能已经在去停车场的路上了，于是我往办公室外跑。这时我听见女警察说："她现在可以离开，但她需要留下手机号码，以便我们要找她。"她对电话那头的人说。

还好，帕特森太太还没有走。

我要在她到达停车场之前进入她的车，于是我跑了起来。

我知道一个能够突然冒出来的幻影朋友。他不是走去一个地方，他可以从一个地方隐没，然后在另一个地方出现，只要他曾经去过这个地方。这委实让人吃惊，就像他停止存在了一秒，一秒后又存在了。我问他停止存在是什么感觉，我想知道是否疼，但他不懂我的问题。"我没有停止存在，"他说，"我不过是从一个地方到了另一个地方。"

"但在你重新出现之前，停止存在的那一秒是什么感觉？"

"没什么感觉，"他说，"我不过眨了一下眼，睁开眼就到了新地方。"

"但是从原来的地方消失是什么感觉呢？"

"没什么感觉。"

看得出来，他有些烦了，我便没有再问。我有点儿嫉妒他的这一能力，可他只有一个芭比娃娃那么高，眼睛是蓝色的。全部都是蓝色，没有一点儿白的。仿佛他是透过一副深蓝的太阳镜往外看，因而他几乎什么也看不见，尤其在阴天，或者老师关掉灯放电影的时候。他没有名字，这在幻影朋友界并不少见，但还是有点儿令人伤感。他现在不见了，在麦克斯还上幼儿园时的那个圣诞假期他就不存在了。

真希望现在我也能突然在一个地方出现。我跑过大厅，沿着今天早些时候帕特森太太偷走麦克斯之前，我和麦克斯走的路往前走。回到麦克斯早些时候走过的玻璃门。

帕特森太太的车不在停车场。我在过道跑上跑下，但没有找到她。去往停车场的路只有一条，只有一个门厅，一道门，帕特森太太不可能在我前面，因为全程我都是跑来的，而帕特森太太不会跑，那样会让别人对她起疑。

这时我明白了，她有两辆车。她开回学校的是另一辆车，没有蓝色背包和麦克斯在里面坐过的所有证据的那辆。譬如他头上落下来的一根头发、他运动鞋上的泥，或者他的指纹，所有科学家能用来证明麦克斯坐过后座的东西。肯定是这样。她开了另一辆车回学校，以防警察检查她的车。这样做确实高明，帕特森太太是我见过的最会使小心思的人。她随时会从门里出来，进入一辆不同的车，一辆车我从没见过的。也许就是此刻我面前的这辆。

我环顾四周看能不能在停车场找到一辆新车，一辆我从没见过的车。这时我看到了。不是一辆我从没见过的新车，而是帕特森太太的旧车。有蓝色背包、麦克斯的头发和鞋上泥土的那辆。它在学校前面的圆形广场。它停在圆形广场内，就在学校门前，尽管孩子们在校时把车停在圆形广场是违章的。我知道这点，因为有时帕尔默太太通过广播请把车停在圆形广场里的人尽快把他们的车移走。她说"尽快"时的语气会让停车的人知道她很恼火。她可以直接说"请把你们的车从圆形广场移开。不管你们是谁，你们停在那里让我很恼火"，但她说的是"尽快"，似乎更友善些，但并不友善。

　　但通常是一位家长或者一位代课老师把车停在圆形广场，因为老师们一向知道这个规定。帕特森太太知道，那为什么她现在把车停在广场？广场里也有警车，警察可以破例。

　　我看到麦克斯父母的车也停在了广场内。就在帕特森太太的车后，接着又不是了，因为帕特森太太的车在动。它绕过圆形广场后面，往街上开。我跑了起来，我以最快的速度向前跑，只有麦克斯想象所及的那么快，还不够快。我想喊："停下来！等一等！你不应该停在圆形广场里！"但她永远听不见，她的窗户已经关上了，她已经开远了，我是幻影人的，只有幻影朋友和她偷走的我的朋友能听见我。我顾不上往两边看一看，也顾不上走人行道，我穿过车行道，然后跑过门前的草坪去圆形广场的另一边，但是帕特森太太驶到了街上，向右转了。真希望我可以突然出现在那里。我闭上双眼，试着想象帕特森太太车的后座，有蓝色背包、麦克斯头上掉落的头发、他运动鞋上的泥，但一秒后我睁开眼睛时，我仍然在穿越草坪，帕特森太太的车消失在山弯。

　　我放慢速度停了下来。我站在草坪的中央，树丛下面。黄色和红色的叶子在我身边纷飞。

　　我失去了麦克斯。

　　又一次。

　　诺顿局长告诉麦克斯的爸妈他没有放弃在附近找到麦克斯的希望，但他要"把调查的焦点转移到另一个方向"。

　　这意味着他不再认为麦克斯出走了。

他送麦克斯的父母去了教师休息室，一个女警察会问他们更多的问题。然后他让脖子上有棕色斑点的那位警察给汉堡王和安泰打电话，确认麦克斯失踪时他的父母在工作。他必须确认不是麦克斯的父母偷走了麦克斯。我并不吃惊，警察总是先调查父母亲。

电视中父母似乎总是坏人。

那位警察回到办公室，告诉诺顿局长麦克斯的父母一整天都在工作，并且"在显眼的地方"，这说明他们不可能开车来学校偷走麦克斯，再开回去而不被人注意到。

局长看来松了一口气。

我猜想一个陌生人偷了小男孩儿比发现是一个妈妈或爸爸偷了自己的孩子要好。但我从电视中得知伤害和偷窃孩子的通常并不是陌生人，今天也是这样，帕特森太太不是个陌生人。她还特别精明。

在解散前二十分钟，局长结束了禁闭，让孩子们穿上他们的外套去排队等校车。但今天的队伍很短。大部分孩子由他们的家长接走了，家长们啃着指甲，转动着结婚戒指，比平常走得更快，似乎绑架者就藏在门前草坪的树后面，等着拐走更多的孩子。

在帕贝跟随派珀坐车回家之前，我试图跟帕贝说话，在车来之前我们只有几分钟。

"帕特森太太偷走了麦克斯。"我对它说。我们站在派珀的教室里，看着她把书桌格架里的试卷放进背包。实际上，帕贝站着，我不得不坐在地板上，因为它是一只小狗。

"她偷了他？"它问道，帕贝讲话时看起来总是很怪，因为狗们不会说话，而它看起来就像一只真正的狗。它讲话时，舌头从嘴边伸出来，这让它口齿不清。它还老是搔自己，尽管据我所知没有幻想的跳蚤。

"没错，"我说，"麦克斯去她的车里，然后她把车开走了。"

"这么说她没有偷走他。也许他们只是出去兜风了。"

"对啊，但我认为麦克斯并不知道是怎么回事。帕特森太太骗了他。"

"为什么，"帕贝问道，"为什么一个老师要骗一个小孩儿？"

这是我不想跟帕贝说话的另一个原因，它不像我懂得那么多。派珀才上一年级，帕贝基本不离她左右，它不了解成人的世界。它晚上不去加油站和医院，它也不和派珀的父母一起看电视。它太像派珀了，它什么也没有学到，比如为什么一个老师要偷一个孩子。

"我不知道为什么帕特森太太要骗他，"我说，不想向它解释什么是坏人，"但帕特森太太不喜欢麦克斯的父母。也许她觉得他们是坏人。"

"为什么麦克斯的父母是坏人？他们是父母。"

明白我的意思了吧？

真希望格雷厄姆在这里，我非常想念她。估计只有我一个人想念她。如果梅根想念她，格雷厄姆就还会在这里。梅根也许不记得格雷厄姆了。

不管发生什么，等我消失时，我想没人会记得我，就像我不曾来过，没有证据证明我活过。格雷厄姆消失时，说她唯一的憾事是不能看着梅根长大。如果我消失了，我会为不能看着麦克斯长大而难过，但我也会为不能看着自己长大而难过。

不过一个人消失后是不能难过的，消失的人没法儿感到伤心。

他们要么被记得，要么被遗忘。

我记得格雷厄姆，她要是在这里该多好。她没有被忘记。但是没有格雷厄姆来记住我。

警方给麦克斯的父母订了中餐，诺顿局长刚刚送了过来。他说：

"我们还有一些问题，不过马上就能结束了。你们能再待一个小时吗？稍后我们会派人送你们回家。"

"只要你们需要，我们待多久都可以。"麦克斯的妈妈说，听起来她想一整晚都待在这里。没什么奇怪的。只要她不回家，她可以一直认为麦克斯随时会被找到。回家意味着他们知道今晚找不到麦克斯了。

除非他们去帕特森太太的家，否则他们找不到他。

脖子上有棕色斑点的那位警察和诺顿局长一同离开了。诺顿局长说想让麦克斯的父母单独待一会儿，享用晚餐。

我没有离开。没有麦克斯，麦克斯的父母是我唯一拥有的人了。

门一关上，麦克斯的妈妈就哭了起来，不像幼儿园孩子们第一天上学时的那种大哭，只是小声地哭泣，不断地抽噎和抹眼泪。就这样，麦克斯的爸爸搂着她。他什么也没有说，我不知道为什么。他们一起坐在那里。也许他们受伤太深，表达出来的唯一方式就是什么也不说。

我也很受伤。

但如果我能，我会说话，我会告诉他们没有跟帕特森太太一起离开让我觉得自己很蠢，我感觉愚蠢愧疚糟糕。我会告诉他们我有多么难受，今天是星期五，要等到下个星期一下午我才能搭帕特森太太的车。我会告诉他们我有多么害怕帕特森太太星期一不来学校，那样我将再也找不到她和麦克斯。

如果我能跟麦克斯的父母交谈，我会告诉他们帕特森太太骗了麦克斯并把他从学校偷走了，她还撒了谎，现在麦克斯陷入了困境。如果我能告诉他们这些，麦克斯就会得救。要是我能触碰他们的世界，让他们知道就好了。

因而我一直想着奥斯瓦德，在医院的那个坏脾气的幻影朋友，我永远不想再见到他。

我也许必须再见他。

今晚家里有两个警察，他们是那种不睡觉的警察。我在警察局见过这种警察，他们整晚醒着，因为警察局从不关门。

他们坐在厨房里喝咖啡、看电视。有两个陌生人在家里的感觉很怪，尤其麦克斯又不在。麦克斯的爸妈估计也觉得很诡异，今晚他们没有在起居室看电视，而是早早去了卧室。

麦克斯的爸爸本想出去找麦克斯，但诺顿局长让他回来睡会儿觉。"我们派出了巡逻车和志愿者在附近搜寻，我们需要你们好好休息，明天才好帮我们。"

"要是麦克斯在别的地方受到伤害了呢？"麦克斯的爸爸问道，话音里带着怒气，是那种人们害怕时才会有的怒气，听起来更紧张急促，就好像恐惧被用响亮的声音和红润的面颊装扮了起来，"要是他滑倒撞了头，现在躺在树丛下失去了意识，看不见你们的巡逻车呢？要是他摔进了打开的下水道井盖里，甚至试图自己往上爬呢？要是他现在躺在某条街下面的水坑里，可能流血致死呢……"

麦克斯的妈妈又在哭，这让麦克斯的爸爸停止了有关麦克斯快死了或已经死了的其他假设。

"这些情况我们都考虑到了。"诺顿局长说，虽然麦克斯的爸爸近乎在喊叫，诺顿局长的语气仍很平静。他知道麦克斯的爸爸不是对他生气。他甚至或许知道麦克斯的爸爸并没有真的生气，而是害怕。他的名字也许是诺顿局长，但他比我想象的要聪明。"我们已经检查了学校方圆三英里内的每一处下水道井盖，现在还在扩大范围。没错，麦克斯有可能被困在一个我们很难看到他的地方，但我已经确保每个在搜寻的人都知道这一点，他们会不遗余力。"

麦克斯爸爸的看法没错。麦克斯被困在一个没人能看到他的地方，可是这跟地形是否险恶无关。

于是麦克斯的爸妈回家来了，给警察们指出了咖啡壶、洗手间、电话和遥控器的位置后，说他们要睡觉了。

麦克斯的爸妈没有打开电视，我不记得上次他们晚上没有看电视是什么时候。麦克斯的妈妈洗了个澡，现在坐在床上梳头。麦克斯的爸爸也坐在床边，把电话在手上倒腾来倒腾去。

"我没法儿不去想他现在有多么害怕。"麦克斯的妈妈说，她停下了梳头发的手。

"我明白。"麦克斯的爸爸说，"我一直认为他被困在某个地方。也许他陷入了一所废弃房子的地下室，或者他在森林里发现了一个洞穴，出不来了。不管他在哪里，他肯定非常孤独，非常害怕。"

"希望布多跟他在一起。"

听到麦克斯的妈妈说出我的名字时，我轻呼了一声。我知道她认为我是幻影人的，但是在那一瞬间，我几乎觉得她认为我是真实存在的。

"我还没有想到那一点。"麦克斯的爸爸说，"只要让他好受一些，不那么害怕，什么都行。"

麦克斯的妈妈哭了起来，过了一会儿，麦克斯的爸爸也哭了。但是麦克斯的爸爸是在内心哭泣。看得出来他在哭，但是也能感觉出来他认为别人看不出来他在哭。

"我一直在想我们做错了什么，"麦克斯的妈妈说，仍然在哭，"我一直在想这是我们的过错。"

"别这么想。"麦克斯的爸爸说，显然他没有哭了，至少现在没有，"那个该死的老师搞丢了麦克斯，他很有可能出去散步走失了。然后看到什么令他感到新奇的东西，接着就被困在什么地方了。我们要担心的事情够多了，没必要责怪自己。"

"你不认为有人把他带走了？"

"是的，"麦克斯的爸爸说，"我不相信有人会带走他。没错，他们将在井底找到他，或者他被困在某所废弃房子的地下室，或者被锁在某人后院的小屋里。你了解麦克斯，他很有可能听见了别人叫他的名字，但不回答，因为他不想跟别人说话，他也不想喊叫。他会又冷又湿又害怕，但他会没事的。我相信，我打心眼儿里相信。"

麦克斯爸爸的话听起来不错。他们迸发出了希望，他真的相信他说的每一个字。麦克斯的妈妈也相信了。有一会儿，连我都相信了，我想要相信。

麦克斯的爸妈紧紧拥抱了起来。过了几秒钟，我觉得坐在旁边太别扭了，于是我离开了。反正他们马上要睡觉了。

我今晚不想去那家加油站。迪伊和赛莉不会在那里，我没法儿忍受去想人生中失去的所有人：格雷厄姆、迪伊、赛莉、麦克斯。那家加油站过去是我最爱去的地方之一，但如今不是了。

我也不能待在这里，不能在这里待上整晚。坐在麦克斯父母的房间里让我感觉不对劲，我也不想一个人坐在麦克斯的房间里。我不能坐在起居室或厨房，因为警察在那里，他们正在看一个节目，里面有个人对一群人说话，那群人认为他比在电视中看到的要有趣。

另外，有陌生人在屋子里也让人感觉奇怪。

我需要跟别人说说话。一个幻影朋友能找到人交谈的地方不多，尤其在晚上。

但我知道一个地方。

第七章
承诺

· ·

不要离开麦克斯太久，有一天他也会死。他还活着的
时候，不要错过和他玩耍的机会。

　　儿童医院在普通医院街道对面，但我不去普通医院了。有时来儿童医院我都紧张，因为它离成人医院太近了。

　　但是儿童医院是寻找幻影朋友最理想的地方，甚至比学校还好。学校里全是孩子，但是大多数孩子把他们的幻影朋友留在家里，原因在于老师们和其他孩子在场时，很难与一个幻影朋友说话或玩耍。第一天上幼儿园时，他们或许会带上幻影朋友，但除非是像麦克斯这样的人，孩子们很快就明白，跟一个别人看不见的人交谈不是交朋友的好方法。大多数幻影朋友都是在这个时期消失的。

　　幼儿园杀死了他们。

　　但儿童医院通常是一个寻找其他幻影朋友的好地方。麦克斯读一年级时，我来过这里，因为麦克斯的一年级老师克罗普太太告诉我们医院从不关门。她那时正在给全班同学讲解911，这是一个遇到紧急情况可以拨打的号码。

　　如果我能按号码，今天早些时候帕特森太太偷走麦克斯的时候，我就会按这几个数字。

　　克罗普太太说随时都可以拨打911，救护车和医院总是二十四小时待命的。于是有天晚上我没有去加油站而去了医院，那儿有六个加油站那么远。

在儿童医院的孩子们总是病着。有些病了一两天，他们从自行车上摔下来撞到了脑袋，或者是染上了叫作肺炎的病。但也有一些孩子在医院待了很长一段时间，因为他们病得很重。这些孩子中的大部分，尤其这些病重的孩子，都拥有幻影朋友，很有可能缘于他们需要幻影朋友。有些孩子脸色苍白，骨瘦如柴，没有头发；有些孩子深夜醒来低声哭泣，免得让其他人听见并为他们担心。生病的孩子知道他们生病了，病重的孩子知道他们病重了，所有的孩子都很害怕。因而大部分孩子需要幻影朋友陪伴他们，尤其是在他们的父母回家后，他们与发出嘟嘟声的机器和闪光灯在一起的时候。

医院里的电梯是我要面对的一个棘手问题，我不能穿越电梯门。我能穿过玻璃门、木门、卧室门甚至车门，但我不能穿过电梯门。我想这是因为麦克斯害怕电梯，他从没坐过电梯，因而他也许并不将电梯门视为普通的门。对于他来说，它们更像活板门。

我想去十四层，坐电梯会更方便一些。十四层是很多层楼。但那意味着我需要确认电梯里面有我的空间，即便人们看不见我也感觉不到我。他们能撞到我，把我挤到角落里，如果人太多的话。

这么说并不完全对。我不能撞到他们，我撞到的是他们的意念，意思是说，我感觉到他们，但他们感觉不到我。有时候电梯挤满了人，我被挤到角落时，我开始思考麦克斯在电梯里会是什么感觉。贴得紧紧的，受到限制，透不过气来，连我都难以呼吸。我看起来在呼吸，但我呼吸的是空气的理念，它总在那里。

身为一个幻影朋友是很奇特的事情。你不会窒息，不会生病，不会跌倒撞到脑袋，不会得肺炎。能杀死你的唯一事情便是一个人不再相信你。这种情况比所有的窒息、碰撞和肺炎加起来发生的次数还要多。

我等着一个穿蓝衣服的人按电梯，她在我后面进入医院。我必须等待有人用电梯，因为我不能按动按钮，告诉电梯有人在等待。随后我还祈求那个人要下的楼层跟我的比较接近。穿蓝衣服的女人按了数字十一。还不错。如果没有其他人坐电梯，我也将在十一层下，再爬到十四层。

在我们到达十一层之前没有人上电梯，于是我从电梯上下来，爬了最后三层楼。

第十四层楼的形状像一只蜘蛛，中间是一个圆圈，所有的医生都在那里办公，从那里伸展出四条过道。我沿着过道走向中间的圆，过道两边的门全开着。这是儿童医院的又一件值得庆幸的事。医生们一直以来都不关上通往孩子们房间的门，不能穿过门的幻影朋友就不会整晚被困在里面了。

很晚了，过道里很安静。整层楼寂静无声，大多数房间都很暗。中间的圆圈里有几个女医生，在长桌后面或坐或站，在笔记本上记下数字和话语，蜂鸣器一响便去房间里。她们像是从不睡觉的警察。她们能整晚不睡，但看起来她们并不情愿。

在一条"蜘蛛腿"的另一端有个房间，里面摆着长沙发、舒适的椅子、很多杂志及游戏用具。这是生病的孩子们白天休息的地方。晚上，这是不睡觉的幻想朋友们碰面的地方。

我以前以为所有的幻想朋友都不睡觉，但是格雷厄姆说她晚上睡觉，因而也许今晚有一些幻影朋友跟他们的人类朋友一起睡在病房里。

我想象格雷厄姆挨着梅根睡在床上的情景，这让我又想哭泣。

休息室里今晚有三位幻影朋友，并不多。这三个从外表看来就像幻影朋友。有个男孩儿看上去很像人，只是他的脚和腿很小、毛茸茸的，他的头相对他的身体而言特别大，他看起来像是格斯科太太放在她桌上的一个红袜队摇头玩偶。但他有耳朵、眉毛和手指，这让他看起来比大多数幻影朋友更像一个人。不过，不知道他走路时是什么样子，他的头这么大。

坐在大头男孩儿旁边的是一个女孩儿，差不多是一个汽水瓶那么高。她有黄色的头发，但没有鼻子也没有脖子。她的头安在身体上，就像一个雪人。她没有眨眼睛。

第三个看起来像是一把男孩儿形状的汤匙，有两只大大的圆眼睛，一张小嘴，线条般的腿和胳膊。他全身是银色的，没有穿衣服，不过他用不着穿衣服，因为除了他的胳膊和腿，他看上去就像一把汤匙。

实际上，我甚至不确定他的性别。有时幻影朋友既非男性也非女性。我认为他或许就是把汤匙。

我走进去的时候，他们停止了交谈，盯着我。但他们没有看着我的眼睛，也许他们认为我是一个人。

"你们好。"我说，那把汤匙倒抽了口气。大头男孩儿跳了起来，他的头就像格斯科太太的摇头玩偶一样上下跳动。

小女孩儿没有动，眼睛都没有眨一下。

"我还以为你是真的。"那把汤匙说，他惊讶得似乎话都说不出来了。他的声音是个男孩儿的声音，他应该是个男的。

"我也是！"大头男孩儿说，听起来十分兴奋。

"不是的，我跟你们一样，我叫布多。"

"哇。你看起来跟真的一样。"那把汤匙说，他一直盯着我看。

"我是真的。跟你们一样真实。"每次我跟幻影朋友们说话，这段谈话总免不了。他们为我不是一个人而感到惊奇，他们总是说我看上去有多么真实。于是我不得不提醒他们，他们自己也是真实的。

"当然，"汤匙说，"但是你看上去像一个真人。"

"我知道。"我说。

沉默了一会儿后，汤匙说："我是斯普那。"

"我是克鲁特，"大头男孩儿说，"她是萨默。"

"嗨。"小女孩儿用极小的声音说道。她只说了一个"嗨"，但我能看出来她很悲伤，和人类一样悲伤，比麦克斯不能正确地玩抛接球游戏时麦克斯的爸爸更悲伤。

也许与我对格雷厄姆的悲伤之情一样。

"你有谁在这里吗？"汤匙问。

"这么说是什么意思？"

"你的人类朋友在医院里吗？"

"哦，不，"我说，"我是过来看看的，我有时来这里。这是一个找寻幻影朋友的好地方。"

"没错，"克鲁特说着摇摇头，让他的头在四周摆动，"我和埃里克来这里一个星期了，我从来没有见过这么多的幻影朋友。"

"埃里克是你的人类朋友？"我问道。

克鲁特点头表示肯定。

"你活了多久了？"我问。

"从夏令营开始。"克鲁特说。

我倒数到初夏。"五个月？"我问道。

"我不知道。我不计算月份。"

"你呢？"我问斯普那。

"今年是我的第三个年头，"斯普那说，"入学前、幼儿园，现在一年级。这是三年，对吧？"

"是的。"我说。真没想到斯普那这么老了，不像人类的幻影朋友通常活不长。"三年是很长的时间。"我说。

"我知道，"斯普那说，"我没遇到过比我更老的。"

"我快六了。"我说。

"六什么？"克鲁特问道。

"六年。"我说，"麦克斯现在读三年级，麦克斯是我的人类朋友。"

"六年？"斯普那问道。

"没错。"

一时间谁也没有说话，他们只是瞪着我。

"你留下了麦克斯？"这回是萨默在说话。她的声音微弱，却仍然让我一惊。

"你这话是什么意思？"

"你把麦克斯留在了家里？"

"实际上不是。麦克斯不在家，他出去了。"

"啊？"萨默沉默了一会儿，然后说，"为什么你没有跟麦克斯在一起？"

"我不能。我不知道他在哪里。"我正要解释麦克斯出了什么事时，萨默又说话了。她的声音仍然微弱，却不知怎的又很响亮。

"我永远不会离开格雷丝。"她说。

"格雷丝？"我问道。

"格雷丝，我的人类朋友。我永远不会离开她，一秒也不会。"

我再次张开口想解释麦克斯出了什么事时，萨默又开口了：

"格雷丝要死了。"

我看着萨默，张开嘴想说点儿什么，但什么也没有说出来。我不知道说什么。

"格雷丝要死了，"萨默又说了一遍，"她得了白血病。这种病很糟糕，就像一个人可以染上的最严重的流感。她要死了。医生告诉她的妈咪格雷丝要死了。"

我还是不知道说什么。我想说出一句话来让她好受一点儿，或者让我好受一点儿，但是萨默又在我前面开口了：

"不要离开麦克斯太久，有一天他也会死。他还活着的时候，不要错过和他玩耍的机会。"

我突然意识到萨默的声音不是一开始就这么微弱、这么悲伤的。

格雷丝要死了，但是萨默曾经笑过、开心过。我可以看见那个快乐的萨默，像一个影子投射到这个悲伤的萨默身上。

"我是说真的，"她说，"人类朋友不会永远活着，他们会死。"

"我知道。"我说。

我不能告诉她我满脑子想的都是麦克斯快死了。

我向萨默、斯普那和克鲁特讲起麦克斯。我描述起他来，他有多么热爱乐高和格斯科太太，他卡壳时是什么样子，他额外的大号，他的父母，他跟汤米·斯温登的冲突。我告诉他们有关帕特森太太的事，她对麦克斯做了什么，她如何哄骗麦克斯，她如何骗了所有人，除了我。

她也骗了我，不然我现在应该跟麦克斯在一起。

从他们倾听的样子我能看出斯普那最懂我说的话，萨默最懂我的感受。她担心麦克斯，几乎跟我一样。克鲁特听着，但他让我想起帕贝。我认为他根本不懂，他不过在尽量跟上我的谈话。

"你必须找到他。"我解释完后，斯普那说。他说话的语气就跟麦克斯对他的玩具兵说话的语气一样。他不只是在说，他是在下命令。

"我知道，"我说，"我不知道找到他时该做些什么。"

"你必须帮他。"萨默说。她的声音不再微弱了，仍然柔和，但是并不微弱。

"我知道，"我又说了一遍，"但我不知道怎么帮。我没法儿告诉警察或者麦克斯的父母麦克斯在哪里。"

"我不是说要你帮警察，"萨默说，"我说帮麦克斯。"

"我不懂。"我说。

"首先你必须找到他。"斯普那说道。

我看着克鲁特的头摇来摇去,他先是看我,然后转向萨默,又转向斯普那,再转回来看我。他跟不上,我想。

"你必须帮他。"萨默说,她听起来有些恼怒,甚至可以说愤怒,"你必须帮助他回到他的父母身边。"

"我知道,但是如果我不能告诉警察或者他的父母,那么——"

"你必须去做。"萨默说,她似乎在喊叫,虽然她仍然用同样的微弱声音说着话。听起来一样,但一点儿也不微弱,声音巨大。萨默似乎很高大。尽管她仍然是汽水瓶大小,但似乎更大了。"不是警察,"她说,"你……你必须去救麦克斯。你知道你有多么幸运吗?"

"你这话是什么意思?"

"格雷丝要死了。她要死了,而我没法儿帮她。我能坐在她身旁逗她笑,但我不能救格雷丝。她要死了,永远离开,我不能帮她。我救不了她。但是你可以救麦克斯。"

"我不知道做什么。"我说,我低下头注视着这个说话小声的小女孩儿,但是我现在是感觉渺小的那一个。似乎萨默知道一切的答案。我或许是世上年纪最大的幻影朋友,但这个小女孩儿知晓一切,我却一无所知。

那时我意识到她或许知道那个问题的答案。

"如果格雷丝死了,你会怎么样?"我问道。

"你担心麦克斯可能会死吗?"她问道,"那个老师会害死他?"

"也许。"我说,这么想让我感觉不好受,但这有可能发生,不去想并不意味着不存在。

"你是为麦克斯担心，还是为你自己？"萨默问道。

我想撒谎，但我不能。这个说话小声的小女孩儿知道一切。我明白这点。

"两者都有。"我说。

"你不应该担心你自己，"她说，"麦克斯可能会死，你必须救他。救了麦克斯或许能救你自己，但那并不重要。"

"要是格雷丝死了会发生什么？"我又问道，"你会死吗？"

"这不重要。"萨默说。

"为什么？"我问道。

"对啊，为什么？"斯普那问道。克鲁特点头表示赞同。我们都想知道。

萨默什么也没有说，于是我又问了一遍。我害怕问这个问题。我现在有点儿怕萨默，我解释不清为什么，但那是真的。我怕这个说话小声的小女孩儿，但我仍然要问："要是格雷丝死了，你会死吗？"

"我想是的。"她说。她看着她的小脚，接着抬头看着我："我希望如此。"

我们盯着彼此很长一段时间，最后她说道："你会去救麦克斯吗？"

我点点头。

萨默笑了。这是我第一次看见她笑。这个笑容持续了一秒，接着消失了。

"我会救麦克斯。"我说。我认为说出下面的话很重要，尤其对萨默，于是补充道："我保证。"

斯普那点点头。

克鲁特点点头。

萨默又笑了。

我和一个男人一同下的电梯。他推着一台带轮子的机器，在四楼停了下来。我决定出去，电梯下行并不意味着它不会改变心意又上来。我就见过电梯出这样的状况，就是这部电梯。

我从电梯上下来，往右转。楼梯就在拐角处。转弯时，我注意到了墙上的指示牌，上面有一串单词，单词旁边是指向左和右的小箭头。我不是最会认字的，但我能读懂一些单词：

▶ 候诊室

▶ 401—420房间

◀ 420—440房间

◀ 洗手间

在"洗手间"下面是"ICU"三个字母，带一个向右的箭头。

我把这三个字母看作一个单词，念出声来：

"艾酷？"

接着我注意到所有的字母都是大写的，这表明这不是一个单词，每个字母代表一个单词，它们是首字母。我在一年级时学过这个。

我把这几个首字母念出声："ICU"我盯着这几个字母又看了一秒，又读了一遍："我看见你了。"（I See You。）

过了一会儿，我才想起来我听过这几个字母。我记起来了。迪伊被枪击后去了"我看见你了"，只不过不是"我看见你了"。

而是ICU。

迪伊可能在这里，在这栋楼，在这一层，右边。

我往右走。

过道的两边都是门。我边走边看着彼此相邻的名牌。我寻找着字母ICU，以及以这些字母起首的三个单词。

在过道的尽头，我找到了这些词。有两扇门挡住了过道，门上的名牌写着："重症监护治疗病房（Intensive – Care Unit）"。

ICU。

我不知道"Intensive"是什么意思，但我敢说这个词是指给挨了枪击的人们提供的一个房间。

我穿过门。房间很大，中央有一个长柜台，三个医生坐在后面，都是女士。只有桌子上方有灯。房间的其他部分不黑，但很昏暗。房间里有很多很多的机器，下面都装着轮子。它们让我想起小消防车，安静地停在那里，随时待命。

房间边上是垂自天花板的浴帘，它们快把房间包裹了起来。有些拉上了。打开的那些后面是空床。

有两个拉上的帘子。迪伊可能就在其中一个后面。

我走向第一个帘子，试图穿过，但是没能成功。浴帘拦住了我，我撞上它时，它没有动。

麦克斯没把浴帘看作门，起码他幻想出我时没有。尽管麦克斯不见了，但我感觉他现在就在这里，把我拦在了浴帘前面。我感觉我们还在一起，即使我们分开了。

这像是提醒我，他还活着。

我蹲下身，在浴帘和地板之间的空隙下面爬。浴帘后面的床上有个女孩儿，但她不是迪伊。她是个小女孩儿，看上去她可能在帕贝的一年级班上。她睡着了，从小机器延伸出来的电线和管子插进她的胳膊里和毯子下面。她的头包在白毛巾里，眼睛青紫，下巴和眉毛上方各贴着一块邦迪。

她一个人，没有妈妈或爸爸坐在她床头的椅子上，没有医生给她做检查。

我想起了麦克斯，不知道他今晚是否也是一个人。

"她什么时候会醒来？"

一个看起来和床上的小女孩儿一模一样的小女孩儿坐在我右边的椅子上。在浴帘下爬的时候我没有看见她。我的目光转向她时，她站起了身。

我很惊讶她不像大多数幻影朋友那样误以为我是人。也许她知道我是幻影朋友，因为我在浴帘下爬，所有的人都能掀开帘子进来。

"我不知道她什么时候会醒来。"我说。

"为什么别人不跟我说话？"

"谁？"我问，朝四周看。有一会儿，我以为浴帘后还有别的人，我没注意到的人。

"别人，"她又说道，"我问他们她什么时候会醒来，没人搭理我。"

我明白了。"你知道她的名字吗？"我问道，指着床上的那个小女孩儿。

"不知道。"女孩儿说。

"你什么时候遇见她的？"我问道，又指着那个小女孩儿。

"在车里，"她说，"事故之后。那辆车撞到另一辆车以后。"

"那之前你在哪里？"我问道。

"哪里也没有。"她说。她看上去困惑而尴尬，她盯着她的鞋。

"女孩儿什么时候睡的？"我问道。

"我不知道。"她说，看上去仍很困惑，"人们把她抬走了。我在门边等待，她回来时就睡着了。"

"你跟她说过话吗？"我问。

"说过，在车里。妈妈和爸爸不回答她，她就要求我帮忙。我跟她在一起，我跟她说话。我们一直等到带着机器的人把她弄出去。那机器声音很大，可以生火。"

"很高兴你从车里出来了。"我说。我不想让她害怕，我认为我的问题让她害怕。但我还有一些问题要问："从车里出来后，你见过妈妈和爸爸吗？"

"没有。"她说。

"你叫什么名字？"我问。

"我不知道。"她说，听起来很悲伤。她或许会哭，我想。

"听着。你是一个很特别的朋友，一个幻影朋友。那意味着她是唯一能看见你并听见你说话的人。在车里时她很害怕，她需要你，这就是你会在这里的原因。一切都会好的。你只需要等她醒来。"我说。

"为什么你能看见我？"她问。

"因为我跟你一样，"我说，"我也是一个幻影朋友。"

"哦，你的小女孩儿在哪里？"她问。

"我的朋友是一个小男孩儿，他叫麦克斯，我不知道他在哪里。"

她盯着我。她什么也没说，于是我等待着。我也不知道说什么。我们就这样注视着彼此，床边的机器发出嘟嘟嗡嗡的响声。似乎要永远这么沉默下去。最后我开口了："我失去了他，我正在找他。"

她还是盯着我。这个小女孩儿才存在了一天，但我明白她在想什么。

她认为我是个坏朋友，把麦克斯弄丢了。

"我得走了。"我说。

"好的。她什么时候会醒来？"

"马上，"我说，"等着就行。她马上就会醒来。"

在小女孩儿说旁的话之前，我爬回浴帘外面。几步外有另一个拉上的浴帘，但我知道迪伊不在后面。这是儿童医院。成人医院兴许也有一个重症监护治疗病房，迪伊很有可能在那里。

我琢磨着麦克斯是不是也像浴帘后面的这个小女孩儿这么孤单，没有妈妈或爸爸坐在她床头的椅子上。也许他们也受伤了。

也许他们死了。但我想不是这样，因为那样的话就太可怕了。

起码她有她的幻影朋友。她虽然还没有名字，但她等在床头，因而那个小女孩儿并不孤单。

我一直想着麦克斯的妈妈说的话："希望布多跟他在一起。"

我没有。

今晚那个小女孩儿有她的新幻影朋友和她在一起，而麦克斯却是一个人待在什么地方。他活着，因为我仍然在这里。麦克斯死了这个念头太可怕，我不敢去想。

但他是孤单一人。

第八章
寻找麦克斯
· · · · ·

我用最大的声音喊麦克斯的名字。我一直喊。林中的鸟儿回应了我的呼唤，但它们不是在回答我。只有麦克斯能听见我，但麦克斯没有回答。

麦克斯的妈妈没有停止哭泣。这不是悲伤的哭泣，而是害怕的哭泣。这让我想起婴儿找不到妈妈时的啼哭。

只不过这一次是一位母亲找不到她的孩子。

麦克斯的爸爸抱着她。他什么也没说，因为没什么可说。他没有哭，但我知道他内心又在哭泣。

我过去认为这些是世界上最糟糕的三件事：

1. *汤米·斯温登*
2. *额外的大号*
3. *不存在*

现在我认为这些是世界上最糟糕的三件事：

1. *等待*
2. *不知情*
3. *不存在*

现在是星期天的晚上，这意味着明天我能去学校找帕特森太太和麦克斯。

只要帕特森太太返回学校。

我认为她会去，不然她将令人起疑。如果帕特森太太是电视剧中的一个坏人，她星期一准会去学校，她甚至会提议帮助警察局局长寻找麦克斯。

我敢说她会去，因为她是个狡猾的人。

整个周末，我一直在寻找麦克斯，但现在我觉得我做的一切纯粹是浪费时间。我不知道帕特森太太的住址，我又不能干坐在家里两天什么也不做，我也不能再围着警察转，好多警察一直满腹狐疑地说（没有当着麦克斯父母的面）麦克斯是不是死了。

于是我开始在人们的家里寻找麦克斯，期盼其中一栋房子会是帕特森太太的家。我知道格雷迪太太和帕帕拉齐小姐离学校很近，她们有时一起走路上班，因而我以为也许大多数老师都住在附近（虽然我知道格斯科太太住在河对面一个遥远的地方，所以她有时会迟到）。我从离学校最近的房子开始搜寻，在邻近地区转着圈，就像麦克斯扔一块石子到湖里引起的涟漪。

麦克斯不会游泳，但是他喜欢朝水里扔石头。

我知道这样很难找到帕特森太太的家，但我必须做点儿什么，可无济于事。我没有找到麦克斯，也没有找到帕特森太太。我找到的是没有丢孩子的父母。围着圆桌进餐、在后院捡树叶、为钱争吵、清洗地下室、在电视上看电影的种种家庭。他们看起来都很开心，就像他们不知道有一天帕特森太太会开车去学校偷走他们的孩子。

怪物是可怕的，但不像怪物那样行走和说话的怪物是最可怕的。

我考虑再回医院看看斯普那和萨默，但我怕萨默会生气，因为我没有找到麦克斯。

我不知道为什么我会害怕一个只有汽水瓶大小的小女孩儿，但我就是怕。不是怕她会伤害我，而是像麦克斯害怕让格斯科太太失望那种怕，尽管他总是让格斯科太太失望而自己浑然不知。

我也怕发现萨默的人类朋友已经死去，她也死了。

我的意思是，消失，不存在。

昨晚我在那家加油站停留了一会儿，去看看迪伊有没有回来。

她没有。赛莉也不在，我估计我不会再见到赛莉了。挨枪子儿会杀死一个人，但它不会让一个人不再回来上班。但像赛莉那样被吓蒙，会让一个人不再回来上班，甚至向好朋友问好都做不到。

加油站再也不会跟之前一样了。昨天晚上有三个人当班，但是我一个也不认识。波利进来买刮刮乐彩票，看得出来他也是同样的感觉。他没有留下来刮开彩票，他在柜台前站了一会儿，考虑了一下，低头走开了。

这里不再是我们的地盘。

但这里也不是一个新地方。

这里不再是一个特别的地方了。现在在这里工作的人只是工作而已。昨晚在这里工作的一个女孩儿，看上去像需要上两三次额外的大号。她的脸皱成一团，神情严肃。其他两个人都是老年男性，彼此基本不说话。每个人都在忙活，不再鬼混；不再有柜台后的电视；不再与顾客交谈，知道他们的名字；不再有迪伊叫赛莉回来工作。

我不知道我是否还会回到这家加油站来。我想再见到迪伊。或许有一天在重症监护治疗病房，如果我重拾去成人医院的勇气。但我想，就算是迪伊也不可能让加油站恢复到原来的样子。

明天早上我必须早点儿出发，我担心校车在我们这一站不停，因为麦克斯不会站在树边用一只手触摸着树，以免他意外晃到街上。这是我的主意，但他告诉他的母亲这个主意以便他能自己等车时，说这是他自己的主意。

我不在乎，我就是他的主意的产物，因而从某种意义上来讲，我的主意也就是他的主意。

如果有必要，我可以走路去学校，这个周末，我在搜寻麦克斯时就是走路，但我通常坐校车去学校。我感觉明天乘车会有好运气，仿佛我在向整个世界宣告我在校车上，因为我知道麦克斯马上要回来了。

明天我有一些事情要做。整晚我都在考虑这些并记下了它们。有时我真希望自己能拿支笔把事情写下来。这一次我必须更加小心。上个星期五，我不够小心，没能坐上帕特森太太的车。明天我一定不能再出差错。

我的待办事项清单很短：

1. 在麦克斯的妈妈醒来时离开家；

2. 走到萨沃伊家，和他们一起等校车；

3. 搭校车去学校；

4. 直接去帕特森太太停车的停车场；

5. 等待帕特森太太；

6. 帕特森太太停车时，进入她的车；

7. 不管发生什么事情，不离开那辆车。

我只希望帕特森太太明天到学校来。我也想列一张假如帕特森太太不来学校要做的事情的清单，但是我想不出什么事情可以放在清单上。

如果她不回学校，我想麦克斯就会永远消失了。

那个蓝色背包不在后座上了。我坐在我最后一次看见它的地方。

星期四。我最后一次看见它是星期四。

四天之前，感觉像是四十天之前。

在第一次铃响前，帕特森太太把车驶入了停车场。她把车停在老地方，走进学校，如同这是一个平常的上学日。一个诱拐者正在学校大厅四处走动却没人知道，除了我。我一直在琢磨她是否打算马上再偷一个孩子。她像哄骗麦克斯那样在哄骗其他孩子吗？

她想要麦克斯是因为他是麦克斯抑或是她在诱拐孩子？

两个想法都让我恐惧。

我的待办事项清单上说，不管发生什么都应该待在车里。但是上学日很长，现在时间还早，第一次的下课铃都没有响。帕特森太太应该不会太早离开，因为那样显得可疑。我自己列的单子，想改就能改。这不像在过道跑步、消防演习期间保持安静、在无花生的餐桌不要吃花生酱等规定。这是我自己定的规则，如果我想，就可以打破。于是我打破了。

我只想知道学校里发生了什么。

我想见格斯科太太。

有个男人坐在门厅的一张桌子旁边。门厅以前还从来没有过桌子，也没有一个男人坐在门厅的桌子前。他没有穿制服，但看得出来他是一个警察。他脸上显出一副严肃而又厌烦的神色，就像那些在警局通宵工作的警察。一位女士刚刚穿过前门，那位警察向她招手示意她去桌边。他请她在一个写字板上签上她的名字。她在签字的时候，他问她今天到这里来有什么事。

她端着一盘纸杯蛋糕。

他肯定不是一个好警察，因为就连幼儿园的小朋友都知道这位女士为什么来这里。

我沿着过道走向格斯科太太的教室。我进去的时候，她在讲课。单单在过道听见她的声音就让我好受了些。

她站在教室前面，讲述一艘名为"五月花"①的船。黑板前面铺着一张地图，她用米尺敲击着地图问北美在哪里。我知道这个问题的答

---

① 1620年，英国清教徒去北美殖民地时所乘的船的名称。

案，因为麦克斯喜欢地图。他喜欢在真正的地图上用虚构的军队展开假想的战争，于是我知道所有大陆、海洋及大部分国家的名字。

麦克斯的桌子是空的，这是整个教室里唯一的空荡荡的桌子。今天没有别的人缺课。如果今天有其他人缺课就好了，麦克斯的课桌就不会显得如此空荡。

应该有人生病待在家里的。

我坐在麦克斯的桌子后面。椅子被拉开了，有足够大的空隙，我坐在那里时，不会受课桌及椅子的意念所挤压。格斯科太太不再敲击地图。吉米回答了有关北美的问题，他知道答案，孩子们似乎如释重负。他们怕格斯科太太问他们北美在哪里，他们判断得出来这是一个傻瓜都应该能回答出来的问题。现在她给孩子们看一张"五月花"的图片，看起来像是有人把船劈成了两半。我们能看到船的内部。小房间里装满了小桌子、小椅子和小人儿。

"五月花"号是一艘大船。

格斯科太太从图片上抬起头，看着同学们说道："想象一下你们要永远离开家乡，就像这些清教徒。你们远航去美国，只能带一个小提箱。你们会放什么进去？"

好多手举了起来，这是人人都能回答的问题。没人需要吉米来回答这个问题。即使没怎么听讲的人也能举手，并且答案听起来不会让人觉得像傻瓜。格斯科太太经常问这类问题。她想让所有的孩子都有话说，她喜欢让孩子们觉得自己也是故事的一部分。

孩子们回答了起来。马利克说"很多很多内衣"，莱斯莲说"我的手机充电器，去度假时我总是把它忘了"，听到这些时，格斯科太太笑了。

格斯科太太在笑，这让我很惊讶。我很生气。格斯科太太的行为就像如假包换的格斯科太太，她不像两天前丢了一个学生，受到警察指责的格斯科太太。事实上，她比以往更像格斯科太太，她像两个格斯科太太。她差不多在教室里蹦了起来，就仿佛她的鞋子着了火。

然后我明白了。

格斯科太太表现得就像格斯科太太，她在笑，问得当的问题，四处挥舞她的米尺，因为不仅她是那个悲伤并为麦克斯担心的人，孩子们也很担心。很多人不太了解麦克斯，很多人对他并不友好，有些是故意的，有些是无意的，但他们都知道麦克斯不见了，他们肯定担惊受怕，甚至也许还很难过。格斯科太太知道，因而就算她是整个学校最担惊受怕的人，为了孩子们，她也要假装像两个格斯科太太。她担心麦克斯，但她也担心教室里的其他二十个孩子，于是她在他们面前装得若无其事。她尽量让这一天是他们经历过的最称心、最正常不过的一天。

我爱格斯科太太。

我比麦克斯更爱她。

很高兴我进来了。单单看见格斯科太太就让我感觉好多了。

我回到帕特森太太的车里。我想在办公室停留一下，看帕尔默太太今天在干什么；我想看看那位警察局局长是不是还坐在她的沙发上；我想看看麦克斯的父母有没有来学校回答更多的问题；我想去教职工活动室听老师们怎么谈论麦克斯；我想看看休谟太太、麦克金太太和赖纳太太是否与我一样担忧；我想找到帕特森太太，看她今天表现得是否正常，还有她是否像对麦克斯撒谎那样骗孩子们。最重要的是，我想在格斯科太太的教室多待一会儿。

但如果格斯科太太今天能假装是她自己，我也能在一辆车里等帕特森太太回来。

等待是世界上最糟糕的三件事之一，但是等待马上就会结束。

倘若我坐在帕特森太太的车里等，我就会找到麦克斯。

帕特森太太打开车门，爬进驾驶座。五分钟前响了最后一次铃，圆形广场里还有几辆校车等着装满孩子。但帕特森太太并不对孩子们负责。她不必担心他们怎么回家，也不必担心他们是否被临时保姆、一位叔叔或者一位奶奶接走了。她甚至不必担心他们是否有一起玩的朋友、午饭有没有吃饱、冬天有没有暖和的大衣穿。

只有像格斯科太太这样的老师才会操心这些事情。像帕特森太太这样的老师，最后一道铃响时就能离开。这对他们来说似乎是好事，但他们不会知道孩子们有多么爱格斯科太太。

如果你一个星期只教孩子们一个小时，他们是不会爱你的。

或者如果你偷走他们的话。

帕特森太太发动汽车，左转出了圆形广场，这样她就不会被堵在校车的后面。你不能越过一辆校车，如果它打开了停车的小标志。

我记起那天麦克斯在两辆校车之间跑，差点儿被一个开车穿过圆形广场、不遵守停车小标志规定的人撞了。

那天格雷厄姆在。格雷厄姆和麦克斯,似乎很久远了。

帕特森太太只顾开车,她没有打开收音机,没有打电话,没有唱歌,没有哼曲子,甚至没有自言自语。她把双手放在方向盘上,只管开车。

我注视着她。我考虑爬到前座,坐在她旁边,但是我没有。我从没坐过前座,我也不想坐在她的旁边。我想跟着她。我想要她领着我去麦克斯那里,以便我救他。但我不想坐在她旁边。

即使我没有遇见萨默,我也会去救麦克斯。我爱麦克斯,我是唯一能救他的人。想到救麦克斯时,我仍然经常想起萨默,想起我对她的承诺。我不知道为什么。

帕特森太太开车时,我留意着线索。我等待听她说话。我曾单独与麦克斯的爸妈在车里,也曾单独与许多许多人待在房间里,他们以为没有旁人,他们通常在忙。最终,每个人都做着什么。他们打开收音机,或哼哼或呻吟,或者对着贴在风挡玻璃上的小镜子理头发,或者在方向盘上敲手指。有时他们自言自语。他们列清单,自个儿喋喋不休地抱怨别人,或者跟在他们周围开车的人说话,似乎别人能透过玻璃和金属听见他们。

有时人们举止粗俗,他们在车里挖鼻孔。这很不雅,尽管车里似乎是挖鼻孔最理想的场所,没人在旁边,人们在回到家之前就能摆脱鼻屎。麦克斯挖鼻孔时,他的妈妈大声吼他,但麦克斯说有些鼻屎用毛巾弄不出来。他肯定是对的,因为我看见过麦克斯的妈妈挖鼻孔,但从来没有当着别人的面。

我就是那么告诉麦克斯的。"挖鼻孔就像上大号,"我说,"你只能在私下里做。"

周围有人时,麦克斯偶尔仍旧挖鼻孔,不过没以前那么频繁了。

帕特森太太没有挖鼻孔、没有搔头皮,甚至没有打哈欠、叹气或者吸鼻子。她两眼直视前方,只在转弯开启闪烁指针时,她的手才离开方向盘。她开车时非常认真。

认真对待一切事情,我想。"一个认真的人。"格斯科太太会说。这让我更加害怕,认真的人做事很少犯错误。格斯科太太说凯蒂·马尔齐克是一个认真的人,凯蒂总是在拼写测试中得一百分,在没有任何帮助的情况下解答出所有的数学题,哪怕是其他同学在别人帮忙的情况下也解不开的题。

如果凯蒂·马尔齐克长大了想做一个诱拐者,她也会做得很出色。

我敢说,有朝一日凯蒂·马尔齐克也会像帕特森太太这样开车,眼睛看着路,手放在方向盘上,嘴巴紧闭。

如果帕特森太太是要开车回家——我认为是的——我担心她对麦克斯做了什么。她在学校的这一整天把麦克斯安置在哪里了呢?

她可能用绳子把麦克斯绑了起来,那可不好,因为麦克斯不喜欢被束缚住。他不在睡袋里睡觉,睡袋太紧了。他说睡袋把他压扁了。他说高领套头衫勒他的脖子,即使它们没有,不知怎的他坚持说会。他不会进入壁橱,即使门大开着。他从不用毯子蒙住头。他一次只穿七件衣服,不算鞋。不超过七件,因为多于七件他觉得难以承受。"太多了!"他喊道,"太多了!太多了!"

　　这意味着外面很冷时，麦克斯的妈妈只能让他穿上内裤、长裤、一件衬衫、一件外套、两双袜子，再戴上一顶帽子。他从不戴手套。即便他脱去袜子、内裤或摘掉帽子——如果能的话他会——他也不会戴上手套，他不喜欢他的双手被捆起来塞进手套里。因而麦克斯的妈妈在他所有的外套口袋里都缝上了毛皮衬里，麦克斯可以把手放进口袋里保持温暖。

　　如果帕特森太太把麦克斯绑起来，或把他锁进一个壁橱或者一个盒子里一整天，那会非常糟糕。

　　我为自己之前没有想到这一点而生气，但我也为之前没想到而庆幸，不然我会更担心。

　　也许帕特森太太有帮手。也许帕特森太太结婚了，她的丈夫偷走了麦克斯。也许是他的主意。也许帕特森太太告诉帕特森先生他们比麦克斯的父母更适合当他的父母，帕特森先生便会装作一个父亲照看麦克斯一整天，这会比把麦克斯绑起来，或把他锁在一个壁橱里要好，但仍然很糟糕，因为麦克斯不喜欢陌生人，不喜欢陌生的地方，不喜欢新食物，也不喜欢不同的睡觉时间，以及任何不一样的事情。

　　帕特森太太打开闪烁的指针标志，可前面没有可以转进去的街道，只有房屋。其中一栋房子肯定是她的家。麦克斯就在其中一栋房子里，我几乎坐不住了。终于快到了。她开过三条车道，最后向右转弯。我们前面出现了一条很长的车道，山的顶端是一栋蓝房子。房子很小，但看上去极美，就像来自一本书或杂志上的图片。她房前的草坪上有四棵大树，但是草地上没有一片树叶，虽然树上也没有一片叶子。排水沟上没有挂着叶子，房屋边也没有堆积叶子。正门的门廊上放着两篮花，家长们每年在学校出售的那种花，小黄花。也许上个星期它们降价时，帕特森太太从家长们那里买来的。篮子里的每一朵小花看上去都很漂亮。她的车道也很完美，没有一点儿裂口或碎片。她屋后有一个池塘，一个大池塘，我想。从屋角我能看到一点点。

她开车上山时，拿起遥控器按了一个按钮。车库门打开了，她开进车库，把车熄火。过了一会儿，我听见车库门咯咯嗡嗡地响了起来。它关上了。

我在帕特森太太的家里。

我听见萨默的声音，再次要我答应救麦克斯。

"我知道。"我说。帕特森太太听不见我说话，只有麦克斯能听见我，他马上就会听见我的声音。他在这栋房子的什么地方？他就在附近，我要找到他。真不敢相信我能走到这一步。

帕特森太太打开门，爬出了车。

我也从车里出来。

到了找寻我朋友的时候了。

"拯救麦克斯的时间到了。"我说。

我尽量表现得勇敢，虽然我以前并不勇敢。

我没有等帕特森太太。她去车库里面的一个小房间脱大衣和围巾了，房间里有挂东西的钩子，沿着地板摆得整整齐齐的一排靴子和鞋子，还有一台洗衣机和烘干机，但是没有麦克斯。于是我经过她身旁，走进了起居室。

起居室里有几把椅子、一个沙发、一个壁炉、一台挂在墙上的电视机、一个放满书和银框相片的小桌子，但是没有麦克斯。

我的右边是过道和楼梯，我转身爬上楼梯，一次迈两级台阶，我没必要赶时间，因为我在帕特森太太的家里，但我还是很着急，我感觉每一秒都很重要。

楼梯上方有一个过道和四扇门。三扇门开着，一扇关着。

左边的第一扇门开着。这是一间卧室，但不是帕特森太太的卧室。里面没什么东西，只有一张床、一个梳妆台、一个床头柜和一面镜子。有家具，但没有物品。梳妆台上什么也没有。地板上空无一物。门上的衣钩没有挂着睡袍或夹克衫。床上有很多枕头，堆积如山的枕头。这就像是麦克斯家在楼上过道尽头的卧室。客房，他们这么叫，但是麦克斯的爸妈从来没有过客人。很有可能是因为麦克斯不喜欢过夜的客人。这像是一间假卧室，一间只看却从不用的卧室，就像一间在博物馆的卧室。

床边有一个壁橱，于是我查看了一下。我穿过门进入了一个黑暗的空间。太黑了，我什么也看不见，我悄声问道："麦克斯？你在这里吗？"

他不在，在我说出他的名字之前我就知道。

我不知道我为什么要叫他的名字，麦克斯是唯一能听见我说话的人。麦克斯的妈妈会说我看了太多电视，很有可能她是对的。

右边的第二扇门也开着。这是一间浴室，看起来也像一个假浴室，一个博物馆浴室。这里也没有什么东西。水槽和地板上什么也没有。毛巾全好好地挂在杆子上，马桶座盖没有打开。这应该是给客人用的浴室，尽管我没听说过有客用浴室。

我沿着过道走到关着的门前。"如果麦克斯在楼上，他应该在一个关着门的房间。"我想。我穿过门，麦克斯不在房间里。这是一间婴儿房，有一张有围栏的童床、一个玩具箱、一张摇椅和一个上面放着一篮尿布的台子。地板上有不少积木、一个蓝色的小火车发动机和一个有小人儿和小动物的小塑料农场。

麦克斯不会喜欢小塑料农场，因为里面的人看上去不像真的。它们是有脸的销钉，他不喜欢这种玩具，他喜欢逼真的玩具。农场小动物和小人儿都在小塑料谷仓门外面，婴儿肯定很喜欢。

我明白了，帕特森太太有一个孩子。真不敢相信。

这间房里也有一个壁橱。一个装着滑门的长壁橱，其中一个滑门是开着的，里面的架子上塞满了小鞋、小衬衣、小裤子和卷成团的小袜子。

但是没有麦克斯。

帕特森太太有一个小婴儿。看起来不对头，怪物们不应该有小婴儿。

我从婴儿房出来，走进过道对面的那个房间。这是帕特森太太的卧室，我马上就知道了。有一张床、一个梳妆台、另一台挂在墙上的电视机。床铺整理过了，上面没有堆着枕头，床头板上有一瓶水和一本书。床边有一张小桌子，上面放着一个钟、一堆杂志和一副眼镜。这个房间里有物品，不像客房。

这间卧室带有一个浴室，还有一个没有门的大壁橱。这个壁橱几乎与麦克斯的卧室一样大，里面有很多衣服、鞋和腰带，但是仍然没有麦克斯。

我叫道："麦克斯！你在这里吗？你能听见我说话吗？"免得我没有看见他。

没有人回答。

我从帕特森太太的卧室出来，在过道停了下来，抬头看天花板上是否有通向阁楼的活板门。麦克斯家有一个带楼梯的活板门，拉动绳索时，活板门打开，楼梯伸展开来，人们就能爬上阁楼。但这里没有活板门，没有阁楼。

我回到楼下。

我没有回到起居室，而是向左拐。有一个朝左边的过道通向厨房，过道对面有另一个起居室。里面有沙发、几把舒适的椅子、几张小桌子、几盏灯、另一个壁炉和一个放满书的架子，但是没有麦克斯。我穿过起居室，左转进入餐厅。一张长桌、几把椅子、一个有更多照片和盘子瓶子的小桌子映入眼帘。我又左转走进厨房，看到了很多厨房用具，但是没有麦克斯。

第一层是一间起居室和另一间起居室，一个餐厅和一个厨房。就这些。哪里也没有麦克斯，也没有帕特森太太。

我再次穿过屋子，这次速度更快。我找到了一间浴室，我先前没有看到，因为它的门关着，正门旁有一个衣橱。

没有麦克斯。

然后我在通向厨房的过道上找到了一扇门。我一直在找这扇门。

地下室的门。

帕特森太太和麦克斯在地下室。我明白了。

我穿过门走到楼梯上。楼梯和楼梯底部房间的灯亮了。楼梯底部的房间铺了地毯，看起来又像是一个起居室。房间中央有一张绿色的大桌子，桌旁没有椅子，上面支着一张小网。像一个小网球场，像一个给玩偶们的网球场。这里有沙发、椅子和一台电视机，但是没有麦克斯，也没有帕特森太太。

房间的另一边有一扇敞开的门。我穿过它进入一个房间，看起来像是一间典型的地下室。地板是用石头造的，角落里有几台肮脏的大机器。一个是暖气炉，给房屋供暖；一个是水管机器，但我分不清哪个是哪个。有一张桌子，桌子上方的墙上挂着锤子、锯子和螺丝刀，一切都和帕特森太太的壁橱和草地一样整洁。整栋房子都干净整齐。床头板上的水瓶是整栋房子里唯一不协调的东西。

就是这样。没有壁橱，没有楼梯，什么也没有。

没有麦克斯，也没有帕特森太太。

我又一次失去了她，在她自己的家里。

我跑上楼来到厨房，叫着麦克斯的名字。我跑去车库看帕特森太太的车是否还在那里。还在。发动机发出嘀嗒的响声，车熄火后有时会这样。她的大衣还挂在洗衣机旁边的钩子上。

也许她出去了。我真傻，我不可能在一个人自己家里弄丢她，但我仍然觉得我应该恐慌。有点儿不对劲。我知道。哪怕帕特森太太在外面，麦克斯在哪里？我把手伸到脸前面仔细地查看，看我是否能透过手看到另一边。

还是实心的，我没有在消失。麦克斯肯定安然无恙。他在什么地方，安然无恙。帕特森太太知道麦克斯在哪里，我只需要找到帕特森太太，最终就会找到麦克斯。

我来到外面，穿过餐厅的滑动玻璃门，走上屋后的一个露天平台。从平台走几步可以到达一片小草地，再走几步就是池塘。那是一个狭长的池塘。我能看见池塘对面的房屋和来自旁边其他房屋穿过树林的灯光。帕特森太太的邻居住得离她都不近，但她永远不会把麦克斯带到外面。

台阶底部的水中有个码头，旁边漂着一条小船，一条脚踏船。去年夏天我们去波士顿时，麦克斯的妈妈试图让他踏一条这样的船，他不肯。在他妈妈最后放弃之前，他差点儿卡壳了。那次麦克斯的妈妈估计想哭，所有其他孩子都与他们的父母在船上玩得很开心，而麦克斯不能。

帕特森太太不在平台上。上面有一张带伞的桌子，旁边有很多椅子，但是没有麦克斯和帕特森太太。

我从平台上跳下来，绕着房子跑了起来，我边跑边看，绕着房子跑了一大圈又回到平台，再次凝视池塘。太阳很低，所有的影子都很长。阳光照得水面闪闪发光。

我用最大的声音喊麦克斯的名字。我一直喊。

　　林中的鸟儿回应了我的呼唤，但它们不是在回答我。只有麦克斯能听见我，但麦克斯没有回答。

　　我感觉又一次失去了我的朋友。

　　我回到屋内。我肯定漏了一个房间，或者一个壁橱，或者一个碗橱。我站在餐厅里，再一次喊麦克斯的名字。我的声音没有回音，因为这个世界听不见我的声音。只有麦克斯能听见我的声音。倘若世界能听见我的声音，它现在就会重复，它会一遍又一遍地重复。我喊麦克斯的名字就这么大声。

　　我再次穿过楼下，这次更慢，绕了个圈，从餐厅到厨房到起居室，再回到餐厅。我在有电视机的那间起居室停了下来，看着那些银框的相片。有个男婴出现在三张照片中。一张照片里他在爬；另一张照片里他站着，抓住浴缸的一边。三张照片里他都在笑。他有棕色的头发、大大的眼睛和胖乎乎的脸。

　　我仍然不能相信帕特森太太有一个孩子，一个小男孩儿。我说出"帕特森太太有一个小男孩儿"这句话，让它更真实。我又说了一遍，因为我还是难以置信。

　　我思忖道：帕特森太太的小孩儿在哪儿？托儿所？

　　这时我有了一个想法。也许帕特森太太上班时，她的孩子由一位邻居照看。也许帕特森太太去邻居家接她孩子了。

　　就是这样，我明白了。**我在楼上或者在地下室时，帕特森太太离开了家，但她没有开车。她去邻居家或者街那头的托儿所接孩子了。某个**

很近的地方。也许她每天接到孩子就走回家，新鲜空气对孩子有益，她还能问他当天过得如何，即使他不能回答，因为妈妈们会回答。

我感觉释然了。我不知道麦克斯在哪里，但只要我跟着帕特森太太，我就能找到他。只要我不失去她，一切都会好起来。也许麦克斯跟帕特森太太的丈夫在另一栋房子里；也许帕特森夫妇在佛蒙特有一栋度假屋，就像凯蒂·马尔齐克逢人便谈起的那栋；也许麦克斯在那里，离警察会找的地方很远。

帕特森太太这么做很聪明。

带麦克斯去那么远的地方，警方永远找不到他。

远离她不信任的麦克斯父母和她认为他不该去的学校。

但那也没问题。如果我跟帕特森太太在一起，她最终会把我带到麦克斯那里，就算他在佛蒙特。

我把手拿到眼前查看。我十分不愿意这么做，但我提醒自己是为了麦克斯才查看的，尽管我知道也是为了自己，更多的是为我自己。我的手还是实心的，我没事，我没有在消失。麦克斯也没事。不管他在哪里，他都安然无恙。

在等待帕特森太太回来的这段时间，我决定再搜寻一遍房屋。我觉得自己像电视剧中的一位警察在寻找线索，这正是我在做的。寻找将我引向麦克斯的线索。

我在厨房发现了一个先前没注意到的壁橱，我往里看，虽然我知道麦克斯不在里面。把一个男孩儿藏在这里太荒唐了，此外，如果麦克斯在里面，他肯定会听到我叫他。里面很暗，我能隐约看到罐子和盒子。

这是一个食品储藏室。

在两个壁炉架和起居室的小桌子上，我发现了更多帕特森太太的儿子的照片。我没有看到帕特森先生的照片，起初我觉得奇怪，但后来我明白也许帕特森先生是照相的人。麦克斯的爸爸做过同样的事。在许多麦克斯的照片中，他都没有出现，因为他总是在照相机的后面，而不是在前面。

帕特森太太家里的东西并不多，没有成堆的杂志，没有一盘盘的水果，地板上没有玩具，洗衣机旁也没有脏衣篮，水槽里没有碟子，厨房餐桌上没有空咖啡杯。这栋房屋让我想起麦克斯的爸妈准备卖房子时的状态。那时麦克斯在上幼儿园，麦克斯的爸妈认为他们需要一个更大的房子，以防麦克斯有了弟弟或妹妹，于是他们在门前的草坪上插了个大牌子，有点儿像没有价格的价格标签，这样人们就会知道这栋房屋在出售。没人在家时，一个叫梅格的女士会带陌生人来看房。

麦克斯讨厌搬家。他讨厌变动，搬家会是一个大变动。发现有陌生人过来时，他卡壳了好几次，最后麦克斯的爸妈不得不放弃。

这就是我们从不搬家的原因。如果我们搬到一个新的房子，他们担心麦克斯将永远卡壳。

每次陌生人过来看房，麦克斯的父母都把所有的报纸和杂志收进厨房抽屉里，把地板上的所有衣服扔进壁橱。他们还整理床铺，他们以前可不铺床。他们必须让这栋房子看起来像是里面的人从不忘记收拾，这样陌生人就会认为住在里面的人很完美。

帕特森太太的屋子看上去就是这样子，已经准备好让陌生人过来。

但我认为帕特森太太并不打算卖房子。她就是这样的人。

我再次查看了楼上和地下室，寻找我忽视的壁橱，或者其他麦克斯有可能待的地方。我找到了更多帕特森太太的孩子的照片，还在楼上过道发现了一个壁橱。麦克斯不在里面。

在地下室，我找到了三个碗橱，但里面很黑，布满了灰尘，空间太小，麦克斯不可能在里面。我发现了几盒钉子、一堆砖、几个装满衣服的塑料盒和一个割草机，但是没有帕特森太太和麦克斯。

没关系，帕特森太太随时会从大门那儿进来。虽然我知道麦克斯没有和她在一起，但那也没关系。找到帕特森太太就行了，她会把我领到麦克斯那里。

我站在餐厅里，隔着滑动玻璃门看向池塘，这时我终于听见开门的声音。树木的倒影沉入池塘中，水面上的橙色光芒几乎不见了。太阳下沉，水面不再发光。我转身走进厨房，朝通向正门的过道走去，但我发现开门声并不是从正门传来的。

那是地下室的门。

帕特森太太正穿过地下室的门，她从地下室来到厨房。

几分钟前，我在地下室，看着碗橱，找到了几盒钉子。两分钟前，帕特森太太不在地下室，现在她从地下室的门口出来，关上了身后的门。

我从没有这么恐惧过。

第九章
相聚
..

我知道一个人不能因为失去了自己的孩子，就去偷别
人的孩子；我知道她或许仍是一个恶魔，但在那一瞬
间，她更像是一个难过的女士。

　　我脑子里出现的第一个念头就是帕特森太太是一个幻影朋友，而我先前没有意识到。也许她像我一样能穿过门，不知怎的，她回到家并进入地下室，我却没有察觉。

　　我马上就知道这太荒谬了。

　　但她肯定非比寻常，因为她在地下室，我却没看到她。也许她能隐身或者把自己变小。

　　这也非常荒谬。

　　我看着她打开冰箱，取出一些鸡肉。她把锅放在炉子上，烤起鸡肉来。鸡肉噝噝作响时，她开始做米饭。

　　鸡肉和米饭！麦克斯最喜欢的食物。很多东西麦克斯都不吃，但他总是吃鸡肉和白米饭。他喜欢色彩不明亮的食物。

　　我想再次去地下室找我肯定漏掉了的壁橱或楼梯。也许在地下室下面，帕特森太太还有一个地下室；也许地板上有一道门，我没有瞧见，因为我通常不在地板上找门。

　　但我不敢再离开帕特森太太，我将等待。她在为麦克斯做晚餐。我知道。等她做好后我会跟着她。

　　帕特森太太做饭时，没有把东西弄得乱七八糟。用完砧板后，她用清水冲洗它，然后放进了洗碗机。把米饭倒进玻璃碗后，她把盒子收进食品储藏室。要不是帕特森太太偷走了麦克斯，麦克斯的妈妈会喜欢帕特森太太这样的人。她们都喜欢让东西井然有序。麦克斯的妈妈说："随手清洁。"但是麦克斯的爸爸还是把盘子放在水槽里一整夜。

帕特森太太拿起台面上的一个红色托盘，用纸巾擦了擦，尽管它看上去很干净。她把两个纸盘、两把塑料叉子和两个纸杯放在托盘上。

麦克斯喜欢用纸盘和纸杯吃东西，他知道它们是干净的。麦克斯不相信别人或者洗碗机能把他的盘子、叉子和杯子洗干净。麦克斯的爸妈不经常让麦克斯用纸的餐具和塑料餐具吃东西，但有时他们也会那么做，尤其在麦克斯的妈妈想让他尝试新食物的时候。

但是帕特森太太怎么知道麦克斯喜欢用纸杯和塑料叉子呢？她从没来家里吃过饭。然后我想起帕特森太太和麦克斯在一起待了三天，她已经了解到麦克斯不信任洗碗机。

帕特森太太在两个盘子上都盛了米饭和鸡肉，两个杯子里都倒了苹果汁。

麦克斯最喜欢的饮料是苹果汁。

她拿起托盘，下楼去地下室。我跟在她的后面。

在楼梯底部，帕特森太太左转进入铺着地毯、有带网子的绿色桌子和电视机的地方。

地毯的下面有一道门。我知道。麦克斯很有可能就在我下面，在地下室的地下室。

帕特森太太走到房间对面，经过绿色桌子，来到一面墙的前面，墙上挂着一幅花卉画，顶端横着一个搁板。我等着她弯腰拉开地毯，但她伸手将一小块搁板往墙里推，它发出咔嗒咔嗒的响声，一部分墙动了起来。帕特森太太继续推，直到里面的空间够她进入。她进去了，过了一会儿墙又滑回来，搁板又咔嗒咔嗒响起来，回到原位。墙上暗门所在的位置难以察觉。墙上有一张墙纸，墙和门之间的狭小空间所在的位置也许被墙纸隐藏了。这是伪装物，虽然我知道那扇门在那里，但我看不到门的轮廓。这是一道绝密的门。

麦克斯就在这扇绝密的门的后面。

我走到房间对面，我终于要见到麦克斯了！我踏进门，但是我穿越不了。我撞在了门上，向后倒在地板上。墙上的这道门很难看见，我肯定弄错了位置。我移到左边又试了一次，这回走得慢一些，以免再一次搞错。我又撞到了墙上。我又试了三次，但每次都撞到了墙壁。

这里有一扇门，但它像医院的电梯门。麦克斯幻想出我时，他没有幻想像墙一样的绝密门是门，因而我没法儿穿过。

麦克斯在这扇不是门的门的另一边，我只能等帕特森太太再开门时进去。

我必须等待。

我坐在绿色的桌子上，盯着墙。我不能走开，也不能做白日梦。帕特森太太打开门时，里面的空间只够她出来，那意味着她一走开，我就得赶紧挤进去。如果我太慢，我将不能进入。

我等待着。

我盯着那幅画，等着它移动。我试着只去想是墙的这扇门，但我禁不住琢磨墙后面是什么。墙后面肯定是一个房间，空间足够帕特森太太和麦克斯一起吃晚餐。但这是地下，没有窗子，又是封闭的，麦克斯肯定会觉得被困住了。这意味着他或许会卡壳。或者他卡过，现在好了。

我想见麦克斯，但我又害怕见到在一堵墙后面关了三天的他的样子。即使他现在没有卡壳，他的状态也不会好。

我等待着。

墙终于动了，我从桌边跳起来来到墙边。墙开了，帕特森太太从缺口出来。出来后她往后看，给了我足够的时间进入缺口。

我认为她往后看是想确认麦克斯没有试图跟来，但我错了。我看了眼墙后的房间就知道我是错的。

麦克斯没有试图逃跑。

真不敢相信我的眼睛。

光线有点儿刺眼。也许是因为为了等待墙移动，我在光线昏暗的地下室站了太长时间，但是这个房间比我能想象到的任何地下室房间都要明亮。

眼睛适应了光线后，我看到这间房被漆成了黄色、绿色、红色和蓝色。这让我想起米肖先生的幼儿园，巨大的毛毛虫在白板上爬，他的学生们的手指画满墙都是；这也让我想起一盒蜡笔，里面有八到十种不同的颜色。这个房间是颜色的迸发。

有一张赛车形状的床，涂成了红色和金色，甚至有一个方向盘从床头板伸了出来。有一个梳妆台，上面的每个抽屉都被刷成了不同的颜色。房间的另一边有一道门，门上用红色的花体字写着"男生"。有一张桌子，桌上是一大摞画纸和更大摞的坐标纸，这是麦克斯最喜欢的纸，适合画地图和规划战争方案。飞机模型用金属丝从天花板垂下来。到处都是玩具兵、坦克、军用卡车和飞机。床头的一个架子上有狙击手。一把豆袋椅上摆着一行坦克。一队队士兵穿过房屋中间。床上的一个机场四周是放在枕头上的高射炮。从士兵和坦克的间隔看得出来最近刚打过一战。

绿军打败了灰军，我想。看起来灰军没有获胜的希望。

这个房间比我想象的要大，大得多。火车轨道围绕着房间，在床下消失，又从另一边出来。我没有看到一辆火车，也许停在了床底。

有几十个，或许几百个"星球大战"的人物立在梳妆台上，"星球大战"的宇宙飞船在房间的一边，以麦克斯喜欢的方式排列着。X翼战斗机需要一个起飞的跑道，因而它们前面没有其他战斗机。"千年隼"号能笔直向上飞，因而它旁边围绕着钛战机和双体云车。每个宇宙飞船旁边都站着冲锋队员和云城骑兵，只等麦克斯的命令就发射。

除了在玩具店，我从没在一个地方看见过这么多"星球大战"的物品。麦克斯也没有。他或许是班上收藏"星球大战"物品最多的人，但是跟这里相比，也是小巫见大巫。

这里的冲锋队员足够组成一支小军队。

有六架X翼战斗机。麦克斯有两架，那已经算多了。

床对面的墙上挂着一台电视机，下面是一堆DVD碟片，几乎有麦克斯那么高，像是随时会倒下来。

有三个绿色的直升机停在上面，狙击手监视着周边。狙击手站在上面的DVD碟片是《星河战队》，麦克斯喜欢这部电影。

地板上铺着深蓝色的地毯，随处可见星星、行星和月亮。地毯很厚很新，真希望我能像麦克斯那样把脚踩上去。但我的脚只能触碰地毯的意念，它们不会陷进去。它们只停留在表面。

床边有一台糖果机。

帕特森太太车上的那个蓝色背包在床上，敞开着，乐高积木从袋口显露了出来。

麦克斯在车后座时，乐高积木让他有事情忙，转移了他的注意力，直到她把他带回家。

房间中央，有更多的乐高积木。几千片乐高积木，大小和形状各异，我以前都没见过。有大片乐高，小片乐高，以及机械乐高，需要电池的那种，它们是麦克斯的最爱。这里的乐高比麦克斯能梦想到的还多。它们依据大小和形状排成堆，我马上就知道是麦克斯把它们排成一堆一堆的。看起来像地板上的士兵一样排列整齐，相互之间的距离一样。

在这些积木堆前坐着的人像个乐高将军，背对着我，他就是麦克斯。

我找到他了！

真不敢相信，我跟麦克斯在同一个房间。在叫他的名字之前，我又等了一会儿，就像晚上他睡着后他的妈妈偷偷亲他并盯着他看一样看着他。我始终不懂她为什么那样盯着他，现在我明白了。

我想一直这样盯着他看。

我想念麦克斯，但直到现在，我才知道我有多么想念他。我现在知道非常思念一个人的感觉了，简直没法儿形容。要形容出来，我必须发明新的词语。

最后，我叫他的名字。"麦克斯，"我说，"我来了。"

麦克斯尖叫出声，我从没听他叫出这么大的声音。

他的尖叫并没有持续很长的时间，只有几秒。帕特森太太随时会跑来看出了什么事，但突然我想起我在墙那边等待时，不能听见帕特森太太和麦克斯的声音。我先前喊麦克斯的名字时，他也听不到我。

这个房间是隔音的。

电视上有很多隔音房间，大多是在电影里，有时也出现在电视剧中。

麦克斯尖叫时，没有回头看我。这是一个不好的信号，这意味着他或许卡壳了，这意味着他刚刚卡壳。我向麦克斯走去，但保持一定的距离。等他停止尖叫后，我说："麦克斯，我来了。"与在他尖叫之前我说的话一模一样，但我说得更柔和，更快速。我边说边移动，站到了他的面前，我们中间是乐高积木军队。他正在建一艘潜水艇，等他完成时，螺旋桨也许真会动。

"麦克斯，"我又说道，"我来了。"

麦克斯不再尖叫，他现在呼吸急促。麦克斯的妈妈称之为"换气过度"。听起来像是他刚刚跑完一千英里的赛程，正试图歇口气。有时这会导致麦克斯卡壳。我再次说道："麦克斯，我来了。没关系，我来了。没关系。"

触摸麦克斯会是最糟糕的事情，如果我能触摸他的话。冲麦克斯喊叫也会很糟糕，就像推他进入内部的卡壳世界。正相反，我柔和而快速地说啊说。我用我的声音触碰他，如同扔给他一根绳子，求他抓住。有时这有用，我能在他卡壳前把他拉上来；有时这不管用。但这是我知道的唯一起作用的做法。

它起作用了。

我看得出来。

他的呼吸放缓了，但就算他卡壳时呼吸也会放缓。我能从他的眼睛分辨出来。他看见了我，我们四目相对。他没有消失到他的世界，他在重新显露，回到这个世界。他的眼睛朝我笑，他回来了。

"布多。"他说，听起来很高兴，这让我也高兴了起来。

"麦克斯。"我说。我忽然感觉像麦克斯的妈妈，想跨过乐高积木堆去抓住他的脖子，紧紧地拥抱着他。但我不能。麦克斯很有可能为那堆积木把我们分隔开而感到庆幸。它们让他的眼睛朝我笑，而不用担心我会碰他。

麦克斯知道我不能碰他，但也许他认为现在情形不一样。我们从来没有分开过三天。

"你好吗？"我问，坐在麦克斯前面的地板上，乐高积木还在我们的中间。

"好，"麦克斯说，"你吓坏我了。我以为再也见不到你了。我在建一艘潜水艇。"

"是的，"我说，"我看到了。"

我不知道再说些什么。我想找最好的话说，能救麦克斯的话。我感觉我应该先默默搞清楚他是怎么被骗的，但我又认为无论如何我都应该搞清楚发生了什么。这是个严肃的事情，不是家庭作业不见了或者鸡肉块扔在食堂了之类的谎话。

这比汤米·斯温登更严重。

我决定不偷偷摸摸，不在苍白的月光下与魔鬼共舞。这是格斯科太太认为有学生撒谎时说的话。她说："你在苍白的月光下与魔鬼共舞。伍兹先生，小心点儿。"

如今我在苍白的月光下与一个真正的魔鬼共舞，我没有时间可以浪费。

"麦克斯，"我说，尽量听起来像格斯科太太，"帕特森太太是个坏人，我们必须把你从这里弄出去。"实际上我不知道怎么做，但我清楚如果麦克斯不同意，我什么也做不了。

"她不坏。"麦克斯说。

"她偷走了你。"我说，"她骗你，把你从学校里偷走。"

"帕特森太太说我不应该上学。她说我在学校里不安全。"

"不是这样的。"我说。

"是这样的，"麦克斯说，听上去有点儿沮丧，"你知道的。如果我待在学校，汤米·斯温登会杀我；埃拉和珍妮弗老是碰我，碰我的食物；孩子们拿我取乐。帕特森太太知道汤米·斯温登和其他孩子，她说学校不适合我。"

"你的爸爸和妈妈认为学校对你是个安全的地方。他们是你的爸爸和妈妈。"

"爸爸和妈妈并非总是知道得最清楚。这是帕特森太太说的。"

"麦克斯,你被锁在一个地下室。这不好。只有坏人才把孩子锁在地下室。我们必须把你弄出去。"

麦克斯的声音温和了些:"如果我告诉帕特森太太我很开心,她也会开心。"

我不知道这句话是什么意思。在我问他话之前,他又开口了:

"如果帕特森太太开心,她就不会碰我,也不会伤害我。"

"帕特森太太这么说的?"

"不,但我这么认为。"麦克斯说,"如果我逃跑,她会非常生气。"

"我不这么想,麦克斯,我不认为她想伤害你。她就是想把你偷走。"但我这么说时,我也在思考麦克斯是不是对的。麦克斯并不能很好地理解别人,但有些时候他比任何人都更能理解别人。他也许不明白在上课时吃手有多傻,但他却是格斯科太太的母亲去世当天,唯一一个知道她很伤心的人。麦克斯马上就察觉到了,虽然格斯科太太掩饰得很好,而其他孩子直到第二天格斯科太太告诉他们后才知道。我琢磨着现在他对帕特森太太的理解是否也对。也许她是比我想象中更可怕的恶魔。

"你不想离开?"我问道。

　　"这是一个好地方，"麦克斯说，"这里有不少好东西。并且你在这里。你保证你永远不会离开？"

　　"我保证。但是你的爸爸和妈妈怎么办？"

　　我想说更多。我想列举出如果麦克斯困在这个房间里会想念的所有东西，但我列不出来。在麦克斯的生活中，他唯一会想念的是他的爸爸和妈妈。他没有朋友，他奶奶去年过世了；他姥姥住在佛罗里达，从没见过他；他的叔叔和阿姨在他身边时紧张而沉默；他的堂表兄弟姐妹回避他。他只有他的爸爸妈妈、他的物品和我。他的物品也许与他的爸爸和妈妈一样重要。这么说让人伤感，但这是事实。如果要麦克斯在他的乐高积木、玩具兵、爸爸和妈妈之间选择，我不知道他会选择什么。

　　麦克斯的妈妈也知道这一点。他的爸爸或许也知道，但他骗自己说不是这样的。

　　"我能再见到爸爸和妈妈，"麦克斯说，"帕特森太太说的。有朝一日，但不是现在。她会照顾我，让我安然无事，让我远离学校。她叫我'她的小家伙'。"

　　"她的儿子呢？"我问，"你见过他吗？"

　　"帕特森太太没有儿子了，他死了。她告诉我的。"

　　我没有说话，我等待着。

　　麦克斯低头看着他的潜水艇，把积木片放进未完成的那边。过了一分钟，他又说道："他死了。他的爸爸没有好好照顾他，所以他死了。"

　　我想问帕特森先生现在在哪里，但我没有。不管他在哪里，反正他不在这里。他没有参与进来。我知道了。

"你喜欢这里吗？"我问。

"这个房间很好，"麦克斯说，"有很多好东西。我到这里时，这儿一团糟，但是帕特森太太让我整理。当时所有的乐高积木都混在一起，'星球大战'的物品在玩具盒里，所有的玩具兵也都在盒子里，包裹在塑料膜里。所有的DVD碟片也都在一个盒子里。现在一切正常。她甚至给了我一个小猪存钱罐和一把便士，我把便士放进去了，便士太多，都快装不下了。"麦克斯指着桌子，桌子角上有一个小的金属小猪存钱罐。它有金属小腿、耳朵和口鼻。它很旧，已经失去了光泽。"这是帕特森太太小时候用过的。"麦克斯说，似乎读懂了我的心思。

我觉得帕特森太太很聪明，让麦克斯整理这个房间。我敢说整理房间帮助麦克斯度过了第一天。麦克斯不会离开他的乐高积木，除非它们被分类排好。上幼儿园时，他常常在回家之前整理乐高中心，不然他会整晚受困扰。我敢肯定在这儿的第一天麦克斯很忙，如果他没有卡壳的话。

"麦克斯，如果你怕帕特森太太，那么这里就不是一个好地方。"

"只要她开心，我就不怕她。现在你在这里，我感觉好多了。只要你在这里，一切都会好的。我知道。我告诉帕特森太太我需要你，她说也许你会来的。你真的来了。我们可以一起待在这里。"

我意识到只要麦克斯待在这个房间，我就永远不会消失。麦克斯的爸妈总是鞭策他长大，去见新的人，尝试新的事物。麦克斯的爸爸想让他明年加入农场联盟，麦克斯的妈妈想看他能否弹钢琴。即便麦克斯告诉他们汤米·斯温登要杀他，他们也每天送他去学校。我以前没想过这些，麦克斯的爸妈是我最大的威胁。

他们想要麦克斯长大。

帕特森太太想做的正相反，她想让麦克斯待在这间特意为他准备的房间里。她想让麦克斯待在这里，保他安全。她不会送敲诈信或把麦克斯切成碎片。她只想把他藏在这里，好像他属于她。全都锁起来，很安全。她是苍白月光下的魔鬼，但她不是电影或电视剧中的魔鬼。她是一个真正的魔鬼，也许终究我要与她共舞。

如果麦克斯待在这里，我会和麦克斯活得一样长。我会比有史以来的幻影朋友活得都长。

倘若麦克斯待在这个房间，也许我们两人从此都能过上幸福快乐的生活。

门开时，麦克斯和我正在玩玩具兵，帕特森太太走了进来，她穿着一件粉红色的睡衣。

看着一个穿着睡衣的老师，让我感觉很尴尬。

麦克斯没有看她，他一直低着头，盯着他前面的一堆玩具兵。它们刚被一个叫巡航导弹的东西击中了。它实际上是麦克斯从一个塑料飞机上拿下来的蜡笔，但结束时，它炸掉了所有整齐排列的士兵。

"你在玩玩具兵？"帕特森太太问，听上去她很惊讶。

"是的，"麦克斯说，"布多在这里。"

"哦，他在？我真为你高兴，麦克斯。"看起来她真的很高兴，听到有人和麦克斯一起玩，她或许如释重负，即使她认为我不是真的。她或许觉得麦克斯在适应他的新房间，于是我便回来了。

她不知道我到这里来有多么艰难。

"睡觉的时间到了，"帕特森太太说，"你刷过牙了吗？"

"没有。"麦克斯说，仍然低着头。他手上拿着一个灰色的狙击手，说话时他把它翻来覆去。

"你要刷牙吗？"她问道。

"是的。"麦克斯说。

"要我给你掖好被子吗？"

"不用。"麦克斯说，他说得很快。他回答她的问题很快，并且他说"不用"很快，即使只是"不用"这个词。

"好的，不过十五分钟内你要上床，熄掉灯。"

"好。"麦克斯说。

"那么晚安，麦克斯。"说到最后一个词时，她的声音抬高了，似乎她在等他开口。她在等他回复"晚安"，完成这曲晚安颂。她在门边站了一分钟，等麦克斯回答。

麦克斯盯着他的狙击手，一言不发。

等她意识到麦克斯不会回答时，她的脸色沉了下来。她的眼睛、面颊和头都往下沉，有一瞬间，我为帕特森太太感到难过。她也许偷了麦克斯，但她不会伤害麦克斯。在这让人惋惜的短暂瞬间，我确定了这一点。

她爱麦克斯。

我知道一个人不能因为失去了自己的孩子，就去偷别人的孩子；我知道她或许仍是一个恶魔。但在那一瞬间，她更像是一个难过的女士而不是一个恶魔。她以为麦克斯会让她开心，但迄今为止没有。

最终她离开了，没有再多说一句话，关上了身后的门。

"她会回来检查吗？"我问。

"不会。"麦克斯说。

"那为何不玩一整晚呢？"

"我不知道。"麦克斯说，"她不会透过门往里看，但我觉得她总能知道。"

麦克斯走向写着"男生"的那扇门，然后打开门。门的另一边有一个浴室，他从水槽上取出一把牙刷，挤了一些佳洁士薄荷牙膏到牙刷上，刷起牙来。

"她怎么知道你用佳洁士儿童牙膏？"我问。麦克斯只用这一种牙膏。

"她不知道，"在刷牙的间隙，他说，"我告诉她的。"

我可以问更多有关牙膏的问题，但我没有。第一晚她试图让麦克斯用高露洁或佳洁士凉爽薄荷牙膏时，他有没有卡壳（麦克斯的爸爸想换牙膏时，出现过一次状况），以及在他刷牙之前她有没有问过他想要哪种牙膏。

她很可能问过麦克斯。虽然帕特森太太彻底改变了麦克斯的生活，她也明白任何的变化对麦克斯来说都是困扰。麦克斯的爸爸也明白，但他还是不停地尝试改变，即使他明知麦克斯会卡壳。他的妈妈也明白，但她尽量慢慢地改变，这样麦克斯就不会注意到。麦克斯的爸爸直接就做出改变，像牙膏。

"这个房间很好。"我说。麦克斯在换睡衣，迷彩服睡衣，不是他通常穿的那种，但看得出来他很喜欢。穿上后，他走进浴室照镜子。

"这个地方相当不错。"我又说道。

麦克斯没有搭话。

我不断想起帕特森太太跟他说话时，他在手里把玩具兵倒腾来倒腾去的样子，他没有看她。麦克斯说过这个房间很好，我们可以一起待在这里。我相信他，但麦克斯话里有话。

麦克斯很害怕，麦克斯很伤心。

内心里一部分的我想忘记他盯着玩具兵看的样子；想等上几天、一个月甚至一年，因为麦克斯终究会喜欢他的新房间，甚至是帕特森太太；想相信麦克斯会像他说的那样一切安好，因为这意味着我会一直活下去。

但另一部分的我想现在救麦克斯，在一切还不太晚的时候，在一些我没法儿预料的事情发生之前。这部分的我认为我是麦克斯唯一的机会，我必须马上行动起来。

现在行动起来。

我站在两个"我"之间，像麦克斯一样卡壳。我想救我们两个，但我不知道是否可行。

我不知道为了救自己能允许我失去麦克斯到什么程度。

第十章
拯救计划

· · · ·

"我在帮你。"我想告诉麦克斯，但就算我能，我也知道他再也不会相信我了。如果你不得不违背承诺，把你的朋友留在一面墙后面，很难让他相信你在帮忙。

麦克斯终于睡着了。

刷完牙后，他关掉灯，爬上了床。我坐在他床边的一把椅子上，等着他整理枕头。一切就像在家里一样。

不一样的是房间里有九盏夜灯，比麦克斯家里的卧室多出了六盏，因而房间里并不是很暗。

我等着麦克斯说点儿什么，可他就躺在那里，盯着天花板。我问他想不想说话，在他睡觉之前我们通常会交谈，但他摇了摇头。过了一会儿，他轻声说："晚安，布多。"仅此而已。

过了很久，他睡着了。

我一直坐在这儿，琢磨着该怎么办。我倾听着麦克斯的呼吸。他翻来覆去，但并没有醒来。如果我闭上眼睛倾听他，这就几乎像我们又在家里。

如果我们在家里，现在我应该坐在起居室，和麦克斯的父母一起看电视。

我已经开始想念他们了。

我感觉被困在了这间屋子里。

我被困在这间屋子里。我是一个囚犯，像麦克斯一样。我盯着门，思忖着如果我自己都不能逃离，怎么能救麦克斯。

这时我知道该怎么做了。

我起身走向门边。我向里走了三步，穿过门。过了一会儿，我回到了地下室有小网球桌和楼梯的那个地方。这个房间里没有夜灯，一片漆黑。

我穿过的是麦克斯那边墙上的门，它看起来像一扇门。连麦克斯都说它是门。他说过帕特森太太不会透过门往里看，那意味着对麦克斯而言，那是一扇门。而如果它是一扇门，我就能穿过。这是他心目中的门。

但是这边墙上的这道绝密门在麦克斯心中不算门，我没法儿穿过。在麦克斯看来，这是一堵墙。为了核实一下，我转身走回那堵墙边。房间太黑，比我预想的撞得更狠。

我是对的。这边就是一堵墙。

这可不好。如果麦克斯醒来，我没法儿回到房间让他知道我还在这里。我甚至不知道他是不是醒了。我又一次丢下他一个人，他会知道的。我又犯了一个大错。

我转身沿着房间边缘走，摸着墙寻找着路，直到我到达楼梯边。我慢慢地爬上楼梯，手握着栏杆，我穿过楼梯顶端的门，来到厨房和起居室之间的过道。帕特森太太在厨房里，餐桌上有坎贝尔浓汤罐头和盒装的卡夫奶酪通心面。帕特森太太正把罐头和盒子装进一个大纸板盒里。

这是麦克斯最爱吃的两种食物。

桌上还堆着四个其他的纸板盒。盖子合上了，我看不到里面是什么。有一两秒钟，我认为这些纸板盒很重要，然后我又认为它们不重要。我在寻找救麦克斯的线索，但这里没有线索。麦克斯被锁在地下室的秘密房间里，没人知道他在那里。这不是一个谜，但这是一件糟糕的事情。

帕特森太太把剩下的浓汤和奶酪通心面放进盒子里，盖上了盖子。她把这个纸板盒和桌子另一边的几个盒子放在一起后，去水槽洗手，边洗边哼着歌。

洗完手后，她经过我的身边往楼上走。我跟在她的身后，我没有别事情的可做，我不能离开这间屋子。虽然那间密室不能束缚住我，但我还是受困于这间屋子。我不知道我在哪里，也不知道别的地方。没有加油站、警察局或医院可去。麦克斯在这里，我不能撇下麦克斯独自离开。我答应过他绝不离开，虽然我在想如果我要救他，我就必须离开。

帕特森太太的卧室地板上有几个今天早些时候没有的纸板盒。帕特森太太打开梳妆台，取出里面的衣服放进纸板盒。她没有取走所有的衣服，她有所选择。现在我认为纸板盒兴许就是一个线索。把食物放进盒子是不正常的，但是把衣服收进一个纸板盒却并不奇怪。

把五个盒子装满了衣服、鞋子后，她把盒子拿到了楼下，放到那堆纸盒旁边。然后她回到楼上刷牙。她准备睡觉了，我想。于是我离开了。她是个坏人，但我仍然觉得不应该看着她用牙线剔牙并洗脸。

我来到客房，坐在一张椅子上思考。我需要制订一个计划。

真希望格雷厄姆在这里。

我听见麦克斯的声音，他在喊我的名字，我起身跑进过道。让我困惑的是，他的声音不是从地下室传来的，而是来自帕特森太太的卧室。我转身沿着过道跑起来，穿过卧室门进入她的房间。太阳透过窗户照进帕特森太太的卧室。有一瞬间，阳光晃得我睁不开眼睛，我闭上眼睛，看见橙色的光点飘过。我仍能听到麦克斯在叫我的名字，声音来自这个房间，但听起来又很远，就像他在毯子下面，或者锁在壁橱里。我睁开眼睛，看见了帕特森太太。她坐在床上，看着她的手机。不过那不是一部手机，比手机要大要厚实，它有一个屏幕，帕特森太太正盯着屏幕看。麦克斯的声音就是从不是手机的这个东西里发出来的。

我走到床的另一边，在帕特森太太身边坐了下来。我越过她的肩膀去看不是手机的那个东西。麦克斯在屏幕上。屏幕是黑色、白色和灰色的，但我仍能看见麦克斯。他也坐在床头，并且在喊我的名字。

他听起来非常害怕。

帕特森太太和我同时站了起来，她在床的一边，我在另一边。她趿拉上一双拖鞋离开了房间。

我跟随着她。

她直奔地下室，我就在她身后。我能听见麦克斯在不是手机的东西中尖叫，但我没法儿透过墙听见他的叫声。这很奇怪。他就在墙后，但我一点儿声音也听不到，即使我知道他在尖叫。

帕特森太太打开暗门爬了进去，整个房间里都回响着他的喊叫声。

我站在帕特森太太的身后，我不想让麦克斯见到我并叫我的名字。他在喊我的名字，那没关系，但我不想让麦克斯见到我并且说："布多！你回来了！你去哪儿了？你怎么跟帕特森太太在一起？"

如果他这么做，帕特森太太就会知道我在密室外面监视着她。

这一幕不会发生，因为帕特森太太并不相信我是真的，但回到房间后最初的几秒里，我忘记了这一点。我很容易就会忘记人们不相信我的存在。

刚踏进去时，我有点儿害怕，害怕被帕特森太太抓住。帕特森太太是个坏人，我不想让她对我生气，即使她并不相信我的存在。

"麦克斯，没事啦。"帕特森太太边说着边朝他的床移动，但还有几步远时停住了，她这样做很明智。麦克斯情绪低落时，大多数人都想离他特别近，但千万不要这样。帕特森太太是个聪明人。

她是名副其实的苍白月光下的魔鬼。

"布多！"麦克斯再次尖叫起来。声音听起来比屏幕上的要惨一百倍，我从没听过如此凄厉的叫声，感觉自己是世界上最差劲的朋友。我从帕特森太太身后走出来，想着我今天怎么才能把麦克斯一个人留在这里。

"我在这里，麦克斯。"我说。

我刚说完，帕特森太太就说话了："我相信他会回来的。"有一会儿，我还以为她能听到我的声音。

"布多！"麦克斯又一次尖叫，不过这次是欢快的尖叫。他看见我了。

"早上好，麦克斯。"我说，"对不起，我被困在外面了。"

"被困？"麦克斯问道。

"什么被困？"帕特森太太问道。

"布多被困了。"麦克斯说，"是吗？"问话时，他看着我。

"是的。"我说，"我们单独在一起时，我再告诉你详情。"我了解同时与我和别人说话会令麦克斯混乱，我尽量避免这种情况。

"我相信布多会摆脱出来的，"帕特森太太说，"没什么好怕的。"

"他已经出来了。"麦克斯说。

"哦，那就好。"帕特森太太说，听起来像是在水底闷了太长时间刚刚深吸了一口气，"真高兴他回来了。"

"好的。"麦克斯说，这个回答听起来很奇怪，但是别人告诉麦克斯他们的感觉时，他从来不知道该说什么。大多数时间他什么也不说，他就等着人们说点儿别的。但"好的"是比较保险的回答。

"你自己能穿好衣服吗？"帕特森太太问道，"我还没有做你的早饭。"

"能。"麦克斯说。

"那好。"帕特森太太说。她又一次站在门边等待。不知道她是在等麦克斯说什么，还是在思考说点儿别的。无论怎样，她看起来都很悲伤。麦克斯甚至没有注意到她，他手上已经有了一架X翼战机，他正在按动按钮展开双翼。

帕特森太太叹了口气，离开了。

门咔嗒一声关上后，麦克斯从他的玩具上抬起头来。"你刚才在哪里？"他问道。他很生气，他看着我，虽然他手上有一个"星球大战"的玩具。

"我昨天离开了房间，没办法回来。"

"为什么？"麦克斯说。他的目光又回到那艘宇宙飞船上。

"这边有一道门，但那边是一面墙。"我说。

麦克斯什么也没有说。这表明他懂我的意思，或者不在意我的答案。通常我能分辨出来，但这次我不能。

他把X翼战机放在枕头上，从床上下来。他走到浴室，打开门。这时他转过身，再次看着我。"你保证再也不离开我。"他说。

我答应了，虽然我马上就要离开他。

我琢磨着要不要告诉麦克斯我要离开了。如果我直接偷溜出去，他会更容易承受。然后我意识到偷溜出去对我来说更容易些，而不是对麦克斯。

但我担心麦克斯会对我特别生气以致不再相信我。

真希望我知道该怎么做。

我原以为麦克斯将永远被困在这里，我会有时间把事情仔细想清楚，制订一个计划。可我现在担心麦克斯不会永远被困在这里，我怕还没开始我就没有时间救他了。

我本来希望麦克斯能爱上这个地方，也许我们可以永远待在这里。我知道不去帮助麦克斯是不好的，但是停止存在也是不好的。为了生存，狮子会吃掉长颈鹿，即使长颈鹿并没有招惹狮子，没人认为狮子是错的。生存下去是非常重要的事情，是最重要的事情。我应该帮助麦克斯，我也想帮助麦克斯，我想做出正确的决定，但我也想活着。

这就有不少事情要思考，我担心我没有更多的时间来思考。

麦克斯吃完了早餐，在玩游戏机。他在赛车道上开车。我注视着他玩，麦克斯喜欢我看着他玩电子游戏。他不跟我说话，也不问我问题。他只是需要我在旁边看着。

门开了。帕特森太太走进了房间。她穿着学校制服，喷了香水。看到她之前我就先闻到了她的香味。

不是所有的幻影朋友都能闻到气味，我可以。

她闻起来像过时的花朵。她身着灰色裤子、粉色衬衣和一件夹克衫，手上拿着一个"变形金刚"的饭盒。

"麦克斯，"她说，"我要去上班了。"她说话时就像把声音浸入水中去看水有多冷。她缓慢而谨慎。

麦克斯没有搭话。他在玩电子游戏时，他的爸妈都难以让他回答。我不知道他是否故意不理睬帕特森太太。

"我把你的午餐放进饭盒了，"她说，"汤在保温瓶里，还有一份酸奶和一个橘子。我知道每天吃一样的东西很没劲，但我不能给你其他食物，免得你被噎住，而我又不在。"

她等着麦克斯说点儿什么，但他一直放着背景音乐操纵着他的电子汽车。"不过别担心，"她说，"很快我们将整天在一起。好吗？"

麦克斯仍然保持沉默，仍然盯着屏幕。

"今天我会想你的，麦克斯。"帕特森太太说，似乎她在用她的声音抵达他，就像我那样。她扔给他一根绳子，但是我知道他不会伸手去抓。他在玩电子游戏，其他的无关紧要。

"我每天都想你，麦克斯，"她说，"我想让你知道我做的每件事情都是为了你。很快事情就会好得多。好吗？"

现在我希望麦克斯回答。我想要他问问帕特森太太在说些什么。事情会怎样变化？什么时候会变化？她在计划些什么？

但他盯着屏幕，车正沿着跑道运转。

"再见，麦克斯。回头见。"

她想说"我爱你"。我知道。这三个词就挂在她嘴边。我相信她确实爱麦克斯。十分爱他。我又一次为帕特森太太感到遗憾。她偷了麦克斯，即使她说这是为他好，她是想再次拥有一个小男孩儿。而她偷来的这个小男孩儿只比她死去的小男孩儿说的话多一点点。

帕特森太太离开房间，关上身后的门。门咔嗒一声关上后，麦克斯抬起头来。他盯着门看了一会儿，接着他的目光又回到了游戏上。

我等在门边，注视着麦克斯玩游戏。我数到一百，张开嘴想说话，但又一次数到一百。

数到第二个一百后，我终于开口："我也要走了，麦克斯。"

"什么？"麦克斯说，他从游戏中抬起头来。

这不是易事，我必须告诉麦克斯一些重要的事情，并且取得他的理解，但我又没有时间。我害怕如果我在帕特森太太走出门之前离开房间，她也许会在她那个不是手机的东西上听到麦克斯尖叫，然后回来待在家里，不去上班。我需要她现在走进车库，但我没有办法知道她是否如此。我只是猜测。可是我数了两次一百，她有足够的时间到车边。也许时间太多了。我也许已经太晚了。

"我要走了，麦克斯。"我说，"就这一天。我要跟帕特森太太一起去学校，去看看格斯科太太，看看你的爸爸妈妈是否安好。放学后我就跟她一起回来。"

"我也想去。"麦克斯说。

这是我始料未及的，我不知道该说什么，我张大嘴巴站着，直到清楚该说什么。"我明白，"我说，"但我没法儿把你弄出这个房间。你不能像我一样穿过门。"

"我也想去！"麦克斯喊道，"我想见格斯科太太、妈咪和爹地！我想见妈咪和爹地！"

麦克斯从没叫过他的妈妈和爸爸为妈咪和爹地。听到他说这些时，我觉得我永远不能离开这里。我将永远再不能离开麦克斯，这样做太伤感，太残忍。

"我会想办法救你出去。"我对麦克斯说。我这么说是为了让他高兴，但话一出口，我就意识到我不需要花时间决定做什么。我不是狮子，麦克斯也不是长颈鹿。我是布多，麦克斯是我的朋友，一直以来应该做的事情只有一件。那并不意味着我必须停止存在，那意味着我必须停止一味关注我的存在这件事。

那意味着我不得不现在离开。

"麦克斯，我走了。我会回来。我一定会让你尽快见到你的爸妈。我保证。"

这是今天上午我对麦克斯做出的第二个承诺。我要违背第一个了。

我转向门时，麦克斯尖叫起来："不！不！不！不！"

倘若我离开，麦克斯会卡壳。

倘若我穿过这道门，在放学后帕特森太太再打开门之前，我将没有办法回到这个房间。

但我还是通过了那道门，我知道对的事情往往也是困难的事情。

我请某个没有在听的人原谅我违背对麦克斯的诺言，丢下我的朋友。

我踏进地下室时，声音又恢复了。麦克斯隔音的房间在我身后，而这个房间充满熔炉的嗡嗡声和管中水的哗哗声以及滴水声。我知道麦克斯在尖叫，他很有可能正猛敲着我身后的门，但是我听不到。我很庆幸。想象他在这面墙后卡壳了的情景，让我感到悲伤和愧疚。真正听到他的声音会更糟糕。

楼上的一扇门砰地关上了，我突然记起我要做的事情。我跑过房间，跑上楼梯到一楼，拐入过道，朝厨房里看。昨天晚上堆在桌上的纸板盒不见了。我没有看到帕特森太太。

这时我听见发动机开动的声音，过了一秒传来车库门打开的叮当声响。

我想跑去车库，但觉得太晚了。我向右转，朝正门跑去。我穿过正门到外面，在门廊上绊了一下，我之前不知道有门廊。我跌倒在地，一块石头弹到绕着屋子通向车道的人行道上。我站起身，还没站直就开始跑，最初的几步我的指节在地上拖。我绕着弯跑，来到房前，看见延伸到公路的车道。她的车面向公路，她倒车时不像别人那样缓慢地开。

我没法儿及时到那辆车里，离我太远了。麦克斯从没想象到我能跑那么快，他从没想象到我需要跑那么快。

但我依然向前跑。我没法儿想象今天待在帕特森太太的家里，明知麦克斯被困在一面墙后，而我却没法儿与他联系。我以最快的速度跑下山去，半道上碰到了车行道，我跑得极快，都快跌倒了，半跑半滚，但即便如此，我也赶不上帕特森太太。

接着我看见一辆车开过来了，是一辆绿色的车将要经过帕特森太太的车道。她需要减速，甚至要停下来让这辆车经过。

我的机会来了。

就在我觉得我能赶上时，我跌倒了，在路面上滚动了起来。我把手放在两耳上保护我的头，不知怎的，我翻身坐了起来。过了一会儿，我又开始滚动，仍然失去控制，但是朝着正确的方向，朝向车道尽头和帕特森太太的车。我的双脚不断摆动，手臂张开，尽量保持身体的平衡，但我在不停地移动。

她的车停在了车道的尽头，那辆绿色的车开了过去。我左转来到草地上。我没法儿及时抵达车道的尽头，但也许我能在车拐入大街时碰到那辆车。我把身体冲向草地的远端，那里的一面石墙和一排树与草地相连。帕特森太太的车转弯加速时，我以最快的速度跑向那个角落。除非我跳起来，不然我办不到。我碰到了旁边就是道路的草地边缘后，闭上双眼，跳起来，期待弹到挡泥板或帕特森太太的车轮。

伴随着每次穿越一扇门时几乎无声的"嗖"，过了一会儿，我躺在了车的后座上，瘫成一团，不停地喘气。

我能听见帕特森太太的声音。她在唱《锤子之歌》："早上锤击，晚上锤击……"

帕特森太太唱了两遍《锤子之歌》，然后打开收音机。她在听新闻。我在听有没有关于麦克斯的新闻。没有。

不知道她是否也在听有关麦克斯的新闻。

我们在一条高速公路上行驶了很长时间，这很怪异，因为帕特森太太住得离学校相当近。昨晚从学校到她家只花了不到十五分钟，我不记得走了高速。

仪表板上的钟显示七点三十六分。第一道铃八点半响，我们还有不少时间，但是在高速公路上行驶让我紧张了起来。

我们要去哪里?

我尽量不去想麦克斯；不去想象麦克斯被困在那堵墙后面，一个人；不去想象听到他为我而哭的声音。我告诉自己把注意力集中在道路上，试着去读那些绿色的标志牌，去观察帕特森太太并留意相关的线索，但是我在脑中不停地想象麦克斯，他叫着哭着，捶着墙求救。

"我在帮你。"我想告诉麦克斯，但就算我能，我也知道他再也不会相信我了。如果你不得不违背承诺，把你的朋友留在一面墙后面，很难让他相信你在帮他的忙。

我听到头顶上传来一声轰鸣，一架飞机开过。我从没听到一架飞机飞得这么低，但我在电视上看到过也听到过，知道我们头顶上是一架大飞机，一辆大型喷气式飞机。

我朝窗外看。我向上看，我想看到那架飞机，但是没有。路上方的绿色标志牌写着"欢迎来到布拉德利国际机场"。标志上还有其他单词，但我看得不够快，没有看全。我很开心自己能读懂"国际"这个词，这不是一个简单的词。我在前方看到了低矮的房屋、高高的停车场、公共汽车、小汽车和四面八方的许多标志牌。我从没到过机场，我期待看到飞机，但我一架也没有看到。我能听见飞机的轰鸣，但是一架也没能看到。

帕特森太太驶入主路，继续朝前开，绕到一扇门前。她把车停在一台机器前面，摇下窗户，伸手去按一个按钮。机器上有个标牌，写着"长期停车"。我不知道"长期停车"是什么意思，但我开始琢磨我是否又犯了一个错误。帕特森太太要飞到别的地方去吗？她担心警察马上要找到麦克斯吗？我在电视上看见过人们在机场被捕，他们都是些想出国的坏人。我不知道为什么警察不出境到别的国家逮捕那些坏人，也许这正是帕特森太太想做的。也许她知道格斯科太太或者警察局局长破了案，知道谁带走了麦克斯，现在她必须逃走，否则就要蹲监狱。

那台机器发出嗡嗡的响声，吐出一张票。帕特森太太把车驶入已经挤满了车的停车场。有好几百辆车，停车场右边有一个车库，里面也全都是车。我们开车在过道上来来回回，经过了不少空位，但是帕特森太太没有把车停在任何一个空位。她似乎有一个要去的地方，而不是在寻找地方。

她终于放慢速度把车停在了一个空位上。她从车上下来，我也下了车。如今我离家太远，不能迷路。帕特森太太去哪儿，我就去哪儿。她打开行李箱，之前堆在厨房桌上的盒子都在里面。她从行李箱里拿出一个盒子，转过身穿过过道到停车场的另一边。她沿着过道向前走，经过三辆车，在一辆面包车旁边停了下来，一辆大面包车。实际上，是一辆大巴。我觉得是一所带轮子的房子，一辆房车。帕特森太太的手伸进口袋拿出一把钥匙。她把钥匙放在一扇门上打开了门，像是麦克斯校车上的门，它是常规尺寸的。帕特森太太爬了三级台阶，左转进入了房车。

我跟在她后面。

有一间起居室，就在驾驶座的后面。有一张沙发、一把舒适椅、一张固定在地上不能四处移动的桌子。墙上挂着一台电视机，沙发边有一张双层床。帕特森太太把盒子放在沙发上，转身离开了。我跟随她回到车边，看着她提起第二个盒子，拿到车上。她把盒子放在第一个旁边，又转身走了。这次我没有跟过去，留在车上。她还有六个盒子要拿过来，我可以趁这个机会看看这辆车的其他地方。我经过起居室来到一个狭窄的过道。我右边有一扇关着的门，左边有一个小厨房，里面有一个水槽、一个火炉、一个微波炉和一台冰箱。我穿过右边的门，发现自己站在一个带水槽和马桶的房间里。

一个大巴上的浴室。

如果麦克斯的校车上有一个浴室，他永远不必再为额外的大号担心。

话说回来，即使校车上有马桶，我认为麦克斯也不会在上面上大号。

我退出门来到狭窄的过道。过道尽头有另一扇关着的门。我往后看，帕特森太太又放了两个盒子在沙发上。现在一共四个。再跑两三次她就完工了。

我进入过道尽头的那扇门里。当我睁开眼睛时，自古以来第一次感到脊背发凉。我听过这个词，但直到现在才明白它的意思。

我简直不能相信我的眼睛。

我站在一间卧室里。

这跟麦克斯现在被困的卧室一模一样。

这间卧室小一些，灯少一些，车两边有两扇椭圆的窗户，上面拉着窗帘。墙与帕特森太太家地下室麦克斯房间墙的颜色一样。床也是同样的赛车床，上面是同样的被单、同样的枕头和同样的毛毯。地上铺着同样的地毯。房间里塞满了乐高积木、"星球大战"的玩具和玩具兵。跟地下室麦克斯房间里的一样多，也许更多。墙上挂着台电视机、一台游戏机和一架DVD机，和帕特森太太家里地下室的房间里一样。就连DVD碟片也是一样的。

这是给麦克斯的另一个房间，一个能移动的房间。

我听见帕特森太太将另一个盒子放在沙发上。我转身离开。我不知道她是要开这辆大巴、她的小车抑或搭飞机，但无论如何我要与她待在一起，因为我永远找不到从这个机场回家的路。

我回到门外后，注意到了门上的锁，那是一把带插销的挂锁。

我又一次感到脊背发凉。这是我人生中的第二次。

帕特森太太把车中的最后三个盒子搬到了大巴上，接着她从巴士上下来。我跟着她。她关上门，锁上锁，走回她的车边，钻了进去，启动发动机。我在后座上坐了下来。她把车开出去，一边再次唱起《锤子之歌》，一边迂回穿过停车场过道来到另一头的一扇门边。

她在一个小亭子前面停了下来，把票递给里面的人。"搞错了？"他低头看着她的票问道。

"没有。"帕特森太太说，"我妹妹让我查看一下她的车，留一件夹克在她的车上。她让我留一件夹克，这样她不会觉得让我查看她的车是在犯傻。她有点儿强迫症。"

亭子里的男人笑了。

帕特森太太是个撒谎高手，她就像是电视剧中的女演员，她在扮演一个角色而不是做她自己，她假装是一个有强迫症妹妹的女人。她在这方面很在行。要不是我知道她是偷走麦克斯的人，我都会相信她。

帕特森太太递给亭子里的男人一些钱，她面前的门开了。她向那个男人挥挥手，我们驱车离开了。

仪表板上的钟显示七点五十五分。

希望我们往学校去。

麦克斯的课桌还是空的，他今天又是唯一缺勤的学生，这让他的课桌更显空荡。一切和昨天一样，但感觉像是过了一百万年。那位警察仍然坐在正门旁边。格斯科太太仍然假装是格斯科太太。麦克斯的课桌仍然是空的。

如果可以，我会坐在麦克斯的课桌后，但是他的椅子被推了进去，没有我坐的地方。于是我坐在了教室后面的一把椅子上，听格斯科太太讲解分数。她即使没有了活力，也仍是世界上最好的老师。哪怕学习像分子和分母这样枯燥的知识，她也能让孩子们欢笑。

　　我思忖着如果格斯科太太曾是帕特森太太的老师，帕特森太太是否还会偷走麦克斯。

　　我觉得不会。

　　假以时日，格斯科太太甚至能把汤米·斯温登改造成一个好孩子。

　　帕特森太太去学习中心后，我来到格斯科太太的教室听她讲了一会儿课。我没法儿忘掉我是怎样离开麦克斯的，但我希望听格斯科太太讲课能让我好受些。

　　确实如此，好受了一点儿。

　　午休时间，孩子们离开教室后，我跟着格斯科太太来到了教师休息室。如果我想了解事态的进展，我将在这里找到。格斯科太太每天中午都与达格蒂小姐和塞拉太太共进午餐，她们总会讨论一些有意思的事情。

　　世界上有两种老师：一种在学校演戏，一种在学校教书。达格蒂小姐、塞拉太太，特别是格斯科太太，是那种在学校教书的老师。她们用正常的声音对孩子们说话，说那些她们会在自己家起居室说的事情。她们的布告栏总是有点儿杂沓，她们的桌子总是有点儿凌乱，她们的书房总是有点儿无序，但孩子们爱她们，因为她们用真实的声音讲述真实的事情，她们总说真话。这就是麦克斯爱格斯科太太的原因。她从不假装是一个老师，她就是她自己，这让麦克斯感觉放松，不需要再去揣测。

　　就连麦克斯也能看出一个老师是不是在学校演戏。在学校演戏的老师不会管孩子。他们喜欢孩子们坐在座位上仔细地听讲，从不在教室里跳橡皮筋。他们想要所有的孩子都跟他们以前在学校时一样，整洁、可爱、无可指摘。在学校演戏的老师不知道拿麦克斯、汤米·斯温登和安妮·布林克尔这样的孩子怎么办。安妮·布林克尔曾故意在威尔逊太太的讲台上呕吐。他们难以理解像麦克斯这样的孩子的行为，他们宁愿教的是玩具娃娃而不是真正的孩子。他们用不干胶贴纸、记录纸和卡片来让孩子们守规矩，但是这种无聊的东西从来没有真正起到作用。

格斯科太太、达格蒂小姐和塞拉太太爱麦克斯、安妮甚至汤米·斯温登这样的孩子。她们让孩子们想要表现得体，她们也并不怕告诉孩子们他们行为不当。这让她们成为共进午餐的最好的老师。

格斯科太太在吃一种叫作沙丁鱼三明治的东西。我不知道"沙丁鱼"是什么，应该不是什么好东西。格斯科太太告诉达格蒂小姐她在吃什么时，后者皱起了鼻子。

"警方又跟你谈过没？"达格蒂小姐问道，说话时她放低了声音。房间里有六位其他老师，大部分是在学校演戏的老师。

"没有，"格斯科太太说，没有压低声音，"不过他们最好做好他们该死的工作，找到麦克斯。"

我从来没有见过格斯科太太哭泣，我见过很多老师哭泣，甚至是男老师，但主要是女老师。她现在没有哭，但她说这些话时，听起来生气得要哭了，不是悲伤的眼泪，而是恼火的眼泪。

"肯定是他的双亲之一，"达格蒂小姐说，"或者他的一个亲戚。孩子们不会无缘无故地失踪。"

"我只是不能相信已经……什么？四天？"塞拉太太说道。

"五天，"格斯科太太说，"该死的五天了。"

"我一整天没看到卡伦了。"塞拉太太说。卡伦是帕尔默太太的名字。在学校演戏的老师们叫她帕尔默太太，但是像塞拉太太这样的老师直接叫她卡伦。

"她一早上都关在办公室里。"达格蒂小姐说。

"希望她是在想办法寻找麦克斯，而不是躲着大家。"塞拉太太说。

"她最好不遗余力地去工作，找到他。"格斯科太太说。她眼中含有泪水，她的脸红了。她起身，留下了她的沙丁鱼三明治。她一离开，房间又陷入了安静。

我也离开了。

两点钟，帕特森太太与帕尔默太太有个会面。我知道这件事，因为今天她到学校后要求见帕尔默太太，但是女秘书说帕尔默太太到两点才有时间。于是帕特森太太说"好的"，她说话的语气表明她并不乐意。

她们会面时，我也想在场。

离会面的时间还有一个小时，格斯科太太的学生们在上体育课。格斯科太太坐在桌子后面批改试卷，我便去克罗普太太的教室看帕贝。我已经五天没有见它了，在幻影朋友界这是很多天了。

对于不少幻影朋友来说，这是一生。

帕贝在派珀的旁边蜷成一团。派珀在读一本书，她的嘴在动，但没有说话。一年级的学生经常这么朗读。麦克斯过去也这样。

"帕贝。"我说，我先低声说。这是一个习惯，不单是我的，也是其他所有人的习惯，我也就这么做了。这时我意识到在一个只有一个人能听见我说话的房间低声说话真傻，我便用正常的音量说道："帕贝！是我，布多。"

帕贝一动不动。

"帕贝！"我喊道。这次它跳起来四处张望。

"你吓到我了。"看到房间另一端的我时，它说。

"你也睡觉？"我问道。

"当然。怎么这么问？"

"格雷厄姆说她睡觉，但我从来不睡觉。"

"真的？"帕贝说着朝我走来。孩子们在默读，克罗普太太和四个孩子在一张靠墙的桌边朗读。教室里全是一年级的学生，但他们都在聚精会神地阅读，没有人无所事事，或者看向窗外，因为克罗普太太也不在学校演戏，她教书。

"对，"我说，"我从不睡觉。我连怎么睡觉都不知道。"

"我睡觉的时间比我清醒的时候多。"帕贝说。

我琢磨着如果我想睡觉能否睡着。我从不感到疲惫，但倘若我躺在枕头上，闭上眼睛的时间够长，我也许也会睡着；我琢磨着睡眠是否能让我们更容易忘记停止存在是多么简单的事。

有一瞬间，我发现自己有点儿嫉妒帕贝。

"你听到什么有关麦克斯的事没？"我问道。

"他回来了？"帕贝问。

"没有，他被偷了。记得吗？"

"我知道，"帕贝说，"我还以为他回来了。"

"关于这件事，你什么也没有听到？"

"是的，"帕贝说，"你找到他了吗？"

"我得走了。"我说。事实并不是这样，但我忘了与帕贝交谈有多么恼人。它不仅笨，还认为整个世界就像克罗普太太对她的一年级学生读的图画书。在那些书里，每个人都汲取到教训，没人死去。帕贝认为世界就是大团圆的结局。这不是它的过错，但仍然让我恼火。我忍不住。

我转身准备离开。

"也许伍莉知道。"帕贝说。

"伍莉？"

"没错，伍莉。"帕贝没有手，它不是指，而是朝衣帽间的方向点头。一个纸娃娃靠在远处的墙上，他差不多到我的腰那么高，起初，我认为那是一个人体彩绘。在幼儿园时，老师们要求孩子们躺在大页纸上互相描摹，麦克斯拒绝这么做。

麦克斯的老师想勾画他，麦克斯就卡壳了。

我凑近看，纸娃娃的眼睛在眨，他朝左右两边点头，似乎试着在不用手的情况下打招呼。

"伍莉？"我又问帕贝。

"没错，伍莉。"

"他在这儿多久了？"我问。

"我不知道，"帕贝说，"一会儿。"

我走到衣帽间，伍莉仍然像挂在墙上一样。

"你好，"我说，"我是布多。"

"我是伍莉。"纸娃娃说。他有两只胳膊两条腿，没有太多的肉，看上去他是在匆忙之间被剪出来的。"匆忙间幻想出来的。"我提醒自己。他的边缘参差不齐，浑身都有折痕，像是以一百万种不同的方式叠了一百万次。

"你在这儿多久了？"我问。

"在这个房间，"他问道，"还是在这个世界？"

我笑了。他比帕贝聪明。"世界。"我说。

"从去年开始，"伍莉说，"在幼儿园结束时。但我不常来学校。凯拉过去让我待在家里，或者把我折起来放进背包里，不过她现在带我出来好多天了，也许有一个月了。"

"谁是凯拉？"我问。

伍莉伸出手来指，与此同时，他的整个身体蜷曲起来滑到地板上，面朝下，纸张沙沙作响。

"你还好吧？"我问，不知道该做什么。

"还好。"伍莉说，用他的胳膊和腿转动背部，抬起头看我，"这种情况经常发生。"他在笑。他不像我那样有真正的嘴巴，他只有一条能开合和改变形状的线。但是线的边缘卷起，我看得出来那是一个笑容。

我也笑了。"你能站起来吗？"我问。

"当然。"伍莉说。我看着伍莉上下卷起他身体的中间部分，像一条毛毛虫，将自己推回墙边，直到他的头碰到墙。然后他又卷起身体的中间部分，头抵住墙立起来。他反复这样又做了两次，伸出手抓住一个小书架的边缘，在身体中间部分的推动下把自己往上拉。结束后，他又站了起来，但实际上他倚着墙。

"真不容易。"我说。

"不是的。我能靠我的背或肚子到处飞奔，但是爬墙比较困难。如果没有可以抓的东西，几乎不可能办到。"

"对不起。"我说。

"没事，"伍莉说，"上个星期我碰到一个小男孩儿，他是一个冰棒棍子的形状，没有胳膊，也没有腿，只是一根棍子。贾森带他到学校来的，但克罗普太太让他第一个去试一下新的电脑游戏时，他把冰棒棍男孩儿扔在他的课桌上，完全忘在了脑后。我靠着墙站在这里，看着他逐渐消失。前一分钟他还在这里，后一分钟他就不在了。你见过幻影朋友消失吗？"

"是的。"我说。

"我哭了，"伍莉说，"我甚至不认识他，但我哭了。那个冰棒棍男孩儿也哭了，一直哭到他消失。"

"我也会哭的。"我说。

有一会儿，我们都沉默了。我尽量去想象那个冰棒棍男孩儿是什么感受。

我发现自己非常喜欢伍莉。

"为什么现在凯拉带你来学校？"我问。我明白一个孩子带幻影朋友到新地方时，通常意味着发生了不好的事情。

"她爸爸不跟她住在一起了，离开之前他打了她妈妈。就在吃饭的时候，他打她耳光。然后她把食物扔到他脸上。他们开始冲彼此吼叫，非常大声。凯拉一直哭个不停。之后她就带我来学校了。"

"对不起。"我又说了一遍。

"不用，"伍莉说，"我为凯拉感到抱歉，但我喜欢来学校。这意味着一时半会儿我不会像冰棒棍男孩儿那样结束。她经常来自动饮水器这里打水，但实际上她是来看我是否还在。这也是我没有再被塞进她背包的原因。如果她仍然把我塞在背包里，很容易就会把我忘了。所以说这是好事。"

我笑了。伍莉很聪明，非常聪明。

"你听过一个叫麦克斯的男孩儿的消息没？"我说，"他上个星期失踪了。"

"他出走了。对吗？"

"你听到了什么？"我问道。

"克罗普太太和另外两位女士在这儿用过午餐，她们谈过这件事。克罗普太太说他出走了。"

"其他女士说了什么？"我问道。我意识到这是我第一次与不是帕贝的人谈论麦克斯被偷的事。感觉真好。

"有位女士说他很可能被一个认识他的人绑架了。她说遭绑架的孩子总是被他们认识的人绑架。她说麦克斯太笨，不可能出走并躲藏这么久还不被人发现。"

"他不笨。"我说，很惊讶我这么生气。

"我没有说这句话，是那位女士说的。"

"我知道。抱歉。不过，她说他被绑架了是对的。帕特森太太偷走了麦克斯。"

"谁是帕特森太太？"伍莉问道。

"她是麦克斯的老师。"

"一个老师？"听上去伍莉不相信。我感觉我终于找到知音了。"你告诉过别人没？"他问。

"没有。麦克斯是唯一能听见我说话的人。"

"哦。"这时他的眼睛，不过是一个圆圈里面的圆圈，睁大了，"哦，不。麦克斯是你的幻影朋友？"

我还从没听过这么称呼一个人，但我说"是的"。

"也许我应该告诉凯拉，"伍莉说，"她就能替你告诉克罗普太太了。"

我没有想过这一点，但是伍莉说得没错，伍莉能够连接我与人类世界。他可以告诉凯拉，然后凯拉可以告诉克罗普太太，接着克罗普太太可以告诉警察局局长。真不敢相信我自己没想到这个主意。

"你觉得克罗普太太会相信她吗？"我问。

"我不知道，"伍莉说，"也许。"

这个主意也许有用。我以前认为麦克斯是我与他的世界的唯一连接，谁知每个幻影朋友都能连接到麦克斯的世界。

每个幻影朋友都能接触人类世界，连帕贝也是。

每个幻影朋友都能接触这个世界，我想。

这时我有了另一个主意。一个好主意和一个坏主意合成一个。

"不用，"我说，"别告诉凯拉。"我想起帕特森太太那辆后面有卧室、门上有锁的大巴，我担心如果她知道凯拉对克罗普太太说的话，她也许会把麦克斯锁在那间卧室，永远离开。克罗普太太也许会告诉警察，但也许克罗普太太会笑着对凯拉说："哦，伍莉告诉你的？"然后她会告诉帕特森太太，凯拉今天在课上说的事情真好笑；帕特森太太会恐慌，在我找到方法救麦克斯之前就带麦克斯逃走了。

伍莉的主意也许有用，但我有一个接触麦克斯世界的更好连接。

一个好得多和坏得多的连接。

我又一次感到脊背发凉。

帕尔默太太看上去很疲惫。她的声音沙哑，眼睛浮肿，像是想闭上。就连她的衣服和头发看上去也累了。

"你还好吧？"帕特森太太问她。

帕尔默太太的办公桌上堆满了文件、文件夹和舒泰龙泡沫塑料咖啡杯。垃圾桶旁边堆着一摞报纸。除了一台电脑和一部电话，我从没见她的桌上放过其他东西。我甚至不记得在这个办公室见过一片碎纸。

"我很好，"帕尔默太太说，这三个字听起来也很疲惫，"找到麦克斯后，我会好得多，我们正竭尽全力。"

"我们能做的事情不多。是吗？"帕特森太太问道。

"我在尽可能地协助警方，同时我在处理媒体的问讯。我也在想办法帮助德莱尼先生和太太。但你说得没错，现在我们除了等待和祈祷，能做的不多。"

"真庆幸负责的人是你，而不是我，"帕特森太太说，"我很佩服你，卡伦。我不知道你是怎么办到的。"

但是帕尔默太太并没有负起责来，帕特森太太知道。帕尔默太太接听电话，通过广播发布公告，提醒费德兹先生在毕业典礼上系领带，但她本应保证孩子们的安全，那才是她真正的工作。可麦克斯并不安全，偷他的人就坐在她的办公室，她却不知道。

这可不是我认为的负责人。

"这是我二十年的管理人员生涯中最艰难的日子。"帕尔默太太说，"但是上帝保佑，我们会熬过去的。麦克斯会安全无恙地回到我们的身边。好了，我能帮你做点儿什么？"

"我知道现在不是时候，但是我想休一段时间的假。我的身体状况没有改善，我想去西部和我妹妹住一段时间。我并不是要在你需要帮助时弃你不顾。我不着急，我会等你找好接替的人，我也会尽量与警方合作，待在康涅狄格，直到他们不再需要我的帮助。如果可以，我想尽快休假，在今年剩下的时间里好好休息。"

"当然。"帕尔默太太说。听上去她有点儿惊讶，也松了口气。她或许以为帕特森太太找她是为了别的事。"我对红斑狼疮了解不多，很对不起，过去的几天我本该多读点儿相关的材料，如果没有把注意力全集中在麦克斯身上的话。但是我们还能帮得上什么忙吗？"帕尔默太太说。

"谢谢你，我很好。我在服一些药，似乎暂时控制住了病情，但这是一种难以预料的疾病。我害怕哪天早上起来，发现自己没有时间去看我的妹妹并认识她的孩子们。也让他们认识一下他们的姨妈。"

"肯定很难。"帕尔默太太说。

"失去斯科蒂时，我以为我熬不过去了。但这里对我太好了，让我焕发新生。它提醒我这个世界上还有善与美，有些孩子真的需要我。我没有一天不想我的孩子，但最终还是继续生活了下来并且做了些好事。"

"是的。"帕尔默太太说。

"但麦克斯的失踪再一次让我思考人生无常。我每天晚上都祈祷麦克斯平安无事，可谁也不知道发生了什么。今天在这里，明天就不见了。就像我的斯科蒂。有一天那个人也会是我。我不想等到我人生的遗憾已经堆积到老高再去做些改变。"

"我完全理解，"帕尔默太太说，"明天我就给里奇打电话，让人事部门马上开始面试接替者。我想亲自来面试，但恐怕我没有时间。现在市场上有很多老师没有工作，雇用到一个合适的接替者应该不是难事。明年你还回来吗？"

帕特森太太叹了口气，看起来发自内心，虽然我知道她说的全是谎话。她的戏演得太好了。"我想我会回来的，"她说，"明年春天再告诉你可以吗？现在很难跟你说六个月后我的想法。说实话，每天来学校对我都是一种煎熬，知道麦克斯不在这里，知道如果上周五我来上班，一切都不会发生。"

"别傻了，露丝。"帕尔默太太说。

"这不是傻话，"帕特森太太说，"如果我……"

"别说了，"帕尔默太太说道，伸出她的手像一个交通安全员，"这不是你的错。麦克斯没有出走。有人把他带走了，如果他们不是在星期五带走他，也会在另一天带走他。警方说基本上没有随意的绑架，有人计划了这一切。这不是你的错。"

"我明白，但我仍然很难接受。如果麦克斯回来了，我明年还会回来；如果出了岔子，他明年九月仍然失踪，我不知道我怎么能够再次走进这个门。"

对帕尔默太太来说，帕特森太太说的一切都让她更显无辜；对我来说，她则显得更加危险。

"别责怪自己，"帕尔默太太说，"这件事跟你没关系。"

"当我晚上躺在床上，想起麦克斯和他可能在的地方，我会情不自禁地去想这全是我的过错。"帕特森太太说。

"别这么想。你太善良了，不要责怪自己。"

有时我问麦克斯我是否存在，就为了让他承认我存在，提醒他我存在。现在帕特森太太的做法如出一辙。帕特森太太，诱拐麦克斯的人，走进帕尔默太太的办公室哄骗她坚信自己没有做坏事。坏人就坐在帕尔默太太面前，而帕尔默太太却一次次地告诉她她是无辜的，即使她承认有责任。

帕尔默太太在苍白的月光下与魔鬼共舞，她输得很惨。

现在帕尔默太太同意让帕特森太太在这一年剩下的时间休假，这样她能去西部看望可能并不存在的妹妹。我认为帕特森太太打算离开康涅狄格，她也许打算去西部，但不是为了看望她的妹妹。

她要带麦克斯离开，如果她这么做了，他们都不会再回来。

我要抓紧了。

我要违背对麦克斯的另一个承诺了。

我坐校车回家，又在萨沃伊家下的车，因为校车在麦克斯家不停。我走回家去看麦克斯的爸妈，不过这不是我坐校车回来的原因。我不知道从学校去医院怎么走，于是我必须回到家来。

真希望我以前在街道上花过更多的心思。麦克斯的爸爸说他脑子里有一幅地图，可以带他去任何地方。我所有的地图都是从麦克斯的家开始。我的地图看起来像一只蜘蛛，麦克斯的家是身体，我去的所有地方都是腿。

没有两条腿是相连的。

如果不坐帕特森太太的车，我也去不了她家，这意味着如果帕特森太太不再来学校，我就遇上了大麻烦，我将再也找不到麦克斯。

假若一切顺利，明天我会回到帕特森太太的车里。

麦克斯的父母在家。校车经过时，我看见他们的车停在车道上。通常情况下，此时麦克斯的爸爸应该在上班，麦克斯的妈妈应该刚到家好去站台接麦克斯回来。但今天他们都在家里。

他的妈妈在厨房。她在烤饼干。屋子里很安静，收音机没有开，电视也没有开。我能听到的唯一声音是从书房里传来的麦克斯爸爸的声音，他在打电话。

真不可思议。我没想到会有饼干和电话。

家里也很干净，比平常干净。餐桌上没有书和邮件，水槽里没有盘子，正门旁边没有鞋。

这让我想起了帕特森太太的家。

麦克斯的爸爸从书房出来走进厨房。

"你在烤饼干？"他问道。

很高兴他问了这个问题，我也想问同样的问题。

"我烤饼干拿到警察局。"

"你认为他们需要饼干？"麦克斯的爸爸说。

"我找不到别的事做，行吗？"麦克斯的妈妈说。她把饼干面糊碗推到餐台对面，碗滑到边上落在了地板上，破了，发出一声脆响，不过碗的大部分还连在一起。它被饼干面团托着。地板上只有两三片玻璃碎片。

麦克斯的妈妈哭了起来。

"我的天！"麦克斯的爸爸喊道。他低头看着那个破碗。有一个碎片滑到了油地毡另一边，就在他的脚前。他盯着它看了一会儿，然后走到麦克斯妈妈的身边。

"对不起，"麦克斯的妈妈说，"我实在不知道该做什么。没有一本书告诉我小孩儿失踪时该做什么。警察告诉我在家里等待，但是我该做什么？看电视？读书？你在那里玩起业余侦探，我却困在这里盯着墙，琢磨着麦克斯到底出了什么事。"

"警察说很可能是麦克斯认识的人，"麦克斯的爸爸说，"我只是想搞清楚会是谁。"

"通过给我们认识的每个人打电话，希望他们会承认带走了他？难道你指望在背景声里听见麦克斯与帕克的儿子们或是和我妹妹家的孩子们在玩？"

"我不知道，"麦克斯的爸爸说，"我得做点儿什么。"

"你真的以为我妹妹会带走麦克斯？她一跟麦克斯说话就紧张，她甚至不敢与他对视。"

"我总得做点儿事，该死的！我不能干坐着什么也不做。"

"你认为烤饼干不是事？"

"我没看出这对寻找麦克斯有什么用。"

"你给所有人打完电话后又怎么样了呢？"麦克斯的妈妈问道，"还做什么呢？我们停下一切，不去上班，也不过正常的生活有多久了？"

"你想回去上班？"

"不，当然不。但我一直在思考要是我们找不到麦克斯该怎么办。我们坐在这个屋子里等消息，这种状态要持续多久？我知道这很糟糕，但我一直在思考要是警方让我们放弃希望，我们怎么继续生活？我已经开始放弃希望了。老天帮帮我吧！已经五天了，他们一无所获。我们该怎么办啊？"

"才五天，"麦克斯的爸爸说，"警察局局长说人总会犯错。也许不是在第一个星期甚至第一个月，但是不会永远不出差错。带走麦克斯的人肯定会出错，那时我们就能找到他。"

"要是他已经死了呢？"

"别这么说！"麦克斯的爸爸喊道，"永远别说这种话！"

"为什么不？别告诉我你从没这么想过。"

"我努力不去想。"麦克斯的爸爸说，"老天在上，你为什么要说这个？"

"因为这就是我满脑子想的事！"麦克斯的妈妈说，"我的孩子不见了，他也许死了，我们永远找不回他了。"

现在麦克斯的妈妈真的在哭。她把沾满了饼干面糊的一把木勺扔到餐台对面，自己倒在地板上，头埋进臂弯。有一瞬间，她让我想起伍莉，从墙上滑下来落到地板上。麦克斯的爸爸向前走，停了一下又继续走向她。他慢慢蹲下来搂住她。

"他没有死。"麦克斯的爸爸轻声说。

"要是他死了呢？"麦克斯的妈妈问道，"那时该怎么办？我不知道我们该怎么过下去。"

"我们会找到他的。"麦克斯的爸爸说。

"我没法儿不去想我们是不是做了什么，或者忘了做什么。这是我们的过错。"

"停。"麦克斯的爸爸说，不过他说这句话时很温柔，不像一个交通安全员，"你知道，世界不是这么运转的。某个坏人想把麦克斯从我们身边带走，这跟我们没有关系，这不过是一个坏人做的一件坏事。我们要抓住这个狗娘养的，把我们的儿子带回来。他会犯错的。警察局局长说过。只要他出错，我们就能把他带回来。我明白。"

"要是我们不能呢？"

"我们能的。我保证。"

麦克斯的爸爸听起来自信满满，虽然他一直叫绑架者"他"。

我突然意识到我要救的不止麦克斯一个，我还必须救他的父母。

第十一章
幻影朋友奥斯瓦德
· · · · · · · ·

麦克斯是世上最勇敢的小男孩儿，而奥斯瓦德是世上

最勇敢的幻影朋友。

我从儿童医院开始。我没有理由来这里，但我想见萨默。说不清楚原因，就是想，我需要见她。

我前往休息室。这次电梯在十四层把我放了下来。不用爬楼梯。这是一个好迹象，事情很如意。

我往休息室走。七点已过，孩子们应该都上床了，不待在房间的幻影朋友们应该在休息室了。

我走进去时，克鲁特从椅子上跳了起来，大叫我的名字。他的头不受控制地上下摆动。其他三个幻影朋友也惊奇地从椅子上跳了起来。他们中没有斯普那和萨默。

"你好，克鲁特。"我说。

"你看起来跟真人一样！"一个像机器人的男孩儿说。他闪闪发光，四四方方的，身体僵硬。我见过很多机器人幻影朋友。

"的确如此。"一个差不多是我一半大小的棕色泰迪熊说。

第三个，一个看起来像人的女孩儿，不过没有眉毛，背上有一对仙女般的翅膀，坐了回去，在膝上把手合在一起，什么也没有说。

"谢谢。"我对机器人和泰迪熊说。我转向克鲁特："萨默还在吗？斯普那还在吗？"

"斯普那两天前回家了。"

"萨默呢？"我问道，

克鲁特看着自己的脚。我转向机器人和泰迪熊。他们也都低着头。

"怎么了？"我问。

克鲁特缓慢地来回摇头，这让他的头摆动起来。他不看我，除了他摆动的头迫使他的眼睛抬起来的那一秒。

"她死了。"长着一对仙女翅膀的女孩儿说。

我转过身看着她："你这么说是什么意思，她死了？"

"萨默死了，"她说，"然后格雷丝死了。"

"格雷丝？"我问，接着我记起来了。

"她的朋友，"仙女说，"她病重的朋友。"

"萨默死了，然后格雷丝死了？"我问道。

"是的，"仙女说，"萨默消失了。过了一会儿，医生说格雷丝死了。"

"这让人很不好受。"克鲁特说，听起来他要哭了，"她和我们一起坐在这里，接着她就开始消失。我能看透她。"

"她害怕吗？"我问，"疼吗？"

"不，"仙女说，"她知道格雷丝快死了，她很高兴自己会先死。"

"为什么？"我问道。

"这样她可以在另一边等待格雷丝。"仙女说。

"什么的另一边？"

"我不知道。"她说。

我看着克鲁特。"我也不知道，"他说，"她只是说在另一边她会跟格雷丝在一起。"

"我当时不在这里，"泰迪熊说，"听起来真让人难受。我永远也不想消失。"

"有一天我们都会消失。"机器人说。他说话就像电影里的机器人：生硬、不连贯。

"是吗？"克鲁特说。

"你找到你的朋友没有？"仙女问道。

"什么？"我问。

"你找到你的朋友没有？"仙女又问了一遍，"萨默告诉我们你失去了你的朋友，你在找他。"

"我也跟你们说过，"克鲁特说，来回摇晃他的头，"我认识布多在你们所有人之前。"

"是的，"我说，"我找到他了，但我没有救他。"

"你会救他吗？"仙女问道。她站起身，但是她的头顶仍然不到我的肩。

我想告诉仙女我正想办法救麦克斯，但我说的是："是的。我答应过萨默。"

"那为什么你还在这里？"她问道。

"我需要帮助，"我说，"要救麦克斯，我需要帮助。"

"我们的帮助？"克鲁特期待而兴奋地问道。他的头又摆动起来。

"不是，"我说，"不过谢谢你们。你们帮不了我，我需要另一个人的帮助。"

　　关于奥斯瓦德，我知道这些：

　　1. 他很高，头快碰到天花板了。他是我见过的最高的幻影朋友。

　　2. 奥斯瓦德看起来像一个人。他看起来跟我一样像人，除了他非常高以外，他还有耳朵、眉毛和一切。

　　3. 奥斯瓦德是我见过的唯一人类朋友是成年人的幻影朋友。

　　4. 奥斯瓦德是我见过的唯一能移动现实世界中物体的幻影朋友，因为这个原因，我曾不太确信他是幻影朋友。

　　5. 奥斯瓦德脾气坏，容易受惊。

　　6. 奥斯瓦德讨厌我。

　　7. 奥斯瓦德是唯一能帮我救麦克斯的人。

　　一个月前我见过奥斯瓦德，我不确定他是否还在医院，但我想他应该在。他的人类朋友在医院的精神病房，麦克斯告诉我那是疯子的另一种说法。一个医生就是这么说的，也许是一个护士。她说她讨厌在全是精神病人的那一层工作。

　　但另一个护士说那一层是脑损伤的病人。我觉得是打破了脑袋的人。我不确定。也许两者都是。也许头破了让人们成了精神病人。

　　奥斯瓦德的人类朋友还处于昏迷中，麦克斯说，那表明他永远在沉睡。

　　一个昏迷的人正好和我相反。我从不睡觉，而一个昏迷的人只睡觉。

我第一次见到奥斯瓦德是在成人医院。我有时喜欢去那里听医生们谈论病人。每个病人都不一样，因而每个故事都不同。有时候故事让人难以理解，但总是让人激动，比看波利刮彩票还有趣。

有时我喜欢在医院四处转悠，因为医院非常大。每次我去那里，我都找一个新地方查看。

那天我在第八层探查，奥斯瓦德沿着过道朝我走来。他低头看着自己的脚。他又高又壮，脸平脖子粗。脸颊红扑扑的，像从寒冷的外面刚进来。他秃顶，大脑袋上没有一根头发。

但他走路的样子最引我注意。他两条腿向前迈着，就像他想要踢打面前的空气，就像整个世界没有任何东西可以阻止他。他让我想起一台铲雪机。

他靠近我时，抬起头吼道："让开！"我转身去看谁在我身后，但是过道空无一人。我转回来，奥斯瓦德说："快让开！"

这时我才意识到他是一个幻影朋友，他能看见我，他在跟我说话。于是我让到一边，他走了过去。他头也不抬地从我身边挤了过去，我转身跟在他后面。我以前还从没见过一个如此逼真的幻影朋友，我想跟他聊聊。"我是布多。"我说，努力赶上他。

"奥斯瓦德。"他说，没有回头看我。他边说边继续向前走。

"不，"我说，"我是布多。"

他停下来转身看向我："我是奥斯瓦德，别来烦我。"

他转过身又走了起来。

我有点儿紧张，奥斯瓦德是个大块头，声音响亮，似乎很凶。我还从没遇到过一个坏脾气的幻影朋友。但我从来没见过看起来如此逼真的幻影朋友，我不由得跟在他的后面。

他沿着过道往前走，转弯，顺着另一条过道往前走，又转弯，在一扇门前停了下来。门没有大开，只留了一条小缝。医生们将门留一点儿缝，便于他们午夜进房间查看病人，免得把他们吵醒。门上的缝太小，奥斯瓦德通不过，我以为他会像我一样穿过门，但他伸手去推门。他用手把门推开到足够他挤进去那么大。

门移动时，我叫了起来。我简直不能相信：我从没见过一个幻影朋友可以移动现实世界中的物体。奥斯瓦德肯定听到我叫了，因为他回过头来，朝我跑了过来。我吓呆了，不知道该怎么做。我还是难以相信我的眼睛。奥斯瓦德跑到我身边来了，他抬手打我。还从没人打过我，我摔倒在地。

很疼。

直到那时，我才知道我会疼，才明白"疼"是什么意思。

"我说了别烦我！"他吼道，他转身去了一个房间。

即使奥斯瓦德冲我大喊大叫，推我打我，我也必须知道房间里是什么。我按捺不住。我刚看到一个幻影朋友推动了现实世界中的一扇门。我必须了解更多。

于是我等待着。我来到过道尽头，站在那里，在拐角处张望，目不转睛地盯着那扇门。我等了好久。最后奥斯瓦德从他之前弄开的缝隙里出来了，他朝我的方向走来。我往过道前面走了一点儿，藏在一个壁橱里，在黑暗中数到一百下才出来。

奥斯瓦德已经无影无踪了。

我回到奥斯瓦德已经离开的那个房间，走了进去。灯熄了，但是从过道传来的灯光让这个房间有一点儿隐约的光线。房间里有两张床，一个男人躺在离门很近的一张床上；另一张床是空的，没有被单，也没有枕头。我环顾四周，寻找玩具、填充动物玩具、小裤子或小鞋子——一切能向我表明一个小男孩儿或一个小女孩儿待在这个房间的东西。但是我什么也没有找到。

只有这个男人。

他有浓密的红色胡须，浓密的眉毛，但是他的头和奥斯瓦德一样完全秃了。他的床旁边有一些机器，有电线和管子连到他的胳膊和胸腔。机器发出嘟嘟哒哒的响声。灯光闪烁，附在机器上的小电视屏幕发出暗淡的光。

我又看向那张空床，想着也许我漏掉了什么；也许壁橱里有填充动物玩具，挂着小裤子，而小男孩儿在浴室；也许床上这个秃顶的人是一个爸爸，而奥斯瓦德是他儿子或女儿（很有可能是他儿子）的幻影朋友；也许这个秃顶男人的儿子现在在等候室，等待他的爸爸醒来；也许那个小男孩儿让奥斯瓦德来看一看他爸爸是否一切如常。

我又觉得也许这个秃顶男人不是谁的爸爸，他可以是任何人；也许奥斯瓦德就在那张空床上休息；也许奥斯瓦德在寻找一个可以坐下来的安静地方；也许奥斯瓦德跟我一样是出于好奇。

我又觉得也许奥斯瓦德是一个能看见幻影朋友的人，而不是一个能触碰人类世界的幻影朋友。我正在琢磨哪个假设最有可能性时，三个人扭亮灯进入房间。一个穿着白大褂，另两个拿着写字板站在她身后。他们走到躺在床上的男人身边，穿白大褂的女人说："这是约翰·赫里，五十二岁。摔倒引起了脑损伤，八月四日送到医院来的。对一切治疗没有反应，从他来就处在昏迷状态。"

"对于赫里我们有什么方案？"一个拿写字板的人问道。

三个人一直交谈，问并且答，但我没有听。

奥斯瓦德回到了房间里。

他的目光首先落到穿白大褂和拿写字板的人身上。他看起来有些烦恼，但没有生气。他转动眼睛，哼了一声。他应该见过他们。

接着他看到了我。我站在两张床之间，背靠在机器上，尽量不动。期望如果我不动，他或许不会注意到我。看见我时，他的嘴巴张得大大的，不由得愣住了。他应该很惊讶看见我站在那儿，就像我看见他移动门一样惊讶。他简直不敢相信，他深吸了一口气，指着我说："你！"他没有冲我跑来，但他又高大，速度又快，我还来不及思考，他三四步就从门外到了两张床之间。

我被困在那里，我很害怕。我认为一个幻影朋友不能杀死另一个幻影朋友，但是我之前也认为幻影朋友不能够伤害彼此，而在那一点上奥斯瓦德已经证明我错了。

奥斯瓦德向我扑过来，我跳上那张空床，又从床上跳了下来。奥斯瓦德跟了过来，在床上滚动，在我有机会站稳之前，他停在了另一头。他又一次推我，他的手很大，一下子就把我提离地面。我向后倒，撞向房间角落的一个小桌子。桌子没有动，但我还是撞上去了，很痛。桌子的一角戳到了我的背，我疼得大叫。桌子角的意念，我指的是，但它跟真的角一样尖利。我正要站起来离开桌子时，奥斯瓦德拎住我的双肩把我扔回空床上。我在床垫上弹了一下，从床沿跌到两张床之间的地板上。下落过程中，我的头撞到了一台机器上，无法站起身来。我在那里躺了一会儿，努力平静下来并思考。我看了下秃顶男人的床底，另一边有六只脚，是那个穿白大褂和两个拿写字板的人的脚。他们仍在讨论那个昏迷的人，问着问题，看着一个叫图表的东西。他们不知道面前正发生一场打斗，不过这不是一场打斗，因为我没有打，我只是在挨打。

我手脚并用地支起上身，正准备站起来时，奥斯瓦德的膝盖猛撞到我的背上。那是最让我刻骨铭心的痛，就像有东西在我后背炸开了。我大叫着倒回地板上，脸撞在地面上，鼻子和前额经受着如同在我背上炸开的那种疼痛。我觉得我要哭了，在那之前我还从来没有哭过。那时我还不知道自己能哭，但我认为我会哭。太疼了。

在游乐场里受到伤害的小孩子们经常喊妈妈。我也想喊我妈妈，但是我没有妈妈。那个时刻最让我伤心的是没有妈妈，没有一个人能帮我。那三个医生仍然在房间里，仍然在交谈，仍然盯着他们的写字板，但是他们不知道房间里的另一个人受伤了。

我不知道奥斯瓦德会不会杀死我，或者让我像那个秃顶男人一样昏迷。

奥斯瓦德踢我的腿，踢我的胳膊。

我又想喊妈妈，但我想起了迪伊，于是我叫她的名字。

我本来要哭，可没有时间哭，因为奥斯瓦德提起我，把我扔到房间另一边的墙上。然后他再次提起我，朝门的方向扔了过去。我的头撞到了墙，再撞到门，眼冒金星，分不清上下。接着他再次提起我，把我扔出房间，扔到过道上。我滚了几下便以最快的速度爬走了。我不知道我在往哪个方向爬。我只知道我在向前爬，这就行了。爬的时候，我一直等着奥斯瓦德再次把我拎起来，但他没有。我爬了快三十秒，停了下来往后看。奥斯瓦德站在过道中间，瞪着我。"下不为例。"他说。

我等着他说点儿别的。

他不再说话时，我说："好的。"

"我说话算话，"他说，"下不为例。"

"奥斯瓦德是我唯一的机会，"我说，"也是麦克斯唯一的机会。他必须帮忙。"

"他不会的。"克鲁特说。

机器人附和地摇了摇头。

"他必须帮。"我说。

我坐电梯到十层，再往下走了两层，到了第八层。

精神病人的病房。

我走向上次看见奥斯瓦德的房间，有奥斯瓦德的秃顶精神病人的房间。我走得很慢，经过拐角处，经过每扇开着的门时，我一直提防着。我不想无意中撞到奥斯瓦德，因为我还是不清楚该对他说些什么。

那个房间的门开着，我走向它。我尽力不去想上次见到奥斯瓦德的情景、他的声音、在房间到处扔我的情景、说"下不为例"时睁到原来两倍大的眼睛。

那天我同意了，我答应永远离他远远的，可我又来了。

我走进房间，做好了迎接攻击的准备。

他来得很快。

在奥斯瓦德接近我之前，我看到了不少细微的情况。

窗帘开着，阳光把房间照得很明亮。这让我有点儿吃惊。我对这个房间的记忆是黑暗而恐怖的。在我的记忆里，这个房间里没有光，只有一片黑暗。现在这个房间看起来很欢快，很阳光，不会出什么坏事的样子。但奥斯瓦德已经离我只有几英尺远，他在吼："不！不！不！"

长着红胡须的秃顶男人还在他的床上，机器仍然闪着光，发出嗡嗡嗤嗤的声音。第二张床上也有一个人，他是个年轻人，胖胖的，脸上有伤，看上去像胶皮，一脸困倦。

房间里有第三个人，他坐在倦脸男床头的一把椅子上，手上拿着一本杂志，大声读给倦脸男听。我才听了一点儿，奥斯瓦德就压在了我的身上。那是一个有关棒球的故事，我想，有人打了个低球。但我还没来得及听更多，奥斯瓦德就抓住了我的脖子，他抓得很紧并且转过身来，把我往房间里扔。我的身体撞在了秃顶男人的床上。倘若我不是一个幻影朋友，那张床会滑到房间的另一边。我撞上去的力道就有那么大。

但我是幻影人，于是我从床上弹起来，瘫倒在奥斯瓦德的脚上。我的头、胸和脖子都摔伤了，有一会儿我都不能呼吸。奥斯瓦德俯身抓住我的衣领和裤腰把我拎了起来，扔到秃顶男人的床上，又扔到倦脸男的床上。我还弹到了他的身上，在他有感觉之前，又从床边滚落，又一次瘫倒在远处墙边的地板上。

更多部位受伤了，大部分部位。

这是个馊主意。奥斯瓦德不像一台铲雪机，他像钢绳上悬挂着一个球的巨型起重机，撞倒旧房子的那种。他就那样一直连续地攻击我。

这次我很快站了起来。我必须如此，不然他会把我拎起来再扔出去，或者再踢我。坐在椅子上的那个男人，一个有着白皙皮肤的年轻人，还在读杂志。他处在一场打斗中，但他永远不会知道。奥斯瓦德动了起来，塞满了倦脸男的床和墙之间的空隙，阻断了我的退路。我突然希望我待在地板上，从倦脸男的床下和秃顶精神病人的床下滚过去，滚出门去。

奥斯瓦德向前走了两步，我们之间越来越近。我还一句话都没有对他说，我认为现在是说话的好时机。

"停一下，"我说，尽量听起来像我在祈求，我干得很漂亮，因为我在恳求，"拜托。我需要你的帮助。"

"我让你离远点儿。"奥斯瓦德吼道。他的叫喊大到淹没棒球故事。接着他向前走，再一次把双手放在我的脖子上。这次我试图反抗，但他拉开我的手就像它们是纸做的一样，就像伍莉的手。奥斯瓦德用力捏，他在掐我的脖子。如果我呼吸空气，我也许很快就死了。我呼吸的是空气的意念，但就连那空气的意念也被挤出我的喉咙。

我觉得我要死了。

我感觉我的脚离开了地面，这时我听见房间里传来另一个声音：

"放开他，奥斯瓦德。"

奥斯瓦德松开了手，但不是因为他在听从指挥。他很惊讶。不，他非常震惊。我能从他的表情看出来。我的脚触到了地面，绊了一下，努力站稳，同时喘了口气，接着朝门口的方向转过身去。来自休息室的那个小仙女站在门口，不过她不是站在那里，她在飞。她在原地盘旋，她的小翅膀扇动得极快，令人眼花缭乱。

我还从没见过一个幻影朋友会飞。

"你怎么知道我的名字？"奥斯瓦德问道。

我想利用这个机会把奥斯瓦德推倒在地，然后逃跑。在他分心的时候攻击他。但我还需要他的帮助，就算他想杀我，我认为这或许是我扭转局面的一次机会。

也许是小仙女扭转局面的机会。

"布多是我的朋友，"仙女说，"我不想你伤害他。"

"你怎么知道我的名字？"奥斯瓦德再一次问道。他的惊奇很快转化为了愤怒，他的手握成拳，鼻孔张大。

"布多需要你的帮助，奥斯瓦德。"仙女说。

我说不清原因，但我确定仙女在故意回避奥斯瓦德的问题，她或许在琢磨最合适的答案。

"你怎么知道我的名字？"这次奥斯瓦德大声问出这个问题，朝门口移了过去，正冲着仙女。

我跟了过去。

我不会让他像伤害我那样伤害小仙女。我正要伸出手抓他，把他拉回来，给仙女足够的时间逃跑时，仙女和我目光相遇了，她轻轻地摇了摇头，她在告诉我停止，或者至少等一等。

我遵从了。

仙女让我停下来是对的。

奥斯瓦德走到门口时，也停了下来，他没有用他的大手去抓仙女。他能把我在房间里乱扔，踢我掐我，但他没有碰仙女。

"你怎么知道我的名字？"奥斯瓦德再次大叫道。这一次我从他的声音里听出了第一次没听到的东西。奥斯瓦德很生气，但他也很好奇，甚至满怀希望，他愤怒的背后是别的东西。奥斯瓦德在期待仙女给出一个很好的答案，他也需要帮助。

"我是一个仙女，"仙女说，"你知道仙女是什么吗？"

"你怎么知道我的名字？"这次奥斯瓦德吼道。如果奥斯瓦德是一个人，八楼的每扇窗都会咯咯作响，医院里的每个人都会听到他的声音。

我从没有这么害怕过。

小仙女转身指着床上的秃顶男说："他是你的朋友，他受伤了。对吧？"

奥斯瓦德盯着她，一言不发。我站在奥斯瓦德的后面，看不到他脸上的表情，但他的拳头松开了，胳膊和背部的肌肉放松了点儿。

"奥斯瓦德，"小仙女又说，"他是你的朋友，对吧？"

奥斯瓦德看向秃顶男，又看向小仙女。他的头来回摆动。

"他受伤了？"她问道。

奥斯瓦德缓缓地点了点头。

"我感到非常抱歉，"小仙女说，"你知道出了什么事吗？"

奥斯瓦德又点点头。

"我们能到过道里谈吗？"小仙女问道，"那个人在这里读书，我无法清楚地思考。"

我忘了倦脸男和他白皙的朋友还在这个房间。小仙女一开始说话，我就没听到低位球了，就像看一个驯狮者用一根牙签而不是皮鞭和椅子让一头狮子平静下来。

不，不是一根牙签，是一根棉签！但见效了。小仙女成功了。

奥斯瓦德同意去过道里。但小仙女转身要走时，她发现奥斯瓦德没有动，她又转过身来。

"怎么了？"她问道。

"他也必须离开。"奥斯瓦德说着，转身指着我。

"当然，"小仙女说，"布多跟我们一起。"

奥斯瓦德转过身，跟随小仙女走进过道。我跟在他后面。我们走了一小段路到达一个地方，这里有椅子，有灯光，有堆着杂志的矮茶几。小仙女在一张椅子上坐了下来，她的翅膀不再拍动。它们静止时，看上去细小无力又轻薄。真不敢相信她能飞。

奥斯瓦德坐在小仙女对面的一把椅子上。

我在小仙女旁边的椅子上坐了下来。

"你是谁？"奥斯瓦德问道。

"我是蒂妮。"小仙女说。

我感觉很不好意思，我还没问过她的名字。

"你怎么知道我的名字？"奥斯瓦德再次问道。现在愤怒完全转化为了好奇。

蒂妮停顿了下。我琢磨着我是否应该说点儿什么，以给她更多的时间思考。她看上去有点儿疑惑，但在我想出事情来说之前，她开口了："我本来想告诉你我是一个会魔法的仙女，知道世上的一切，你要听命于我。但我不想撒谎。我知道你的名字是奥斯瓦德，因为布多告诉了我。"

奥斯瓦德什么也没有说。

我张开嘴想说话，但是蒂妮又开口了：

"布多需要你的帮助，我怕你会像上次看见他那样对他很凶，我便跟着他来到了这里。"

"我说过要他离我远点儿，"奥斯瓦德说，"我警告过他。"

"我知道。但是他需要你的帮助，他不得不来。"

"为什么？"奥斯瓦德问道。

"因为布多说你能移动现实世界中的物体，"蒂妮说，"真的吗？"她问的样子就像她自己不能相信这一点。

奥斯瓦德的两道浓眉聚拢起来，像两条毛毛虫碰到了一起。他的眉毛和那位秃顶男人一样，我突然意识到，他看起来很像秃顶男。现在我没被在房间里扔来扔去，这种相似性显而易见。

"我看见你把那扇门推开了，"我说，"你能移动现实世界中的物体，对吗？像这张桌子，或者那些杂志。"

"没错，"奥斯瓦德说，"但很难。"

"难？"蒂妮问道。

"现实世界中的每样物体都很沉。比你沉多了。"他指向我说。

"你明白。"我说。

两条毛毛虫又碰到了一起。

"不要记在心上。"我说。

"我永远不能移动一张桌子，"他说，"即使这样的一张小桌子都太沉。"

"但是你能移动小物体，"我说，"对吗？"

奥斯瓦德点点头。

"你活了多久了？"蒂妮问道。

"我不知道。"奥斯瓦德说，他低头看着自己的脚。

"你朋友叫什么名字？"蒂妮问道。

"谁？"

"床上的那个男人。"

"哦，"奥斯瓦德说，"他是约翰。"

"他受伤之前，你认识他吗？"我问道。我想起重症监护治疗病房那个没有名字的小女孩儿。我思忖着奥斯瓦德是否像她。

"只有一秒，"奥斯瓦德说，"他在地板上，他的头受伤了。他抬头看着我笑，然后他闭上了眼睛。"

"你跟随他到了这里？"我问道。

"没错，"奥斯瓦德停顿了一下，说，"我希望约翰可以再睁开眼睛笑。"

"你能帮布多吗？"蒂妮问道。

"怎么帮？"

"我需要你帮我的朋友，"我说，"他没有像约翰这样受伤，但他遇到了大麻烦，没有你，我没法儿救他。"

"我要下楼吗？我不喜欢楼梯。"

"你要去很远的地方，"蒂妮说，"下楼去外面很远的地方。但这件事很重要，约翰也会要你去做的。完事后，布多会带你回来的。好吗？"

"不，"奥斯瓦德说，"我不能。"

"你可以，"蒂妮说，"你必须去。有个小男孩儿遇上麻烦了，只有你能救他。"

"我不想去。"奥斯瓦德说。

"我知道，"蒂妮说，"但你必须去做。有个小男孩儿遇到麻烦了，我们不能不管在困境中的小男孩儿，对吗？"

"对。"他说。很长时间，奥斯瓦德什么也没有说。我想说点儿什么打破沉默，但是我没有。我和蒂妮一起等待着奥斯瓦德考虑。最后，他回头看着蒂妮。

"你怎么办到的？"我们沿着过道走向电梯时，我问道。我走在蒂妮身边，她在过道上飞行，翅膀发出嗡嗡的声音。在秃顶男人的房间里，我没有听到这种声音。即使离得这么近，她的翅膀也震动得极快，变得一片模糊。

奥斯瓦德在我们身后，低着头，看起来又像一台铲雪机。

"我办到了什么？"蒂妮问。

"一切，"我说，压低声音到耳语，"你怎么知道奥斯瓦德不会像攻击我那样攻击你？你怎么说动他来帮我？你怎么知道我在什么地方？"

"最后一个问题很简单，"蒂妮说，"第一次你就说过你发现奥斯瓦德的楼层。你走后几分钟，我认为你或许需要一些帮助。于是我来到了成人医院，飞到了第八层。我到了后，找到你很容易。你们两个动静特别大，我马上就知道去哪里找你们了。"

"我像一个玩偶在房间里被抛来抛去。"

"我知道。"蒂妮笑着说。

"好的，那你怎么知道奥斯瓦德不会像攻击我那样攻击你？"

"我没进入他的房间，"蒂妮说，"我站在门口。"

"我不明白。"

"你说过你们第一次碰面时，奥斯瓦德发现你偷偷地跟在他的后面，就在他的房间外面。后来他发现你在他的房间里面。我想如果我不进入房间，他或许就不会伤害我。另外，我是一个女孩儿，还是一位仙女。讨厌鬼才会攻击仙女。"

"你真聪明。"我说。

蒂妮又笑了。

"你活了多久了？"我问道。

"差不多三年了。"

"对于我们来说，那是很长的一段时间。"我说。

"还没有你长。"

"是的，但仍然是一段很长的时间。你很幸运。"

我们拐了个弯，经过一个坐在轮椅上自言自语的男人。我四处寻找一个幻影朋友，但是没看到。我转过身看奥斯瓦德。他在我们后面三步远，奋力前进。我又转向蒂妮："你怎么让奥斯瓦德帮我的呢？"我轻声问道："你就是一直求他帮忙，然后他说好的。"

"我用的是每次妈妈想要凯蒂做事情时的方法。"

"凯蒂是你的人类朋友？"我问道。

"是的。她头受伤了需要治疗，因此她在医院。"

"你妈妈想要凯蒂做事情时，会怎么办？"我问道。

"当妈妈想要凯蒂做家庭作业、刷牙或者吃花椰菜时，她不直接叫凯蒂去做。她让它听起来是凯蒂的选择，其实是凯蒂唯一的选择。比如不吃花椰菜是错误的。"

"就这样？"我问道，"你做的就是这些？"我试图去回忆蒂妮对奥斯瓦德说的一切，但一切发生得太快。

"用在奥斯瓦德身上很容易，因为不帮你确实是一件错事。比不吃花椰菜和不刷牙的错误大得多。我也用的是问句，试图向他表明我在意他，因为我认为他很可能非常寂寞。在一个成人医院没有多少幻影朋友，对吧？"

"你真的聪明绝顶。"我说。

蒂妮又笑了。自从格雷厄姆消失后，我第一次觉得找到了一个可以成为我朋友的幻影朋友。

我们到达电梯边，我转向奥斯瓦德："你想搭电梯还是爬楼？"

"我以前没坐过电梯。"他说。

"那你想爬楼梯吗？"我问道。

"我不喜欢楼梯。"他说，低头看着自己的脚。

"好的。那我们坐电梯，会很有意思的。"

我们站在电梯旁边，等待有人过来按下行的按钮。我想请奥斯瓦德按按钮，这样我能再次亲眼看到他触动真实世界中的东西，但我放弃了。他说过触动真实世界中的物体很难，因而有其他人代劳时，没必要让他去做。他已经够紧张了。

没过多久，一个穿白大褂的男人走了过来，推着一个坐在轮椅里的男人。穿白大褂的男人按了向下的箭头，门打开时，奥斯瓦德、蒂妮和我在他的后面走了进去。

"我从来没坐过电梯。"奥斯瓦德又说了一遍。

"很有意思，"我说，"你会喜欢的。"

但是奥斯瓦德看上去很紧张，蒂妮也是如此。

推轮椅的男人按了数字三，电梯动了起来。奥斯瓦德的眼睛睁得大大的，手握成拳。

"那个人在三层下。我们也下。我们从那儿再爬楼梯。"

"好的。"奥斯瓦德说，看上去他松了口气。我想告诉他从三层乘电梯到一层只需要五秒钟，但我还是让他舒了口气。他不喜欢楼梯，因而他肯定讨厌电梯。

我认为蒂妮也是如此。

门开了，我们跟在那个男人和轮椅后面进入过道。

"楼梯就在转角处。"我说。说话时，我注意到电梯对面墙上的标志。在带指示的洗手间和一个叫作"放射"的地方中间是这个：

◀ **重症监护治疗病房**

我停了下来。

我盯着这个标志看了一会儿。

"怎么了？"见我们不动，蒂妮问道。

"你和奥斯瓦德能在这里等一会儿吗？"我问蒂妮。

"为什么？"

"我想去看一个人。她应该在这一层。"

"谁？"蒂妮问道。

"一个朋友，"我说，"我是说，算是朋友。她可能就在过道那边。"

蒂妮盯着我，眼睛眯成一条缝。我感觉她要看穿我。"好的，"最后她说道，"我们能等。对吧，奥斯瓦德？"

"好的。"奥斯瓦德说。

我按照指示牌标的方向向左转，就像我在儿童医院找到ICU时一样。经过两个长长的过道，又转了个弯，我发现自己站在一道双扇门外面，看起来很像通向儿童医院ICU的门。门上的牌子写着：重症监护治疗病房。

我穿过门。

我站在一个大房间里面，房间边上挂了一圈窗帘。有些帘子拉上了，有些打开着。房间中央是一张长桌和很多机器。医生们四处走动，进出帘子，在电脑上打字，打电话，彼此交谈，在写字板上写东西，神情忧虑。

所有的医生看上去都很担忧，但是这些医生看上去格外忧虑。

我从离我最近的帘子开始。它拉上了，我从底下爬了过去。一个老太太躺在帘子后面的床上。她头发花白，眼角满是皱纹。她胳膊上挂着几台机器的电线和管子，鼻子上插着一根细塑料管。她在睡觉。

我移动到一张又一张帘子里。帘子拉上时，我从底下爬。有些床是空的，有些床上有人。全是成人，大部分是男人。有两张帘子后面根本没有床。

我在最后一张帘子后面找到了迪伊。一开始我没认出是迪伊。她的头发被剃了，跟奥斯瓦德的秃顶朋友一样没有头发，跟奥斯瓦德一样秃顶。她的脸颊肿起，眼睛周围的皮肤是黑的。迄今为止，她是我见过的连接着最多机器的人。管子和电线从水袋里和带着小电视屏幕的机器里延伸到她的胳膊和胸腔。机器发出咝咝、嘟嘟和嘀嗒的声音。

有个女人坐在迪伊旁边的椅子上，她握着迪伊的手。那是迪伊的妹妹。我知道，因为她看起来像迪伊，一个年轻版本的迪伊。同样的深色皮肤，同样的尖下巴，同样的圆眼睛。她对着迪伊的耳朵轻声说话，她一遍遍地说着同样的话，像上帝、耶稣、神、赞颂等词。我听不清她的话。

迪伊看上去不太好，她看上去非常糟糕。

迪伊的妹妹看上去也不好，她看上去疲惫而害怕。

我坐在床边，迪伊妹妹的旁边。我低头看着迪伊，想哭，但我没有时间哭。蒂妮和奥斯瓦德在电梯旁边等我；帕特森太太在将食物和衣服装进她的秘密大巴里。我不得不离开。"很抱歉你受伤了，"我对迪伊说，"很抱歉。我当时能救你就好了。我想念你。"

泪水溢满我的双眼。这是我的眼睛里第二次充满泪水，感觉很奇怪。滑溜温热。

"我要去救麦克斯。"我告诉迪伊，"我没能救你，但我想我能救麦克斯。我现在必须走了。"

我起身离开。我转头去看迪伊被毁坏的脸和细细的手腕，我听见她粗重不均匀的呼吸、她妹妹的耳语、她床头机器持续的"哔哔"声。我看着听着，又坐了回去。

"我害怕，"我对迪伊说，"我没法儿救你，但也许我能救麦克斯。只是我害怕。麦克斯身处困境，但他的困境对我有利。如果他一直处在困境中，我就可以一直活着。因此我很困惑。"

我深吸了一口气，思考着接下来要说的话，但什么也想不起来，我就又开始说："这不像麦克斯要被一个戴魔鬼面具的人枪击。完全不是那种困境。帕特森太太会好好照顾麦克斯。我清楚。她也是一个魔鬼，但不是朝你开枪的那种。不管我做什么，麦克斯都会安好，但是我也许不会安好。我不知道会有什么事情发生在我身上。现在我有奥斯瓦德帮我，我也许真的能救他。我从没想过奥斯瓦德会同意帮忙，但他同意了。现在我能救麦克斯，只是我害怕。"

我盯着迪伊，听着她妹妹一遍遍地轻声对她说话。它们听起来就像一首歌。

"我知道救麦克斯是应该要做的事，"我对迪伊说，"如果做正确的事情让我停止存在也没关系。但如果自己也能留下来享受正确的事情带来的乐趣，那才是好的。"

我感觉更热了，滑溜的眼泪充满了我的眼睛，但它们不是为迪伊而流，而是为我自己。

"我希望有天堂。如果我知道有等待我的天堂，我肯定会救麦克斯。我不会害怕，因为在这个地方之后还有一个地方可去，另一个地方。但我认为没有天堂，我确定没有给幻影朋友的天堂。天堂只是给上帝创造的人准备的，上帝没有创造我，是麦克斯创造了我。"

想着将麦克斯看作一位神，我笑了。跟一堆乐高积木和玩具兵锁在一个地下室的神，一个人的神，布多的神。

"那就是我应该救他的原因，"我说，"因为他创造了我。没有他，不会有我。但我害怕，害怕让我很难受。想到麦克斯跟帕特森太太在一起，我感觉更糟糕，虽然我会想办法救他。我想过不救他，那让我感觉很糟糕，像一个真正缺德的人。但是担心自己没有错，对吧？"

"是的。"这不是迪伊的妹妹或一个医生在说话，是迪伊在说话！

我知道她听不见我说话，因为我是一个幻影朋友。但这个词似乎是对我的回答，我吓了一跳。迪伊说话让我吓了一跳，我倒抽了一口冷气。

"迪伊？"她妹妹说道，"你说什么？"

"别害怕。"迪伊说。

"别害怕什么？"她妹妹问道。她紧握着迪伊的手，靠得越来越近。

"你在跟我说话吗？"我问道。

迪伊的眼睛睁开了，但只是极小的缝。我看着她，想知道她是否在看着我，但我分辨不出来。

"别害怕！"迪伊又说了一遍。她的声音微弱，但是这句话说得很清楚。

"医生！"迪伊的妹妹喊道，头转向房子中间的长桌，"我姐姐醒了。她在说话。"

两名医生起身往我们的方向跑来。

"你在跟我说话吗，迪伊？"我又问道。我知道她不是，她不能，但似乎她是的。

"走，"迪伊说，"走。到时间了。"

"我？"我问，"你在跟我说话吗，迪伊？"

医生们来了，他们把帘子全部拉开。一位医生让迪伊的妹妹站到一边；另一位医生走到床的另一边，警报器响了起来。迪伊的眼睛来回转动。医生们动作很快，我被另一个刚赶来的医生从床边推到地板上。他把我推了出来，自己却毫不知情。

"她刚刚在说话！"迪伊的妹妹说。

"她不行了！"一个医生喊道。

另外一个医生抓住迪伊妹妹的肩头把她从床边拉开。又有两个医生来了。我来到床尾，几乎看不见迪伊。医生们围着她，一个医生用一个塑料袋罩住迪伊的嘴，挤压着它让它打开关闭的嘴；另一个医生将一根针插入连接到迪伊胳膊的一根管子里。我看着黄色的液体流到管子里，在迪伊的睡衣下面消失了。

迪伊要死了。

我能从医生们脸上的表情看出来。他们工作卖力，动作迅速，但他们只是做着该做的事情。麦克斯不明白一些事情，而老师们认为他不可能懂得时，有些老师就是这种表情。老师们工作认真，但他们不过是在尽自己的本职，不是在教课。这些医生现在也是如此，他们是在行医，但是他们并不相信会有效果。

迪伊的眼睛合上了。

她的话在我脑中回响：

"走。到时间了。别害怕。"

我们站在医院的正门，外面下着雪。奥斯瓦德说他从没见过雪。我告诉他他会喜欢雪的。

"谢谢你。"我对蒂妮说。

她笑了。我知道她没法儿离开凯蒂，但我希望她能和我们一起。

"准备好了吗，奥斯瓦德？"我问道。

大厅里熙熙攘攘，满是来来往往的人。与其他很多人相比，奥斯瓦德现在看上去更高大，他是一个巨人。

"没有。"奥斯瓦德说,"我想留在这里。"

"但你要和布多一起去,并帮助他。"蒂妮说。这不是一个问句,这是一个命令。

"是的。"奥斯瓦德说。说的是"是的",但听起来是"不"。

"好的。"蒂妮说,她飞到奥斯瓦德身边抱住了他的脖子。他倒吸了一口气,他的肌肉收紧,手又握成拳。蒂妮一直紧紧地抱着他,直到他放松下来。这个过程花了很长时间。

"祝你们好运,"她补充道,"我想再次见到你们俩。很快。"

"好的。"奥斯瓦德说。

"会的。"我说。

但我并不相信,我认为这是我最后一次看到蒂妮和这家医院。

在外面最初的五分钟,奥斯瓦德尽量避免下落的雪花。他躲过了一片,而另外十片落到他身上。他根本没有察觉。

当他意识到它们不会伤害他后,接下来的五分钟,他试图用舌头捕捉雪花。它们落到了他的舌头上,当然,他过了会儿才明白,与此同时他至少撞到了三个人和一根电线杆。

"我们必须出发了。"我对奥斯瓦德说。

"去哪儿?"

"我们必须回家。我们明天要搭校车去学校。"

"我从没坐过校车。"奥斯瓦德说。

看得出他很紧张。我决定从现在开始跟他说话的内容尽可能节制。

"会很有趣，"我说，"我保证。"

从医院到麦克斯家要走很长一段路。我通常很喜欢这段路途，但是奥斯瓦德不停地发问，问很多很多的问题：

"他们什么时候打开路灯？

"每个路灯都有一个单独的开关吗？

"所有的小火车都要去哪里？

"为什么人们不直接取出自己的钱？

"谁定下红意味着'停'，而绿意味着'行'？

"只有一个月亮吗？

"所有的汽车喇叭声都是一样吗？

"警察怎么让道路中间的树木不再生长？

"人们给自己的车喷漆吗？

"什么是消防栓？

"人们走路时为什么不吹口哨？

"飞机不飞的时候在哪里？"

…………

他的问题无穷无尽，虽然我不想再听到问题，但我还是继续回答。这个今天早些时候在医院的房间里把我到处扔的巨人如今需要我。只要他需要我，我想他会听从我，并帮助我。

自从我们把蒂妮留在医院后，我害怕奥斯瓦德会变回原来那个愤怒的他，担心我们走远后蒂妮的魔法会慢慢消失。但他变得更像一个对一切好奇的学龄前儿童。

"这是我家。"我们终于拐入车道时，我对奥斯瓦德说。天晚了，我不知道有多晚，但是厨房和起居室的灯关了。

"我们要去哪里？"奥斯瓦德问道。

"里面。你睡觉吗？"

"什么时候？"奥斯瓦德问道。

"你平时睡觉吗？"

"哦，是的。"

"我们今晚就在这里睡觉。"我指着那栋房子说道。

"我怎么进去？"他问道。

"从门里进去。"我说。

"怎么进？"

我明白了：奥斯瓦德不能穿过门。在医院里，我们从三楼下到一楼，跟着两个穿蓝制服的男人穿过楼梯的门。离开医院时，我们跟着一个男人和一个女人。

这就是为什么奥斯瓦德要推开秃顶男人房间的门，约翰的房间。如果他要进去，他必须推开。

"你能打开门吗？"我问道。

"我不知道。"奥斯瓦德说道。但我能看出来，他看着那扇门就像它是一座山。

"门锁了，"我说，这是真的，"不用担心。"

"你怎么进去？"奥斯瓦德问道。

"我能穿过门。"

"穿过？"

我走了三级台阶到房子的正门前，然后穿了过去。实际上我穿过了两道门：一道纱门和一道木门。接着我转身又穿过门回到外面。

我又出现在这一边时，奥斯瓦德的嘴张开着，眼睛睁得老大。"你有魔力？"他说。

"不，你有魔力。"我说，"我认识很多能穿过门的幻影朋友，但是从没见过能触碰真实世界的幻影朋友。"

"幻影朋友？"

我意识到我又说得太多了。"没错，"我说，"我是一个幻影朋友。"我停顿了一会儿，思考着接下去说什么，接着我补充道："你也是。"

"我是一个幻影朋友？"奥斯瓦德问道。

"没错。你认为你是什么？"

"一个鬼魂。"他说，"我以为你也是一个鬼魂。我以为你要把约翰从我身边偷走。"

我笑了："不，这里没有鬼魂。你认为蒂妮是什么？"

"一个仙女。"奥斯瓦德说。

我又笑了，但也许就是因为这个原因，蒂妮才说动了奥斯瓦德来帮我。"我猜你说对了一半，"我说，"她是一个仙女，但她也是幻影朋友。"

"哦。"

"你不高兴？"我说。他的确不高兴，他又看着自己的脚，胳膊搭在身体的两边，像湿面条。

"我不知道哪一个更好，"奥斯瓦德说，"是幻影朋友，还是一个鬼魂？"

"有什么区别？"我问道。

"如果我是一个鬼魂，那意味着我曾经活过一次；如果我是幻影朋友，那意味着我从没活过。"

我们盯着彼此，沉默不语。我不知道该说什么。过了一会儿我说："我有一个主意。"我这么说是因为我确实有了一个主意，但主要原因在于我想换一个话题，"你可以按动门铃吗？"

"哪里？"奥斯瓦德问道，看来他不知道什么是门铃。

"那个小点儿，"我指着那个按钮说道，"如果你把它按下去，屋子里的一个铃会响，麦克斯的父母就会开门。他们开门时，我们就能溜进去。"

"我以为你能穿过这道门。"奥斯瓦德说。

"没错，我能。抱歉，我的意思是说你能进去。"

"好的。"奥斯瓦德说。他经常说"好的"，每次他这么说的时候，我就不由得想起麦克斯。麦克斯今晚会孤身一人，关在帕特森太太的地下室里。想起这一幕，我就很难受。

我答应他永远不会离开，而现在我跟奥斯瓦德在这里。

但明天晚上麦克斯会睡在他自己的床上。我在心里对自己说，这让我好受了一点儿。

　　奥斯瓦德走了三级台阶来到楼梯平台。他伸手去按门铃，但还没按他的整个身体就绷紧了。他胳膊和脖子上的肌肉突起，前额的一条筋暴露出来不停跳动。他眼睛上面的毛毛虫又碰到了一起。他的牙齿紧咬在一起。他伸出手时，手发颤。他的手触到了按钮，只按了一秒，什么也没有发生。接着他的手颤动得更厉害，我听见奥斯瓦德咕哝了一声，按钮在他的手指下消失，门铃响了。

　　"你成功了！"我说，虽然我见过他触碰真实世界，但我现在仍然十分惊奇。

　　奥斯瓦德点点头。他额头上有细小的汗珠，他在努力喘气，看上去像刚刚跑了二十英里。

　　我听见屋内有响动。我们往后站，以免门把奥斯瓦德从门廊上撞下来。里面的木门开了。麦克斯的妈妈走到门口，透过纱门往外看。她双手盖在眼睛上，左右张望，我现在明白这不是一个好主意。

　　我能在她的脸上看到希望。

　　她在想这或许是好消息，她在想也许是麦克斯。

　　她打开纱门，走到门廊上奥斯瓦德的旁边。外面很冷。雪停了，但是我能看见在冰冷的空气中她呼出的气。她用手臂环绕住身体来保持温暖。我轻推奥斯瓦德往前走。这时麦克斯的妈妈说："你好？有人吗？"

　　"进去，"我说，"等着我。"奥斯瓦德照我说的做了。麦克斯的妈妈又喊了一次，然后希望从她脸上消失了。

　　"谁在外面？"麦克斯的爸爸说。他在厨房。奥斯瓦德站在他的身边。

"没人。"麦克斯的妈妈说。她的话像卵石,她没法儿捡起它们来凑成句子。

"谁会晚上十点按别人的门铃再跑掉?"麦克斯的爸爸说。

"也许按错了。"麦克斯的妈妈说。她的声音听起来很遥远,虽然她就站在我的旁边。

"我不这么认为,"麦克斯的爸爸说,"没有人会犯这种错误,然后消失。"

麦克斯的妈妈哭了起来。不管怎样她都会哭,我想。但"消失"这个词像一块石头一样击中了她。她的眼泪喷涌而出。

麦克斯的爸爸终于明白他做错了什么,说:"亲爱的,对不起。"他搂住她,把她从门口拉回来,纱门在他身后关上。这次没有嗒嗒嗒的响声。他们在厨房相拥,麦克斯的妈妈一直哭个不停。我从没听到一个人哭得这么厉害。

麦克斯的卧室门关上了,于是我让奥斯瓦德睡在起居室的沙发上。他太高,脚从沙发尾部吊下来,像两根巨大的鱼竿在空中悬荡。

"你这样舒服吗?"我问道。

"有人睡在约翰旁边时,我就要睡在地板上。这比地板上好。"

"那好。睡个好觉。"

"等等,"奥斯瓦德说,"你现在要去睡觉吗?"

我不想告诉奥斯瓦德我不睡觉,那会让他问更多的问题。我便说:"是的。我就在这张椅子里睡。我老这么睡。"

"在我睡觉之前，我经常跟约翰交谈。"

"是吗？你跟他说什么？"

"我告诉他我的一天，"奥斯瓦德说，"我做了什么，我看见了谁。我迫不及待想告诉他我今天看到的一切。"

"你想告诉我你的一天吗？"

"不，"奥斯瓦德说，"你知道我今天的经历，因为你和我在一起。"

"哦，"我说，"那你想告诉我别的事情吗？"

"不，我想你跟我说说你的朋友。"

"麦克斯？"我问。

"是的，"奥斯瓦德说，"说说麦克斯。我从来没有一个可以走路、可以说话的朋友。"

"好的，"我说，"我来讲讲麦克斯。"

我从简单的事情开始。我讲述了麦克斯的样子，他喜欢吃的东西；我告诉奥斯瓦德乐高积木、玩具兵和电子游戏的事情；我解释了麦克斯如何与其他小孩儿不同，他会卡壳，他关注内心。

接着我讲述了些故事。麦克斯在幼儿园的第一个万圣节聚会，他额外的大号，他在男卫生间与汤米·斯温登的打斗，以及上个星期汤米·斯温登用石头砸破麦克斯卧室的窗户。我描述麦克斯的妈妈如何让麦克斯尝试新事物，麦克斯的爸爸如何经常用"正常"这个词。我告诉奥斯瓦德有关后院的抛接球游戏，以及麦克斯不能做决定时，我如何帮他在红衬衣和绿衬衣之间做选择。

而后我讲起了格斯科太太。我告诉他她近乎完美，除了有时她叫麦克斯"我的孩子"，但那已经接近完美。

我没有谈到帕特森太太。我怕如果我说了，奥斯瓦德会怕得明天不敢帮我。

奥斯瓦德没有问问题。有两次我以为他睡着了，谁知我刚停止说话，他就抬起头，看着我说："怎么了？"

"你知道我最喜欢麦克斯哪一点吗？"我问。

"不知道，"他说，"我不认识麦克斯。"

"我最喜欢麦克斯的勇敢。"

"他做了件什么勇敢的事？"

"不是一件，"我说，"而是所有。麦克斯不像世上的其他人。因为他与众不同，孩子们取笑他。他妈妈想把他变成另一个男孩儿，他爸爸也拿他当别人对待。就连他的老师们对他的态度也不一样，并不总是对他友好。甚至是格斯科太太。她很完美，但她对麦克斯的态度仍然有别。没人拿他当一个正常的男孩儿看待，但人人都想要他行为正常而不是我行我素。尽管如此，麦克斯仍然每天早上起床去学校、去公园、去校车站台，甚至厨房餐桌。"

"这很勇敢？"奥斯瓦德问道。

"这是最勇敢的。"我说，"我是我遇见的幻影朋友中年纪最大、最聪明的。对于我来说，出门见其他幻影朋友是很容易的事，因为他们都尊敬我。他们问我问题，想要跟我一样。如果他们不痛打我的话。"

我对奥斯瓦德笑。

他没有笑。

"但是没人喜欢你的时候，你必须是世上最勇敢的人才能每天出门，做好自己。我永远也不可能像麦克斯那么勇敢。"

"真希望我有一个麦克斯，"奥斯瓦德说，"我甚至从没听约翰说过话。"

"也许有一天他会的。"

"也许。"奥斯瓦德说，但我认为他并不相信。

"我们现在能去睡觉吗？"我问。

"好，"奥斯瓦德说，他没有再说一个字，他几乎马上就睡着了。

我坐在一张椅子上看着他睡觉。我努力想象明天的情景。我列了一个要救麦克斯需要做的所有事情的清单，我试图预估计划的哪部分会出差错，我思考着到时我要对麦克斯说的话。

这会是最重要的部分。我一个人救不了麦克斯，我需要奥斯瓦德的帮助，但最重要的是，我需要麦克斯。

我救不了麦克斯，除非我能说服他救自己。

格斯科太太给同学们读过一个叫匹诺曹的男孩儿的故事。孩子们听说她要给他们朗读这个故事时笑了，他们认为这是给婴儿讲的故事。

嘲笑格斯科太太是很不妥当的举动。

她一开始读，孩子们就意识到自己错得多么离谱儿。他们喜欢这个故事，他们不想让她停下来，他们想听更多。但是每一天，格斯科太太都会在最有悬念的地方停下来，让孩子们等到第二天再听接下来的故事。他们求她再读一点儿，她会说："拥有决定权的人不是你们！"这让他们非常恼火，连麦克斯也是，他也喜欢这个故事。我认为格斯科太太是故意这么做的，因为学生们嘲笑她要受到惩罚。

千万不要惹恼格斯科太太。

匹诺曹是一个叫格培多的人用一块神奇的木头雕的木偶。虽然他应该是一个木偶，但匹诺曹拥有生命。他能自己四处走动，能说话，撒谎时鼻子还会变长。但是大多数时候，匹诺曹一心想成为一个真正的男孩儿。

我讨厌匹诺曹，我应该是班上唯一讨厌他的。匹诺曹拥有生命，却还嫌不够。他能走路、能说话、能触碰真实世界中的物体，但他还想要更多。

匹诺曹不知道他有多么幸运。

奥斯瓦德关于鬼魂和幻影朋友的话让我想起了匹诺曹。我认为他是对的。作为一个鬼魂会更好，鬼魂曾经活过，而幻影朋友从没有在一个真正的世界上活过。

倘若你是一个鬼魂，如果某人不再相信你，忘记你，找到更好的人代替你，你也不会停止存在。

倘若我是一个鬼魂，我会永远存在。

早上我忘了把奥斯瓦德弄出房间。这是我今天的第一个错误。我们还没离开屋子就犯错，这可不是一个好兆头。

应该不碍事。麦克斯的妈妈早上经常出去跑步，在校车来之前，麦克斯的爸爸通常会出发去上班。另外，他有时去外面捡起草地上的报纸，有时他捡起报纸直接拿到公司，但有时他把报纸拿进来，吃早餐的时候看。我们只需要有人打开一次门，奥斯瓦德就能出去了。

七点三十分时，麦克斯的妈妈走进厨房。她很安静，穿着睡袍。虽然她才起床，但看上去仍很疲惫。她冲了一壶咖啡，吃了果酱面包。她不是我的母亲，但她是我的生活中最接近母亲的人，我不想看到她如此脆弱、疲惫和难过。我试着去想象今晚她看见麦克斯时欣喜若狂的场景。我努力抹掉她现在疲惫不堪的形象，换上我想象中未来的图景。我会救她。我会救麦克斯，那也就是救了她。

当微波炉面板上的时钟显示七点四十八分时，麦克斯的爸爸终于开了门。他仍然穿着运动裤，看上去也很疲惫，不像要去上班的样子。尽管麦克斯的爸妈昨晚曾相互拥抱，但我仍能看出他们之间有点儿不对劲。麦克斯的爸爸没有跟麦克斯的妈妈说话，他道了声"早上好"，再无他话。她也没跟他说话。两人之间似乎横亘着一堵无形的墙。因为麦克斯，他们常常争吵，但我认为麦克斯也给了他们一个相爱的理由。可是现在他们心灰意冷，他们开始觉得也许他们永远也不能再见到麦克斯了。没有了麦克斯，两人之间也就再无牵系。似乎麦克斯仍然在这里，只不过现在一想起他，就会让他们记起所失去的一切。

今天我有不少救助工作要做。

校车通常七点五十五分时停在麦克斯家门口，但今天不会。我们得去萨沃伊家。那意味着我们要竭尽所能快跑。我们不能错过这趟校车，因为我没有把握凭自己的能力找到那所学校。也许我能行，可在车上时我不大留心街道。也许我办不到。

我们一走出去，奥斯瓦德就发问了："车道尽头的那个小箱子是什么？"

"信箱。"我说。

"什么是信箱？"他问道。

我停下脚步，转过身来，说："如果我们赶不上那辆校车，我们就救不了麦克斯。上车后，你可以尽情发问。但现在我们得跑，能跑多快跑多快，行吗？"

"好的。"说着，奥斯瓦德跑了起来。他是个大个子，他能跑很快，我几乎跟不上他。

离萨沃伊家还有两条车道远时，那辆校车从我们身旁经过。我确信我们不可能及时赶到站台了。不过萨沃伊家的三个男孩儿和读一年级的女孩儿帕蒂要在这站上车，他们或许可以拖住司机一会儿。也许时间不够，但还有可能。

机会来了！杰里·萨沃伊正要踏上车时，他的哥哥亨利大笑着将他手中的书打落。那些书落到踏脚板前的地上，有一本还滚到了车下。杰里不得不弯下腰去捡，他还得趴下来去取落在车下面的那本。亨利·萨沃伊是个坏脾气的大块头蠢蛋，可今天他帮了我的忙。亨利不知道，杰里也不知道，但他们或许刚好救了麦克斯。我们及时赶到萨沃伊家那一站，在帕蒂后面进过门去。

车本来早就应该开走了。

十秒钟后，我边喘气，边把麦克斯和我通常坐的座位指给奥斯瓦德看。

"为什么孩子们要搭校车？"奥斯瓦德问，"为什么他们的妈妈不干脆开车送他们去学校？"

"我不知道，"我说，"也许有些人没车。"

"我以前从没坐过校车。"

"我知道。"我说，"感觉如何？"

"没我想象的刺激。"

"谢谢你跑这么快。"

"我想救麦克斯。"

"真的吗？"

"嗯。"

"为什么？"我问道，"你都不认识他。"

"他是这个世界上最勇敢的男孩儿。你说过，他在汤米·斯温登的头上大便。即使没人喜欢他，他还是每天去学校。我们必须救麦克斯。"

听奥斯瓦德这么说，我内心很温暖。格斯科太太讲了一个故事，学生们牢记在心时，想必她也是这种感受。

"可我们要怎么救麦克斯？"奥斯瓦德问道，"你还没有告诉我。"

我认为是时候了。接下来的十分钟，我告诉奥斯瓦德有关帕特森太太的一切。

"你是对的。"我讲完后奥斯瓦德说，"她是魔鬼，她是偷小男孩儿的魔鬼。"

"没错，"我说，"但是你知道吗？帕特森太太并不认为自己是魔鬼，她认为麦克斯的父母是魔鬼，她认为她做的事情是对的。虽然我依旧不喜欢她，但这让我少恨她一点点。"

"也许我们都是另一个人的魔鬼，"奥斯瓦德说，"连你和我也可能是。"

他说最后一句话时，我头一回发现随着校车沿街而行的景物，我能看见房子和最后几片色彩鲜艳的树叶掠过车窗。

我能看见树掠过他。

奥斯瓦德在逐渐消失。

这没道理。奥斯瓦德在我正需要他的这天消失的概率有多大？在麦克斯正需要他的这天？

这似乎不公平，似乎不可能。像是一部电视剧，很多不好的事情同时发生，让情节显得特别假。

然后我意识到发生了什么事。是我的过错。奥斯瓦德在消失，原因在我。

奥斯瓦德说过，在他每晚睡觉之前，他都要跟约翰说话。他会告诉约翰他当天的所做所见，说完后，他才入睡。

这肯定是约翰一直相信奥斯瓦德的原因，约翰一定能听见奥斯瓦德每晚讲的故事。用他的耳朵听，或者说故事进入了他的大脑，进入了他的心里。也许这就是奥斯瓦德存在的根本原因。约翰被困于一具不会醒来的身体内，奥斯瓦德就像约翰的眼睛，是他知晓外在世界的窗口。奥斯瓦德在现实世界中能移动物体的原因就在于约翰是一个成人。我从没见过一个幻影朋友的人类朋友是个成人，正因为此，奥斯瓦德与众不同，奥斯瓦德的特殊能力也源于此。

不过奥斯瓦德在现实生活中能移动物体也许是因为约翰再也做不到；也许约翰为自己处于昏迷状态难过不已，他不能移动物体，因而想象奥斯瓦德能；也许奥斯瓦德是约翰了解世界的窗口，让约翰仍能触摸这个真实的世界。

可我现在取走了这扇窗。昨晚奥斯瓦德没能跟约翰说话，现在约翰不再相信他的幻影朋友了。

奥斯瓦德因我而在消失。

奥斯瓦德说得没错，每个人都是另一个人的魔鬼，我就是奥斯瓦德的魔鬼。

我们坐在格斯科太太的教室里，她正在讲述有关她的女儿斯蒂芬妮和切尔西的故事。她还是有些反常，我能看出她眼神中的悲伤。她没有像地板着了火那般在教室里蹦来蹦去。不过孩子们仍然坐在椅子边上。奥斯瓦德坐在他的椅边，他无法将自己的目光从格斯科太太的身上移开。我想这也是他没有注意到他在消失的唯一原因。他消失得很快，比格雷厄姆快多了。我担心放学之前他就会完全消失。

奥斯瓦德转向我。

我稳住自己。他知道自己在逐渐消失。我感觉得到。

"我爱格斯科太太。"他说。

我笑了笑。

奥斯瓦德将注意力转回到格斯科太太的身上。她已经讲完了她女儿们的故事，现在在谈论叫作预言的东西。我不知道什么是预言，我觉得奥斯瓦德也不清楚，但他似乎比房间里的任何人对预言都更感兴趣，他目不转睛地盯着格斯科太太。

我知道我应该做什么。我不知道该怎么做，但我得想办法。这是应当做的事情。

有格斯科太太在教室，似乎都不可能去做错事。

"奥斯瓦德，我们得走。"我说。

"去哪儿？"他问，仍然盯着格斯科太太。

"医院。"

他转向我，眼睛上的毛毛虫又碰在了一起，"那麦克斯怎么办？我们必须救他。"

"奥斯瓦德，你在消失。"

"你知道？"他问道。

"你知道？"我问道。

"是的。今天早上醒来时我就注意到了，我能够看穿我的手。你什么也没有说，我还以为也许只有我自己能看到。"

"不，我能看到，我见过这种情景。如果你不回到约翰身边，你会完全消失。"

"也许。"奥斯瓦德说，但他并不认为是也许。他确信，跟我一样。

"不是也许。"我说，"我知道，约翰相信你是因为他每晚听到你跟他说话。但昨晚他没有听到，因为你跟我在一起。这就是你在消失的原因。你必须回到他的身边。"

"那麦克斯怎么办呢？"奥斯瓦德问。他的语气中蕴含着一丝怒气，这让我吃惊。

"麦克斯是我的朋友，我知道他不想你为了救他而死。这样做不对。"

"我想救麦克斯，"奥斯瓦德说，"我要做个选择。"他握起拳头瞪着我。我不由得纳闷儿，格斯科太太在教室时，是否连奥斯瓦德也被迫去做正确的事情？

"我知道你想救他，"我说，"但不是今天。你必须回到约翰身边。你可以明天再救麦克斯。"

"我也许不能及时回到约翰身边，"奥斯瓦德说，"就算我回去了，我也再也感受不到约翰了，我觉得已经晚了。"

我也这么想。我记起我想办法救格雷厄姆时发生的事情。我慢慢相信，一旦一个幻影朋友开始消失，没有什么能阻挡这个进程。但我不想这些话从我嘴里说出来。"除非我们采取一些措施，不然你会死的。"我说。

"没关系的。我知道。"

"你不会成为一个鬼魂，如果你是那么想的。你会永远消失，就像你从没来过这里。"

"如果我救了麦克斯就不会那样了，"奥斯瓦德说，"如果我救了世界上最勇敢的男孩儿，就会像我永远在这里。"

"不是那样的，"我说，"你会消失，没人会记得你。连麦克斯也不会记得你，就像你从来不曾存在过。"

"你知道为什么我们第一次碰面时，我那么生气吗？"奥斯瓦德问道。

"你以为我是一个鬼魂，你以为我会偷走约翰。"

"没错，但实际上不是。那是因为我在医院时，没有一点儿存在感。我困在那个房间里和那些过道上，没人可以说话，没什么可以看、可以做。也许我不是一个鬼魂，但感觉就像一个鬼魂。"

"这很荒谬。"我说。就是这样。我感觉像是奥斯瓦德，我们对换了位置。我又生气又害怕，准备给谁一拳。而他却非常平静。他就在他自己的眼前消失，却一点儿也不在乎。他不想抗争。

他让我想起我们的拯救计划失败之后的格雷厄姆。她也放弃了。

接着奥斯瓦德做了件让人难以置信的事，他伸出手拥抱了我。他用巨大的手臂环绕住我，紧紧地抱住我，把我从座位上拎了起来。这是头一次他碰我而不伤害我。这不对劲！奥斯瓦德在消失，我却是被拥抱的人。

"今天早上我看穿自己的手时，我知道我在消失。"他说，仍然紧紧地抱住我，"起初我很害怕，但在医院的整个时期，我也一直很害怕。现在我遇见了你和蒂妮，我坐了电梯和校车，我见了格斯科太太，我还要救麦克斯。这比我过去一生所做的事情还多。"

"想想你还能做的一切。"我说。

奥斯瓦德放开手，我们的眼神交会。"我宁愿来一次精彩的冒险，也不愿在医院待一辈子。"他说。

"你不回到医院是错误的，"我说，"感觉像是我们放弃了。"

"不帮助麦克斯才是错误的，"奥斯瓦德说，"他是这个世界上最勇敢的小男孩儿，他应该获救。"

"你可以救了自己后再救他。"

奥斯瓦德突然满脸怒容。他在医院的房间把我扔来扔去之前，脸上就是这种表情。他的肌肉收紧，似乎又长了六英寸。他的表情又同样快速地变了。他的拳头松开，肌肉放松，脸色变得温和，不再是生气，而是失望。对我失望。"别说了，"他说，"我想听格斯科太太说话，好吗？我就想坐在这里听格斯科太太说话，直到我们必须离开。"

"好的。"我说。我想再说点儿什么，但我害怕。我不是害怕奥斯瓦德生气或对我失望，虽然那比我想象的更让我受伤。我害怕，是因为我需要奥斯瓦德，没有他，我没法儿救麦克斯。我很高兴他想救麦克斯而不是他自己，我为我内心里也这么期盼而感到难受。仿佛我是世上最差劲的幻影朋友。

麦克斯是世上最勇敢的小男孩儿，而奥斯瓦德是世上最勇敢的幻影朋友。

奥斯瓦德整天和格斯科太太在一起，他甚至跟随她去卫生间。我告诉他不要去，我想他并不明白卫生间的隐私。

这天的大部分时间我也跟格斯科太太在一起，我密切注意着奥斯瓦德，我担心他在帮我救麦克斯之前就消失。我盯着他透明的身体，努力去猜测他还有多少时间，但很难判断。思考这个问题让我觉得要疯了。

　　我也查看了帕特森太太。到学校后，我做的第一件事就是确认帕特森太太今天是否上班。她确实上班。校车在圆形广场停下来时，我们看见她从她的车里出来。

　　一切都在按我的计划进行，但是计划成功需要的关键人物正在我眼前消失。

　　虽然学校三点二十分放学。奥斯瓦德和我在三点钟时就离开了格斯科太太的教室。奥斯瓦德要在帕特森太太打开车门时爬进车里，我要他准备好。

　　离开前，他向格斯科太太道了别。他走到教室前面跟她说，她是世界上最棒的老师。奥斯瓦德告诉她，在她的教室里度过的这一天，是他一生中最美好的日子。我不确定我能否再见到格斯科太太，但我知道奥斯瓦德再也见不到了。看着他边走出教室边向她挥手，几乎与看着格雷厄姆消失一样令人难受。几乎是我一生中最难过的事情。我也道了别，但我速度很快。

　　我难以想象不再见到她，我深爱着她。

　　铃响五分钟后，帕特森太太从学校侧门走了出来。她用双手拿着一个大布袋，看上去装满了东西。她的小包挂在肩上。

　　"别担心我，"我提醒奥斯瓦德，"我能像穿过我家的正门一样穿过车门，你只管进去。门开时，赶在她前面跳进去。一秒也不要迟疑，你必须快。"

　　帕特森太太在她的车边停了下来。她把大袋子放在路上，打开后门。她提起袋子，看上去很沉。我能看见里面装着书、相框和雪地靴，下面还有别的东西。她要把袋子放在后座上。奥斯瓦德没办法进这个门。帕特森太太开门时，他站在门前面，但是他很恐慌。他试图绕过门绕过帕特森太太偷偷进去，但是他还没有绕过去，门就关上了。他撞到门上，被弹到了地上。他咕哝着摇了摇头。

"起来！"我喊道。

他听到了，马上站了起来。

帕特森太太往前走了几步打开前门，方向盘旁边的门。奥斯瓦德仍然准备着，他站在我指示的等候位置后面几步，但他离得够近。我想。

"行动！"我喊道。奥斯瓦德动了起来，比我想象中更快，刚好在帕特森太太之前挤了进去，并爬过了驾驶座。我不清楚要是帕特森太太坐在奥斯瓦德身上会发生什么。幻影朋友通常会被挤下来，就像电梯满员时，但电梯里总有可以往里推的空间。倘若帕特森太太坐在奥斯瓦德的身上，他没有地方可去。

还好没有发生这样的情况。

我穿过后门，爬过那个布袋，坐在奥斯瓦德的后面，他在乘客座上。

"你还好吗？"我问。

"是的。"他说，但是他的声音听起来很遥远。过了几秒钟，他补充道："她看上去不像坏人。我还以为她看上去会很凶。"

"或许这就是没人怀疑她偷了麦克斯的原因。"我说。

"也许所有的魔鬼看上去都很正常，"奥斯瓦德说，"正因为这样，他们才能这么坏。"他的声音听起来极其遥远，我担心他活不过这段车程。"你确定你还好？"我问。

"是的。"他说。

"好的。我们马上就会到帕特森太太家。"

即使我们马上就会到帕特森太太家，我们也要等到晚上才能救麦克斯。奥斯瓦德必须再活几个小时。我不确定他是否可以。

我尽量不去考虑这些，把注意力集中到街道上。我们已经离开学校了。为了计划的成功，我需要在脑中画一幅地图。首先我们左转出了圆形广场，行驶到路的尽头，遇到红灯停了下来。等待的时间很长，帕特森太太轻拍起方向盘。她也认为时间太长。灯终于变绿了，帕特森太太左转弯。收音机开着，一个男人在播报新闻。没有任何关于一个小男孩儿从学校丢失的消息。我们往前开，左边是一个公园，右边是一座教堂。教堂门前的草地上覆盖着南瓜。一片橙色的旁边是一项白色的帐篷。有个男人站在帐篷下面，他应该在卖南瓜。我们又经过了两个交通灯。接着我们在另一个红绿灯处右拐。

"左，然后左，接着三个交通灯，再往右。"我说。又重复了两次。我试着把它变成一首歌，因为歌曲容易记。

"你在说什么？"奥斯瓦德问道。

"方位。我需要知道怎么回学校。"

"坐小汽车也没什么意思，"奥斯瓦德说，"但是比坐校车好一点儿。"

我真希望能跟他谈谈，但是我不能。我要尽力记下方位。我感觉很不好受，奥斯瓦德在迅速地消失。我遇见的唯一能触碰外在世界的人将要永远消失，而我却没有时间跟他说话。

我们在一条又长又黑的街道上行驶。没有公园，也没有教堂。两边只有路和房子。我们经过了两个红灯后，帕特森太太向左转，沿着一座挡风的小山行驶。在山脚她又左转。这是帕特森太太家的街道。我认出来了。池塘在右边。帕特森太太的家也在街右边。

我努力去回想从学校到帕特森太太家的驾车路径。左、左、右、左、左，中间是交通灯、公园、教堂、南瓜、池塘。

我意识到我的方位感不太好。我能走到医院、警察局和加油站，因为我走得慢。车开得快，在车里时很难注意到什么东西。去的地方远，要记的转弯更多。

车慢了下来，帕特森太太右转后进入车道。

"我们到了，"我说，"房子就在山顶。"

"好的。"奥斯瓦德说。

我们驶上山朝房子开去。帕特森太太按了遥控器上的按钮，车库的门开了。她在车库这里停了下来，又按了一下遥控器上的按钮，车库门关上了。

"该去救麦克斯了吧？"奥斯瓦德问道。

"还没到时间，"我说，"我们必须等几个小时。你能等那么久吗？"

"我不知道时间，我不知道几个小时是多久。"

"没有关系，"我说，"我要先去看看麦克斯，因为我能穿过门去他房间。不过马上你也能见到他。"

帕特森太太砰地关上车门。这一声响，让我意识到奥斯瓦德还坐在乘客位上，没有办法出来。

我又犯了一个错误。

六年来我总是穿门而入，这让我忘了奥斯瓦德不能。

又一次。

"怎么了？"奥斯瓦德问道。自从帕特森太太关上车门后，我一言不发。

"我把事情搞糟了，"我说，"我忘了告诉你从车里出来。"

"哦。"

"没关系的，"我说，"我会想到办法。"我告诉奥斯瓦德别担心，脑子里却出现了这样一幅图景：唯一能碰触现实世界的幻影朋友，消失在这个普通车库的这辆普通车里，没能去做他原本要做的最后一件大事。

"我能试着打开车门。"奥斯瓦德说。

"你不能，"我说，"我看到你按响麦克斯家的门铃有多费劲。你不可能又拉把手又推门。"

奥斯瓦德看着把手和门，点了点头。"也许她会回来的。"他说。

他说得对。她会的。她把那个布袋落在后座了，她也许要用到它。但是奥斯瓦德消失得很快。如果她不快点儿回来，我担心到时什么也没有了。

"爬到后面来，"我说，"如果她回来，她应该是来拿这个布袋。

她将打开这扇门。"我指着最靠近布袋的门，"我们必须做好准备。"

奥斯瓦德爬到后座上。我仍然为他身为一个大块头，行动却如此敏捷而感到吃惊。他在我和那个布袋中间坐了下来。我们静静地坐了一会儿，等待着。

"你应该进去看看麦克斯。"奥斯瓦德提议道。他的声音轻柔含混，听起来离我有十万八千里远。

我想去看看麦克斯的情况，但我不敢离开这辆车。我怕我走后奥斯瓦德会消失。我仔细地端详他。我仍能看到他，但我也能看到他身后的一切：座位上的那个布袋、车门、车库墙上挂着的耙子和铁锹。他不动时，看到耙子和铁锹比看到他更容易。

"我不会有事的，"他说，似乎读懂了我的心思，"去看看麦克斯再回来。"

"你在消失。"我说。

"我知道。"

"我怕我不在的时候，你消失了。"

"你认为如果你离开这辆车，我就会消失得更快？"他问道。

"不是的。我不想你孤单地死去。"

"哦。"

我们又安静地坐着。我感觉说错了话，我努力找合适的话来说。

"你怕吗？"最后我问道。

"不，"他说，"不怕。难过。"

"难过什么？"

"我为我们不能再做朋友而难过，我为不能再见到约翰和蒂妮而难过，我为不能再坐电梯和校车而难过，我为不能跟麦克斯成为朋友而难过。"他叹了口气，低下头来。我又一次努力寻找合适的话语，但他先开口了："不过我消失后，我就不会难过了。我什么也不是了。我只是现在难过。"

"你为什么不害怕？"我不应该问奥斯瓦德这个问题，但我想知道这个问题的答案，虽然我没有消失，但我害怕。我为找不到合适的话对奥斯瓦德说而感到抱歉，但我控制不住自己。

"怕什么？"他问道。

"害怕死后发生的事情。"

"发生什么？"他问。

"我不知道会发生什么。"

"那为什么害怕？"他问，"也许什么都不会发生。如果比什么都没有发生好，那也不错。"

"要是比什么都没有更糟糕呢？"

"没有什么会比什么都没有更糟糕。但如果什么都没有，我不会知道，因为我将什么也不是。"

在那一刻，奥斯瓦德对我来说就像一个天才。

"那不存在呢？"我问，"整个世界将继续运转，但是你不在了，就像你从没来过。有一天认识你的所有人也都会死去，就像你从来不曾存在过。这也不会让你感到难过？"

"如果我救了麦克斯就不会。如果我救了麦克斯，我将永远存在。"

我笑了。我不相信他的话，但我笑了，我喜欢这个想法。我希望我能相信它。

"去查看一下麦克斯的情况，"他说，"我保证不会消失。"

"我不能。"

"如果我开始消失，我就按喇叭，行吗？我相信我按得了。"

"好。"我说，转身准备离开，又停了下来，"你说得没错。你能按喇叭。"

"这怎么啦？"

"爬到前座，"我说，"按响喇叭。"

"为什么？"

"这或许是你出去的方法。"

奥斯瓦德爬进驾驶座，他把双手放在喇叭上。我几乎看不见他的双手，我担心在他消失的过程中，他触碰真实世界的力量也在消失。

他按了下来，与此同时，他胳膊上的肌肉收紧，他的身体晃动。脖子上的两条筋变得又粗又黑，尽管它们在变得透明。他发出了一声遥远的呻吟。过了一秒钟，喇叭响了。它响了快三秒钟才停了下来。

喇叭停下来时，奥斯瓦德放松了下来，叹了口气。

"现在做好准备。"我说。

"好的。"他在喘气的间歇中说。

我们等待了感觉很长的一段时间——十分钟，也许更长。我们盯着连接车库和房子的那扇门，它没有开。

"你要再按一次。"我说。

"好。"奥斯瓦德说。但是他脸上的表情告诉我,他没有把握做到。

"等一等,"我说,"帕特森太太也许和麦克斯在密室,她从密室听不到喇叭声。让我进去看一下她在哪里。我不想让你白白地按喇叭。"

"我也这么想。"奥斯瓦德说。

我在厨房找到了帕特森太太,她在用一块海绵洗煎锅。她又在唱《锤子之歌》。洗碗机开着。架子里放着盘子、玻璃杯和银器。也许她刚和麦克斯吃完晚饭。

我回到车库。挨近车时,我没有看见奥斯瓦德。他消失了。就像我害怕的那样,我在屋子里时,他停止存在了。

然而我看见了他!几乎不可见,但还活着。他眨了眨眼,我看见他那两只黑色的眼睛,以及他巨大身体的轮廓。我觉得我们不能等到帕特森太太睡觉后再行动,我们必须现在就救麦克斯。

我回到车里:"好了。她在厨房。听着。她出来后,会打开车门查看喇叭怎么会响。那时你马上从车里出去,以最快的速度进入屋内。你不能被困在车库。"

"好的。"他说。我就坐在他的旁边,却几乎听不见他的声音。

奥斯瓦德两只手又放回方向盘上。这次他往下按时,把自己提了起来,屁股不再接触座位,他在用他的重量来帮自己。他近乎透明的胳膊上的肌肉又凸显了出来。他脖子上的筋又暴起。他呻吟出声。至少用了一分钟,喇叭才响了起来。这次只响了一秒钟,但足够了。

过了一会儿，连接车库与房屋的门开了。帕特森太太站在门口，她盯着车，眉头紧皱。她稍微向前倾身，但她待在门口没有动。

我凝视着她，她不会来查看她的车。我知道。

"再按一次！"我喊道，"再按一次喇叭。现在！"

奥斯瓦德看着我。我几乎看不见他了，但我仍能看见他疲惫的脸色。他不相信自己做得到。

"按！"我又一次喊道，"为麦克斯·德莱尼按响喇叭！你是他唯一的机会。按！你马上就要消失了，如果你不从这辆车里出去，你就什么也做不了。按！现在就按！"

奥斯瓦德站起来，跪在驾驶座上，身子一歪，把他所有的重量压在喇叭上。他边往下按，边喊着麦克斯的名字。尽管他说出的每一个词听起来越来越远。麦克斯的名字不断在车内回响。他不是在喊麦克斯的名字，而是在吼叫。他背部的肌肉升起，胳膊和肩部的肌肉也凸显了出来。他又让我想起了一台铲雪车，一台不可阻挡的铲雪车。喇叭几乎马上就响了起来。

帕特森太太正要把车库门拉上，喇叭声让她停了下来。她吓了一跳，放下门，让它再次打开。她的目光回到车上，挠了挠头。接着，就在我以为她要回到屋内，再次不理兀自鸣响的车时，她下了三级台阶往车库走来。

"她来了，"我说，"她一打开门，你就从车里出去进入屋子。"

奥斯瓦德点点头。他没法儿说话，他气都喘不过来了。

帕特森太太打开驾驶座位置的门，躬身进来。她用右手去摸喇叭，奥斯瓦德绕过她踩到车库的水泥地上。他停了一下，仍然在喘气，我告诉他快走。"快进去。"我说。

他听从了。他从帕特森太太身边经过，后者在测试喇叭，把它按响了。喇叭声让奥斯瓦德缩了一下，但他仍继续前行。我没有浪费一秒钟来等待她完成测试，我穿过我这边的车门，跟随奥斯瓦德进入房子。我们穿过有洗衣机的房间进入昏暗的起居室后，我停了下来。太阳落山了，外面很黑。我们在车里的时间比我预想的要长。这间屋子没有开灯，我看不见奥斯瓦德。

"奥斯瓦德，"我轻声说，"你在哪里？"帕特森太太听不见我说话，但我仍然放低了声音。

电视会让人做不少蠢事。

"这里，"他说着抓住我的胳膊。奥斯瓦德站在我的身边，我却看不见他。我几乎听不到他的声音，但是他有力地抓住了我。这让我对于他能完成必须做的事情又燃起了希望。

"好的。我们走。"我说。

"这是个好主意，"他说，"我没有多少时间了。"

地下室的门开着。经历了发生的这一切，我们值得拥有这点儿好运。要是它关着，我不知道怎么把奥斯瓦德弄进地下室。我领着奥斯瓦德穿过厨房，下了楼梯，我看了下帕特森太太炉子上的钟。

六点零五分。

比我认为的时间要晚，但还不够晚。帕特森太太几小时后才会睡觉，但是奥斯瓦德没有时间了。我必须现在就行动起来。

地下室的灯开着，但我仍然几乎看不到奥斯瓦德。他走进麦克斯密室外的房间时，因为他在动，我才看到了他。他在上面有小网球场的绿色桌子旁停下来时，就消失了。

"麦克斯在这面墙的后面，"我说，"这是一扇门，但这是一扇密门。我穿不过去，麦克斯也打不开。"

"你想要我打开？"奥斯瓦德从一个遥远的地方问道。

"是的。"我说。

"这就是拯救麦克斯用得上我的地方？"奥斯瓦德问道。他听上去松了口气。他熬到了。在他消失之前，他能去完成他一生中的一件大事。

"就是这样，"我说，"只有你能打开这扇门，整个幻影世界只有你。"

我把搁板上他必须按的地方指给他看。他双手抵住搁板，身体倾斜往里推。他的整个身体奋力向前。他成了铲雪机。搁板几乎马上就动了，门开了。

"这很容易。"我说。

"对啊，"他说，听起来很吃惊，"也许我变得更强了。"

我看不见奥斯瓦德的笑容，但我能从他的声音里听出来。

我走进麦克斯的房间，希望这是最后一次。

把麦克斯带回家存在的问题：

1. 麦克斯怕黑。

2. 麦克斯怕陌生。

3. 麦克斯不会跟不认识的人说话。

4. 麦克斯怕帕特森太太。

5. 麦克斯不会承认自己怕帕特森太太。

6. 麦克斯不喜欢变化。

7. 麦克斯相信我。

第十二章
麦克斯的逃跑之路
· · · · · · · ·

我在笑，也在哭。这是我第一次因为高兴而流泪。我
向麦克斯竖起大拇指。透过我正在消失的大拇指，我
看见麦克斯亲吻他妈妈泪水涟涟的面颊。

　　麦克斯以为从门里进来的是帕特森太太。我走进房间时，他头都没有抬。他在用乐高积木搭一列火车，几排塑料玩具兵保卫着轨道。

　　"嗨，麦克斯。"我说。

　　"一列小火车！"奥斯瓦德喊道。

　　麦克斯丢下手中的乐高积木，站起身来，喊道："布多！"见到我他很高兴。我们的目光相遇时，他的眼睛睁得很大。他向前快走一步又停了下来。他的语气很快变了，他眯起眼睛，紧皱眉头，说："你丢下了我。"

　　"我明白。"

　　"你违背了你的承诺。"他说。

　　"我明白。"

　　"告诉他你很抱歉。"奥斯瓦德说。他走到房间里，站在麦克斯的旁边。他不由自主地盯着麦克斯看，就像一个人的神变成了两个人的神。

　　我睁大眼睛看着奥斯瓦德，摇了摇头。我希望他懂得我的意思。我不害怕麦克斯听到奥斯瓦德的声音，我怕奥斯瓦德会令我分心。我像是电视剧中的要说服一个疯狂的人不要从桥上跳下来的警官。我不能分心，我必须要尽我的这份力了。我只有一次机会可以救麦克斯，我没有多少时间了。

"你为什么离开？"麦克斯问道。

"我必须离开。如果我待在这里，你也会待在这里。"

"我的确待在这里。"麦克斯说，眼睛眯得更厉害了，看上去很困惑。

"我知道，"我说，"但是我担心如果我待在这里，你会永远与帕特森太太在一起。你不应该在这里，麦克斯。"

"不，我应该在这里。别说了，布多。你这么说不对。"

"麦克斯，你必须离开这个地方。"

"不，我不用。"麦克斯说。他有点儿不高兴，他的脸颊变红了，声音里带着怒气。我必须要小心一点儿。我需要麦克斯适度地生气。如果他过度郁闷，他会卡壳。

"你应该走。"我说，"你必须离开。你不属于这里。"

"帕特森太太说我属于这里。她说你也可以待在这里。"

"帕特森太太是个坏人。"我说。

"不是。"麦克斯说，他喊出这个词，"帕特森太太照顾我，她给我乐高积木和玩具兵，每天晚上让我吃烤奶酪，她告诉她妈妈我是一个好孩子。她不可能是坏人。"

"这个地方不好。"我说。

"这个地方好。别说了，布多。你这么说不对。你不像一个好朋友。为什么你不好好说话？"

"你必须离开，麦克斯。如果你不离开，你将永远见不到你的爸爸、妈妈、格斯科太太和其他任何人。"

"我会见到你。"麦克斯说，"帕特森太太说我马上就能见到爸爸和妈妈了。"

"她在撒谎，你明白。"

麦克斯什么也没有说。这是个好迹象。

"如果你待在这里，你再也不会见到我。"我说。

"别说了。你这么说不对。"麦克斯的手握成小拳头。有一会儿，他让我想到了奥斯瓦德。

"我说真的，"我说，"你将永远见不到我了。"

"为什么？"麦克斯问道，他的声音里含有恐惧。这是好迹象。

"我要走了。我不会回来。"

"不！"麦克斯说。但这不是一个命令，而是一个请求，他在请我留下，他几乎在求我留下。现在有希望了。

"是的，"我说，"我要走了。我再也不会回来了。"

"求你了，布多，别走。"

"我要走了。"

"不，请别走。"

"我要走了。"我说，尽量让我的声音听起来像冷硬的石头，"你可以离开，你也可以永远待在这里。"

"我不能离开，"麦克斯说，我从他的声音里听到了恐慌，"帕特森太太不会让我离开。"

"这就是你必须离开的原因，麦克斯。"

"我不能。"

"不，你能。"

"我不能，"麦克斯说，听起来他要哭了，"帕特森太太不会让我出去。"

"门开着。"我指着打开的门说。

"门开着？"麦克斯问，终于注意到了。

"帕特森太太没有关门。"我说。

"骗子，骗子，裤子着火了！"奥斯瓦德的声音从远处传来。我笑了，纳闷儿他从哪里学来的。

"听我说，麦克斯。这是仅有的一次帕特森太太忘记关门。你现在必须出去。"

"布多，请跟我在一起。我们可以待在这里玩玩具兵、乐高积木和电子游戏。"

"不，我们不能。我要走了！"

"为什么你变得这么残忍？"奥斯瓦德问道。他的声音像一声古老的低语，像尘土。我想停下来与他道别，谢谢他所做的一切。我感觉他随时会消失。但我不能停下来。麦克斯在犹豫，我感觉得到。我需要完成这次任务。

我转身朝打开的门走了三步。

"求你了，布多。"麦克斯在哀求。我能听到他的眼泪掉了下来。

"不，我要走了，永远不会回来。"

"求你了，布多。"麦克斯说，他如此害怕让我有些心碎。这就是我想要的，可我没想到会如此艰难。正确的事做起来永远不会简单，这真是颠扑不破的真理。

"求你不要离开我。"麦克斯请求道。

我认为到我表明立场的时间了。我的语气从冷漠转为冷冰冰："帕特森太太是个坏人，麦克斯。你怕说出来，但你明白这一点。她甚至比你知道的更坏。她打算带你离开这间屋子，离开这栋房子，到很远的地方去。你永远也见不到你的爸爸妈妈，你也永远见不到我。一切都将永远改变，除非你现在走。你现在必须走。"

"求你了，布多。"麦克斯哭了。

"我保证如果你现在离开，你会安然无事。你会离开帕特森太太，回到家里。你今晚就能见到你的爸爸妈妈。我发誓，如果我欺骗了你，我宁愿不得好死。但我们必须现在走。你愿意跟我一起吗？"

麦克斯在哭泣，泪水从他的面颊上流了下来。他几乎喘不上来气。但在啜泣的间歇，麦克斯点了点头。

他点头了。

我们有机会了。

帕特森太太在她的卧室里，她把从浴室水槽下面拿出来的东西放进另一个盒子里。炉子上面的钟显示六点四十二分。该走了。

我回到地下室，麦克斯站在楼梯边，就在我离开他的地方。他手上拿着乐高积木火车的火车头，他紧握着它，就像那是一根救命稻草。

他的裤子口袋里也塞得鼓鼓囊囊。我没有问是什么。

我琢磨着奥斯瓦德是否还在这里。我环顾四周，但没有看到他。

"我在这里。"他挥着手说。我注意到了这个动作，他站在麦克斯身后，但听起来他像在大峡谷的另一边，"你以为弄丢我了吗？"

我笑了。

"帕特森太太在楼上，"我说，"在她的卧室里。你跟我一起上楼，我们要从餐厅的玻璃滑门出去。那扇门要轻一点儿打开。我见她开过，不会嘎吱作响。我们到外面后，你向右转弯，用最快的速度跑进小树林。"

"好的。"麦克斯说。他浑身发颤，他很害怕。

"你能做到的，麦克斯。"

"好的。"他说，看上去他并不相信我。

我们爬上楼进入过道，右边就是正门。我想到让麦克斯从这扇门出去，但放弃了这个念头。这扇门就在楼梯拐角处，帕特森太太可能会听到它打开的声音。

"这边走。"我说，领着麦克斯穿过厨房来到餐厅，"把手在右手边，拉一下就行。"

麦克斯把乐高火车头换到左手，用右手抓住门把手。他拉了一下，门开了一点点，砰地一下关上了。

"哦，不，"我说，感觉一阵恐惧迅速流经我的全身，"麦克斯，我们必须去……"

我还没有说完，麦克斯已经转动了门上的把手。"锁了，"他轻声说，"没办法了。"他再次拉门，随着轻轻的咝咝声，玻璃门滑开了。

我很兴奋。不是为门打开了而兴奋，而是为麦克斯打开了它而兴奋。他解决了这个问题。平常麦克斯不解决问题，而是被困在问题里。

这是一个好兆头。

但是门开时，房子里响起了三声嘟嘟声。警报没有响，但是嘟嘟声提醒房子的主人警报运行正常，但是被关上了。麦克斯家的门也能发出同样的声音。我不太注意嘟嘟声，每次有人开门都有嘟嘟声，它们总是发出嘟嘟声。

我认为这三声嘟嘟声不会被忽视。

似乎为了证明这一点，我听见有东西掉落在我们头上的地板上。过了一会儿，楼上的地板传来砰砰的脚步声。

"她来了！"我喊道，"跑！"

麦克斯没有动，他站在打开的门前，一动不动。帕特森太太穿过二楼地板的声响让他停在原处。

"麦克斯，如果你现在不跑，你永远也逃不了。"我说着这些话，意识到它们是多么正确。我冒了很大的风险，如果帕特森太太逮住了麦克斯，她不会再给他逃跑的机会。这是我能把麦克斯带回家的唯一机会。

但是他一动不动。

我听见了帕特森太太的声音，她来到楼梯上了。

"麦克斯，求求你快跑。不管你跟不跟来，我都会走。我不会留在这里。没有时间了。你的爸妈在等你！格斯科太太在等你！跑！"

我说的某些话让他行动了起来。真希望我能知道是什么，以便再次使用。我想也许是因为我提到了他的妈妈。

麦克斯走进黑暗中。天很黑，我担心这会再次让麦克斯停下脚步，但是没有。麦克斯怕黑，但他更怕帕特森太太。他承认了怕她，这是好迹象。他穿过帕特森太太的露天平台，走了三步到草地上，看着池塘。月亮挂在池塘对面的树上，静静的水面上闪着白色的微光。

"苍白的月光。"我想，现在麦克斯真的在苍白的月光下与魔鬼共舞。

"右转，跑！"我用最大的声音喊道，尽可能地充满愤怒。

麦克斯转弯跑进树林里。

我回头看着门。帕特森太太还没到门口，她肯定先去查看正门了。

奥斯瓦德站在门口。他在月光和来自室内灯光的混合光芒照射下闪闪发亮，像从停车场升腾起来的热空气。他在消失，此刻正在发生，就在我的眼前。

"跑啊，布多！"他喊道。从他嘴里出来的声音不再像声音，更像是遥远的记忆，快被忘却的记忆，但我现在知道奥斯瓦德是对的。他不会被忘记。"拯救麦克斯！"他说。他也许是在吼，吼出这个至关重要的最后命令。这些话结束了他的生命，但它们传到我耳边时像是耳语，"我还有一件事要做。"

我不能跑，我像麦克斯一样卡在原地。巨人奥斯瓦德，精神病人约翰的幻影朋友，能够触碰两个世界的唯一的幻影朋友，就在我的眼前死去。

我对他的死负有责任。

就在我认为他要永远消失时，他回头向后看着屋子。他等了一秒，单膝跪地，两手放在身前，就像一个男孩儿向他的母亲展示几根指头是十。我看不清奥斯瓦德身体的细微部分，但我不用看到也知道他的肌肉最后一次突出、脖子上的筋最后一次暴露。他又是巨人奥斯瓦德，再一次做好战斗的准备。接着他转向我，我在草地上一动不动，苍白的月亮挂在我身后，奥斯瓦德说道："再见，布多。"

我听不到他的声音，但是我的内心感应到了。

而后是："谢谢你。"

就在这时，帕特森太太进入眼帘。她从厨房跑到餐厅，朝开着的门跑来。她比我想象中跑得更快，我意识到麦克斯的逃跑不会以他消失进树林而结束。

他的逃跑之路才刚刚开始。

奥斯瓦德说得没错，每个人都是另一个人的魔鬼，帕特森太太是麦克斯的魔鬼。

也是我的魔鬼。

这时我脑中蹦出了一个想法。

奥斯瓦德是帕特森太太的魔鬼。巨人奥斯瓦德现在是苍白月光下的魔鬼。

过了一会儿，帕特森太太冲出打开的门，撞到了蹲伏在地的、闪闪发光的、即将死去的奥斯瓦德。她的右膝撞到了他的右手，她摔倒了，头冲地，随着一声嘟哝和砰的一声，她的身体飞起，砸到了露天平台上。她一直滑到了平台边缘，又滚了三级台阶到草地上，在离我的脚只有几英寸的地方停了下来。

我抬起头，看向门口，寻找我勇敢而垂死的朋友，知道他消失了。

"你救了麦克斯。"我对我的朋友说，但没人在听。

这时我听见麦克斯喊道："布多！"

帕特森太太的头从草地上抬了起来，她一只手支起身体，朝麦克斯的声音传来的方向看去。过了一秒，她站起身来。

我转身向前跑。

麦克斯的逃跑之路开始了。

麦克斯站在一棵树后面。他抱着乐高火车头，宛如它是一只泰迪熊。有些积木片掉了，但麦克斯没有注意到。他浑身发抖。天气很冷，麦克斯没有穿大衣，但我认为这不是他发抖的原因。

"你不能待在这里，"我说，"你必须跑起来。"

"让她停下来。"麦克斯轻声说。

"我不能，"我说，"你必须跑起来。"

我倾听着动静。我以为会听到帕特森太太稀里哗啦穿过树木和灌木丛的声音，但我没有听到。她也许走得很慢，尽量不发出声音；她或许想偷偷接近麦克斯，好一把抓住他。

"麦克斯，你必须跑起来。"我又说了一遍。

"我不能。"

"你必须那么做。"

就在这时，一束光穿过树林。我回头朝帕特森太太的房子看去，有一点儿亮光接近了树林的边缘。

一只手电筒。

帕特森太太进屋拿了一只手电筒。

"麦克斯，如果她找到了你，她会把你永远带走，你会永远孤单一人。"

"我会有你。"麦克斯说。

"不，你不会。"

"我会的。你说你会离开我，但你不会离开我，"他说，"我知道。"

麦克斯说得没错，我永远不会离开他。但现在没时间说清真相，我必须对麦克斯撒谎，以我从没用过的方式，以我从没想过会用的方式。

"麦克斯，"我说，看着他的眼睛，"我不是真的，我是幻想的。"

"不，你不是的，"他说，"别说了。"

"是真的。我是幻想的。你现在就是独自一人，麦克斯。你可以看见我，但我其实不在这里。我是幻想的，我不能帮你，麦克斯。你必须帮助你自己。"

那束光穿过树林去了左边，池塘那个方向。帕特森太太正从山上下来，稍微偏离麦克斯，但是在麦克斯和池塘之间没有多少距离。即使她走错了方向，她也能马上看到他。月亮照亮了树林，帕特森太太还有一只手电筒。

过了一秒，传来一根树枝折断落地的声音。她越来越近了。

麦克斯吓了一跳，火车头差点儿掉落。"哪条路？"他问，"我应该往哪条路跑？"

"我不知道，"我说，"我是幻想的。你告诉我走哪条路。"

又一根树枝折断了，这一次声音更近，麦克斯转身往前跑，然后右转，离开池塘和帕特森太太。但他行动太猛，声音太响。手电筒的光转到他的方向落在他背上。"麦克斯！"帕特森太太喊道，"等等！"

麦克斯听见她的声音后，跑得更快了。我也跑了起来。

麦克斯跑进一片茂密的松树林，不见了。但他走的是正确的方向。路的这边有五栋房子，之后是街的尽头，他正靠近帕特森太太最近的邻居。透过树丛，我能看见邻居家的灯光。但不知怎的，我看不到麦克斯了。他在我前面二三十步的地方，但我看不到他。

我不再跑，走了起来。我想倾听并查看一下四周。帕特森太太也没有跑，她在走，在我后面不远的地方，往我的左边走，跟我一样。

我们都在找寻麦克斯。

"布多！"麦克斯喊着我的名字，但这次声音很小。声音来自我的右边，于是我往右边看去。我看见了树木、岩石、树叶、树林和路的交会处山顶街灯的光亮，但是没有麦克斯。

"布多。"他又轻声说，"我有点儿害怕。"麦克斯在尽量小声说话，但帕特森太太离得太近。他再发出声音就完蛋了。

这时我看见了他。

有一块岩石和一棵树，中间堆着树叶，也许是被风吹到那里的。麦克斯把自己埋在树叶里，他的小手从树叶下面向我挥舞。

我双手双膝着地爬向他，靠在那块石头的另一边。

"麦克斯，你在干什么？"我尽量轻声问他，这样麦克斯说话也会轻声。

"等待。"麦克斯说。

"什么？"

"狙击手就是这么做的，"麦克斯轻声说，"他让敌方的士兵走过，然后攻击。"

"你不能攻击帕特森太太。"

"不。我会等到……"

脚步声踩在树叶上沙沙作响，离我们越来越近，麦克斯不再说话。过了一秒，手电筒照到岩石上我坐的地方，以及麦克斯埋身的树叶堆。

我抬起头。我现在能看见帕特森太太，我能看见她在月光下的身影，她离得很近。五十步远，接着三十步，然后是二十步。她走得很快，似乎她完全清楚麦克斯藏身的地方。如果她继续沿这个方向走，她也许会踩到麦克斯。

"麦克斯，"我说，"别动。她来了。"

我坐着等待麦克斯被抓，思考着麦克斯藏身树叶下的主意。"狙击手就是这么做的。"他说。

麦克斯读过一本有关战争的书。实际上，他读过一百万本有关战争的书，现在他用他读过的内容来救自己。在一个陌生的树林，在晚上，有人正在追他，他最好的朋友坚持说自己不是真的。

他没有卡壳。

这简直让人难以置信。

帕特森太太现在离麦克斯只有十步远，五步。她的手电筒往前照，不是往地上照而是向正前方。在她还有两步就要踩到麦克斯时，她左转往上山的路走去。她转身是明智的，不然她得翻过岩石或挤在岩石与树之间，但仍然很近。如果她把手电筒往那堆树叶上照，肯定会看到树叶下面有人。

"你要等多久？"帕特森太太走得够远，我听不见她踩在树叶上的声音后，我问道。

"狙击手们会等上好几天。"他轻声说。

"好几天？"

"不是我，狙击手。我不知道。再等一会儿。"

"好的。"我说。我不知道这个主意是好或坏，但麦克斯做了一个决定。他在解决问题，他在靠自己逃跑。

"布多，"他低声说，"你是真实存在的吗？跟我说实话。"

回答前我停顿了一下。我想说是的，因为这是事实，这么回答会让我安全，会让我存在下去。但是麦克斯不会安全，他现在不能相信我，我救不了他。他需要相信自己。他依赖我太长时间了，他现在需要靠他自己，我没法儿把他救回家。这不是在鸡肉面与蔬菜牛肉面、蓝或绿之间做选择。这不是学习中心、操场、校车，甚至汤米·斯温登。这是苍白月光下的真正魔鬼。麦克斯要靠自己的力量回家。

"不是，"我说，"我发誓，如果我欺骗了你，我宁愿不得好死。我是幻想的。你幻想出我让你做起事来更容易。这样你会有一个朋友。"

"真的吗？"他问道。

"真的。"

"你是一个好朋友，布多。"麦克斯说。

麦克斯从没对我说过这样的话。我想永远存在下去，但如果我就在这一刻消失，我起码也是开心的，最开心的时刻。

"谢谢，"我说，"但我只是你幻想出来的样子。我是个好朋友，是因为你让我成了一个好朋友。"

"该走了。"麦克斯说。他说得很快，我不确定他听见了我的话。他直起身，但仍然保持蹲伏的姿势，向山上移动，往左边帕特森太太去的地方走。

我跟在他的后面。

经过麦克斯刚刚藏身的树叶堆时，我看见乐高火车头在岩石的旁边。麦克斯把它留下了。

不到一分钟，我们就到了那位邻居家的草地边。这一片长长的草地被一条砾石车道分成两片。草地的对面又是一片树林，要小一些，我想。下一栋房屋的灯光看来很近，灯光透过树木间隙照射下来。

"你应该去那家敲门。人们会帮忙的。"

麦克斯什么也没有说。

"他们不会伤害你的，麦克斯。"我说。

他没有回答。

我并不指望麦克斯从帕特森太太的邻居或别的人那里得到帮助。麦克斯宁愿把世上的每片乐高积木、每个玩具兵和每个电子游戏都熔成一团黏性塑料之后，才跟一个陌生人说话。敲一个陌生人的家门就像敲外星人宇宙飞船的门。

麦克斯左看看右看看，穿过草地。他已经准备好穿过马路，虽然此生中他还从来没有一个人穿过马路。接着他从树林里跑出来，跑过草地。在月光下看得见他的身影，但除非帕特森太太正看着他，他马上就要穿过草地到另一边，没人注意到。

他到达车道上时，房间的聚光灯开了，它们像太阳一样照亮了前院。它们是自动感应灯。麦克斯家的后院也有这种灯，有时一只流浪猫或一只鹿经过，灯就亮了。

灯亮时，麦克斯呆住了，他朝后看。我站在树丛边，我看着麦克斯，但没有跟着他。我站在那里吃惊地盯着这个男孩儿，曾经他还需要别人帮他决定穿哪双袜子。

麦克斯转向草地另一边的树林，又跑了起来，这时帕特森太太从我右边的树林跑了出来，闪电般地跑过草地。麦克斯没有看见她，于是我喊道："麦克斯！小心！她在你后面！"

麦克斯往后看了一眼，但脚步没有停。

我跑了起来。我甩掉惊奇，突然充满了恐惧。我跟在帕特森太太身后，她正接近麦克斯。她比麦克斯快，她比她本应有的速度还快。

她是名副其实的魔鬼。

麦克斯到达草地对面的树林。他往树林里走了两步，跳上了一面古老的石墙。他的脚踩在一块石头上，跌倒在墙后的地上，不见了。过了一会儿，他出现了，又跑了起来。

十秒钟后，帕特森太太到达那片树林。她也跳过墙去，但她排除了障碍，一落地就马上跑了起来。她的胳膊前后晃动，手电筒开着，但不再指向麦克斯。她现在可以看见他，她离他越来越近。手电筒的光在树林里四散开来。

"跑，麦克斯！"我跨过墙喊道。我就在帕特森太太的身后，但是我什么也做不了。我很无助、无能。我再次喊道："跑！"

麦克斯到达另一栋房屋门前的草地上。这片草地不如前一个宽，车道由街道的原料建造而不是沙石，除此之外都一样。他飞奔过草地，这次没有聚光灯打开，他消失在另一片昏暗的树林里。

麦克斯从房屋、树林和池塘跑了出来。再经过两栋房屋，他就会到达一条他必须穿越的街道，一条他从来没有独自穿越的街道。然后他会置身于一个有房屋、人行道、街灯和停车牌的小区。不再有树叶堆、石墙和高大的树木，不再昏暗，不再有隐匿之地。他必须寻求帮助，否则就要被抓住。

但如果帕特森太太先逮住他，这些就都不重要了。看上去有可能。

帕特森太太就在麦克斯后面几秒钟到达树林的边缘。我在她身后二十步的地方，这时我看见一根粗大的光秃秃的树枝在昏暗中摆荡，砸到了帕特森太太的脸。她大叫了一声，像一块石头一样滚到地上。过了一秒，我看见了麦克斯。他改变了方向，他向右拐，穿过树林向道路跑去，没有进入树林，而是跑向另一栋房子。

我在帕特森太太躺的地方停了下来。她的鼻子出血了，双手用力按着她的左眼。她在呻吟。

麦克斯在苍白的月光下与魔鬼共舞，他赢了。

我转身冲麦克斯选择的方向跑去，我不用穿过树林。我在草地上跑得更快。我到达那条道路时，停了下来四处查看。

没有麦克斯。

我左转朝主路走，又跑了起来，希望麦克斯一直是保持同样的方向前进。过了几秒，我听见他喊我的名字。

"这里！"他轻声叫道。他在马路的对面，在一小片树林里，蹲在另一面石墙的后面。

我过了一会儿才明白他已经独自穿过了马路。

"你做了什么？"我问道，爬到墙后面和他在一起，"帕特森太太受伤了。"

"我设了个陷阱。"他说，气喘吁吁，全身颤动，汗水直流，但也咧着嘴。没有笑，但很接近笑。

"什么？"我问。

"我把一根树枝拉了过来，她快到时就松开了。"他说。

我难以置信地盯着他。

"我从兰博那儿学来的，"他说，"《第一滴血》，记得吗？"

我确实记得。麦克斯和他爸爸一块儿看的这部电影，他爸爸还让麦克斯保证不告诉他妈妈。

但他妈妈一回家，麦克斯就告诉她了，因为麦克斯不会说谎。那晚麦克斯的爸爸睡在了客房。

"她真的受伤了，"我说，"流血了。"

"这实际上不是兰博式的陷阱。他的方法是拿尖头扎警察的腿。我没有绳子也没有刀子，就算有，我也没有时间。但我是从那里得到的灵感。"

"很好。"我说，我不知道还能说什么。

"好的。"麦克斯说着起身，沿着石墙往前移动，躬着身，朝主路的方向走去。

他没有等我领路或问我方向。麦克斯靠他自己在行动。

他在救自己。

麦克斯到达帕特森太太家那条街的尽头时停了下来。他一直待在街对面的树林里，缓慢安静地在树木间走。但离开这条街后，他不再有可以藏身的小片树林。有着长车道和池塘边大片土地的房屋不再有了。他会身处一条有短车道、紧挨在一起的房屋、街灯和人行道的路上。

如果帕特森太太还在追麦克斯，很容易看到他。

"往右。"我告诉麦克斯。

他站在角落里，身体靠在一棵树上。他不确定要走哪一条路。

"学校在右边。"我说。

"好的。"麦克斯说，但他没有从树后藏身的位置出来，而是拐进街上第一栋房屋的后院。

"你要去哪里？"我问道。

"我不能在人行道上走。"他说。

"那你要去哪里？"我问道。

"我要一直在房屋的后面。"

麦克斯就是这么做的。我们这样走了近三十分钟，从一个后院到另一个。如果房屋之间的场地没有被篱笆、树木、车库或汽车遮掩，麦克斯就跑。他蹲伏着身体，但前进得很快。如果后院围着篱笆，他就沿着外沿走，穿过树丛和草丛。他的手和脸在灌木上擦伤了，脚没在沙坑和泥潭里，但他一直往前跑。他使沿途的六盏聚光灯点亮了，但屋子里没人看到他。

麦克斯不像电影里的那个兰博。他没能从废弃的矿山内游过，也没能闯入警察局或爬过山峰，那是因为这里没有矿山、警察局和山。有房屋、后院、篱笆、树木和蔷薇丛，麦克斯像兰博一样利用它们。

当我们到达下一个道路交叉口时，麦克斯认出了他所在的地方。"公园在街对面，"他说，"在那边。"他往左指向公园的方向。学校就在公园的后面。但他没有左转，而是右转。

"我们去哪里？"我问道。他沿着篱笆移动，走向另一栋房子。

"我们不能穿过街道去那边，"他轻声说，"帕特森太太会料到我从那里经过。"

我们又走了两个街区才过马路，他没有在道路交叉口过马路。他在一辆停着的车后等待，直到没有车来后，在没有人行横道的帮助下，跑过马路。

"麦克斯第一次犯法。"我想道。

除非有一条法律禁止在别人的头上大便。

一到马路的对面，麦克斯就继续跑了起来。这次他用了人行道，而没有在房屋后面潜行，他以最快的速度跑。他想尽快到达公园，我想。公园对我来说感觉也很安全，公园是孩子的地盘，即使是在午夜。

麦克斯又穿过了一条小街，然后右转进入公园，远离人行道，跑向两座陡峭的山坡之间的足球场。麦克斯的爸爸曾试着带他在这些山上坐雪橇。这两座山是给人们坐着观看足球比赛的，但它们也很适合滑雪橇。每次暴风雪后，山上都有许多小孩儿，但麦克斯拒绝上雪橇，而是并且一直抱怨他的手套湿了。他的爸爸最后载着他回了家，一句话也没有说。

今天麦克斯从山上飞了下来，似乎比一个雪橇还快，直接冲过足球场。快到球门柱时，他右转，朝棒球场跑，但他仍然没有走人行道，而是在草地上跑，穿过小路旁边的树林。穿过棒球场后，麦克斯右转，经过游乐场跑向树林。

在学校和公园之间有一小片树林。小路上覆盖着木片，老师们有时在春秋两季会带学生们来这些小路。几个星期前，格斯科太太带班上的同学来这里散过步，好让学生们可以写些有关大自然的诗歌。麦克斯坐在一个树桩上，列出了所有与"树"押韵的单词。

他的单子上有一百零二个单词。这不是一首诗，但是格斯科太太仍然很满意。

麦克斯朝那片树林的方向跑去。他跑过树林边的小池塘，在到达树林入口之前，壮起胆子在小路上走了一会儿，然后消失在昏暗中。

过了十五分钟，在小径上迷了两次路后，我们到达树林的另一边。我们和学校之间隔着一片旷野。这是户外活动日麦克斯拒绝在上面跑、跳和投掷垒球的同一片场地。月亮高悬在空中，像一只巨大的模糊的眼睛挂在学校的上方。

我想告诉麦克斯他成功了；我想告诉他沿着树林边缘爬进灌木丛，然后等待早上的来临；我想告诉他校车到达学校前面的圆形广场时，他只需要穿过这片旷野到学校，穿过正门，就像是一个平常的上学日。他甚至可以走到格斯科太太的教室，如果他愿意的话。一旦他在学校里面，他就安全了。

但我问道："下一步怎么办？"我这么问，因为我不再是发号施令的人。就算我想，我也做不了主。

"我想回家。"他说，"我想见爸爸妈妈。"

"你知道从这里回家的路吗？"我问。

"是的。"他说。

"真的？"

"是的，"他又说了一遍，"当然。"

"哦。"

"我们什么时候走？"我问，希望他说我们等到早上。希望我们能让格斯科太太或帕尔默太太或警察带他回家。

"现在。"他说，转过身沿着旷野边走了起来，"我想回家。"

经过萨沃伊家时，我不知道我们走了多久了。月亮已经移到了天空的另一边，但仍然悬挂在我们的头顶。麦克斯没怎么说话。这就是麦克斯。他也许一下子变成了兰博，可他仍然是麦克斯。

我们走了很长时间，尽可能地待在房屋、灌木丛和树林后面。整段路程我一直跟在麦克斯的后面，他一次也没有抱怨过。

真不敢相信几分钟后，麦克斯就到家了。我不再想象麦克斯的爸妈看见他站在门阶上会是什么表情。这一幕马上就会在眼前发生，而我以前认为它不会发生。

在我们的车道前面我停了下来，注视着我的朋友。生平第一次，我明白为别人骄傲是什么感觉。我不是麦克斯的爸妈，但我是他的朋友，我心中充满了骄傲。

这时我看见了它。

帕特森太太的大巴，后面有为麦克斯准备的房间的那辆大巴。

麦克斯正要转入车道，最后走几步到他家，但他不知道帕特森太太在等他。他也不知道停在街那头他家过去一点儿的地方，在两盏路灯中间的黑暗地带，是帕特森太太和她的那辆大巴。

他甚至不知道帕特森太太有一辆大巴。

我张开嘴大声警告，但为时已晚。麦克斯在车道上走了四五步，帕特森太太就从那棵巨大的橡树后面跳了出来。麦克斯和我从幼儿园开始每天都在那儿等校车，麦克斯每天触摸着那棵橡树一直到校车来。麦克斯听到了脚步声，接着听到了我的声音，但都太晚了。他看见帕特森太太迫近他，赶快跑了起来。他跑过车道的中间时，帕特森太太的胳膊落到了麦克斯的肩头上并紧紧抓住了他，她的力道让麦克斯绊倒在地。一瞬间，麦克斯又自由了。他手脚并用往家里爬，但几秒钟后帕特森太太又过来了，抓住了他的胳膊。她把他提了起来，就像他是一个玩偶。

麦克斯大叫道："妈妈！爸爸！救命！"

帕特森太太用她那只空闲的手捂住麦克斯的嘴，让他不能发出声。麦克斯的爸妈应该听不到他的声音。他们的卧室在楼上，并且在房子的后面，现在时间又很晚，他们早就睡了。但帕特森太太不知道他们早就睡了，她想让他安静，好永远把他带走。

最后我行动了起来，跑上车道，在麦克斯前面停了下来。他扭动着身体想挣脱开来，他的眼睛睁得大大的，很害怕。他试图透过帕特森太太的手叫喊，但发出来的只是低低的嗡嗡声。他踢帕特森太太的小腿。有时他一次踢好几下，但帕特森太太缩都没有缩一下。

我就像一个无用的白痴站在那里。我离我的朋友只有几英寸，看着他为他的生命进行斗争，却什么也做不了。麦克斯瞪着我，他在祈求帮助，可我什么也做不了，我只能眼看着我的朋友被永远拖走。

"抗争！"我冲麦克斯喊道，"咬她的手！"

他照做了。我看着他张开嘴又闭上。帕特森太太抽搐了一下，但没有松手。

麦克斯的胳膊拼命打，脚也不停踢。他抓住捂住他的嘴的手，使劲把它拉开。他竭尽全力，眼睛突出得更厉害，但他拉不开。他用拳头擂她的手。这时我看见他的眼神起了变化，恐慌在那一刻被另一种东西取代。麦克斯把手伸进口袋里，拿出让他的口袋鼓鼓囊囊一整晚的东西。那是放在他房间桌上的那只小猪存钱罐。那只暗淡的小猪，塞满了便士。

我错了。麦克斯不在人行横道处过马路，这是他第二次违法。

第一次违法是偷东西。

麦克斯右手拿起小猪存钱罐，放到帕特森太太的胳膊下面。小猪的金属小脚刺进了她的皮肤，这次她大叫着缩了一下，但她仍然抓着麦克斯。

她不会松手，不管被小猪的脚如何刺伤和敲打，她知道她只需把麦克斯拽到大巴上，那样她就没事了。她正是这么做的。麦克斯用他的小猪存钱罐敲打着她的胳膊，她往后退，在车道上把麦克斯往后拉向那棵橡树和她的那辆大巴。

我想大声求救，叫醒麦克斯的父母。让这个世界知道我的朋友已经一路回到了他家的车道，只需要最后一点儿帮助就能逃脱。他一路依靠自己，现在需要有人帮他一把。

这时我想到了一个主意。"汤米·斯温登！"我对麦克斯喊道。尽管他还在继续用小猪存钱罐猛击帕特森太太的胳膊试图挣脱出来，他还是皱起眉头盯着我。

"不，我不是要你在他头上大便。"我说，"汤米·斯温登，他在万圣节那天打破了你的窗户。打破一扇窗户，麦克斯！"

麦克斯抬起手正准备用小猪存钱罐再次使劲击打帕特森太太的胳膊，但突然停了下来。麦克斯明白了。他只有一次机会，他明白。

他抬头看着那栋房屋。他现在在车道的中间，脚后跟被往后拉。他现在就必须扔，不然会太远。起居室里有一面落地窗，很大，正好在房子的中央。但击中它很难，因为距离远，他的脚基本上着不了地。

但是麦克斯没有扔。

"先咬她，"我说，"狠狠地咬她，能有多狠就咬多狠。"

麦克斯点点头。如果一直被抓着往后拖，他就没有机会见到爸爸妈妈了，他点点头。

接着他咬了下去。

他肯定比先前咬得更厉害，因为帕特森太太这次喊了出来，手从他嘴边拿开，使劲摇晃，就像它着了火。更重要的是，她不再往后拉麦克斯。她仍然一只手抓着麦克斯，但麦克斯现在脚着地了。他有机会了。

"往前，"我说，"用力扔。全力以赴。"

"好的。"麦克斯在喘气的间歇说道。他举起小猪存钱罐扔进了夜空中。

帕特森太太看见小猪存钱罐离开了麦克斯的手，小猪的口鼻向上飞升，然后下降，朝落地窗飞去。

猪飞起来了，我想。

一瞬间，似乎整个世界都停了下来，就连月亮模糊的眼睛也看着小金属猪在空中飞行。

　　小猪存钱罐砸中了窗户的中心。这是会让麦克斯的爸爸骄傲一辈子的一次投掷。比汤米·斯温登能期盼的更好。玻璃炸裂开来，几秒钟后，警报响彻夜空。

　　帕特森太太伸出空闲的那只手。麦克斯咬过的地方出血了。她把麦克斯扭过来，抓住他的脖子，把他从地上提起，以最快的速度跑了起来。她怀中的男孩儿不停地扭动尖叫。她现在跑过门前的草地，跑向她的大巴。

　　麦克斯的这次投掷至关重要。落地窗碎了，警报响了，警察在来的路上。但是帕特森太太仍要带走麦克斯，她马上就要永远逃脱了。

　　突然我眼前一片模糊，麦克斯的爸爸飞过我的身边，压在帕特森太太的背上，像一列失控的火车。他把她往地上压时，她大叫了起来。在栽到地上之前，帕特森太太放开了麦克斯，努力不让自己倒下去。麦克斯向前栽去滚到一旁，气喘吁吁，发出一声叹息，抓住自己的喉咙使劲喘气。

　　帕特森太太差点儿把他掐死。

　　帕特森太太倒在地上，麦克斯的爸爸仍然压在她的身上，他的胳膊像钢丝绳一样紧紧环绕着她。他穿着透气短裤和T恤，胳膊被扯破了在流血。从他的胳膊到肩膀处划了一道大口子。他背部的T恤也撕开了，上面都是血。我很疑惑，接着我回头看那栋屋子。房屋的门还关着。麦克斯的爸爸是直接从砸破的落地窗跳下来的，碎玻璃片割伤了他。

　　"麦克斯！我的天！你还好吗？"麦克斯的爸爸问道，仍然没有放开帕特森太太。他把她按倒在地，还把他全身的重量压在她背上，"我的天，麦克斯。你还好吗？"

"我很好。"麦克斯说。他的声音嘶哑微弱，但他说的是实话。

麦克斯很好。

"麦克斯！"麦克斯的妈妈喊道。她站在落地窗前，看着她家门前的草地，她流血的丈夫，麦克斯的诱拐者，还有麦克斯，坐在他父亲旁边，揉着他的脖子。

"麦克斯！啊，我的天哪！麦克斯！"

她从落地窗前消失了。过了几秒，灯亮了，照亮前面的草地。正门猛地开了，麦克斯的妈妈从屋里跑了出来，跑过门阶穿过草地。她身上的白色睡衣在月光下微微发光，她屈膝跪地，滑了几英尺来到麦克斯面前，抱住他，不停地亲他的前额。从麦克斯的表情我能看出他不喜欢这么多的亲吻，但生平第一次，他没有抱怨。他的妈妈边哭边亲他，麦克斯甚至眉头都没有皱一下。

我看向麦克斯的爸爸，他仍然把帕特森太太按倒在地。她一动不动，但是麦克斯的爸爸看了太多的侦探片，现在是不可能放开她的。他知道就在你以为坏人走了或死了时，她会从一棵橡树后面冒出来抓住你。

不过，他在笑。

远处传来警报器的尖叫声，警察来了！

麦克斯的妈妈仍然搂着麦克斯，她挪到麦克斯爸爸的身边，抱住他，尽管他向下压着帕特森太太。麦克斯的妈妈泪流成河。

麦克斯抬起头看着我，他在笑。麦克斯不是咧着嘴，而是在笑。

麦克斯·德莱尼在笑。

我也在笑，也在哭。这是我第一次因为高兴而流泪。我向麦克斯竖起大拇指。

透过我正在消失的大拇指，我看见麦克斯亲吻他的妈妈泪水涟涟的面颊。

第十三章
再见，我的朋友
· · · · · · ·

我不再怕死，只是悲伤。我再也见不到麦克斯，在未来无数的日子里，他将长大成为一个男人，会有自己的小麦克斯。如果我能安静地坐在某处，看着我深爱的这个小男孩儿长大并度过他的一生，我会非常开心。

"你知道你在……"

"我知道，"我说，"这两天来我在慢慢消失。"

蒂妮叹了口气。有一会儿她沉默不语，只是盯着我。休息室里只有我们俩。我来的时候还有别的幻影朋友在，但是蒂妮看了我一眼后，把他们打发走了。

我猜大家都听一个小仙女的话。

"那感觉……"她问。

"没什么感觉，"我说，"如果我眼睛看不见，我根本就不会知道我在逐渐消失。"

实际上不是这样。麦克斯不跟我说话，他并非生我的气，他只是不再意识到我在他的身边。如果我站在他面前跟他说话，他会注意到我并且回话。但如果我不跟他说话，他不会主动跟我说话。

真让人伤感。

"奥斯瓦德在哪里？"蒂妮问道。她低头看着自己的脚，她已经知道了。

"他走了。"我说。

"去哪儿了？"

"好问题，"我说，"我不知道。我又会去哪里呢？也许不是任何地方。"

我告诉蒂妮麦克斯逃跑的经过。巨人奥斯瓦德如何砸开麦克斯的地下室监狱，最后一次触碰真实世界阻碍帕特森太太，让她摔了个狗啃泥，为麦克斯赢得了逃跑的时间。我告诉她在树林里的那场追赶，麦克斯在树林边缘设置的圈套，以及在麦克斯家门前草坪上的最后一战。我告诉她麦克斯的爸爸如何一直把帕特森太太往下压，直到警察到来，如何向警察吹嘘他的儿子怎样"与那个疯婆子斗智斗勇并取得了胜利"。

我告诉她奥斯瓦德如何知道他要死了，我怎样想办法带他回医院救他。"但他不回来，"我说，"为了救麦克斯，他牺牲了自己。他是一个英雄。"

"你也是。"蒂妮说，笑中含泪。

"不像奥斯瓦德，"我说，"我只是站在旁边告诉麦克斯跑和躲藏。我不能像奥斯瓦德那样接触真实世界。"

"你告诉麦克斯将小猪砸向那扇窗。你告诉麦克斯你是幻想的，因而他能救自己。你也牺牲了自己。"

"没错，"我说，怒火中烧，"因此我不能存在下去了。麦克斯自由安全了，我却要死了。等我走后，他甚至不会记得我。我会成为某一天他的妈妈给他讲的故事，他以前有一个幻影朋友叫布多。"

"他会永远记得你，"蒂妮说，"他只是不相信你曾经是真实存在的。但我会相信。"

但有一天蒂妮也会死去，也许很快。她的人类朋友四岁了。蒂妮或许一年后或不到一年就会消失。幼儿园会像杀死那么多幻影朋友一样杀死她。等她死后，一切都结束了。没有布多曾经存在过的记忆。我曾说过的每一句话、做过的每一件事都将永远消散。

蒂妮拍动翅膀，从沙发上起来，在房间中央盘旋。"我会告诉别人，"她说，似乎读懂了我的心思，"我会告诉我遇见的每一个幻影朋友，我会让他们将这个故事告诉给他们遇见的所有幻影朋友。我会告诉他们让这个故事从一个幻影朋友传到另一个，这个世界将永远不会忘记巨人奥斯瓦德和伟大的布多为麦克斯·德莱尼——世上最勇敢的小男孩儿做过的事情。"

"你真好，"我说，"谢谢你，蒂妮。"

我不忍心告诉她，这并不会让死亡变得简单。我也不信任由世上的幻影朋友来讲述这个故事。这世上有太多像帕贝、卓普和克鲁特那样的幻影朋友。

没有足够的蒂妮、奥斯瓦德、萨默和格雷厄姆。

远远不够。

"麦克斯怎么样？"蒂尼问道，回到沙发上我旁边的位置。她想改变话题，我很高兴她这么做。

"他很好。"我说，"我本来以为经历了这一切后，他会不一样。但是他没有。也许有一点儿不一样，但并不多。"

"你这么说是什么意思？"

"麦克斯在树林甚至在他家前院表现非常好，因为那是他擅长的。

他一直在读有关战争、武器和狙击手的书。他用玩具兵布置过一千场战争。树林里也没有人打扰他。没人跟他说话或跟他进行眼神的接触，没人试图跟他握手、搂他的鼻子或拉上他大衣的拉链。他在从一个人身边逃走，这是麦克斯总想做的事情。从人们身边逃离，在那里他表现突出，似乎他比较适应那里。"

"现在呢？"蒂妮问道。

"昨天他回到学校后，情况对他真的很艰难。每个人都想跟他说话。太多人，太快了。他差点儿卡壳。不过格斯科太太看到这一切后，告诉其他所有老师、大一些的孩子甚至学校的心理辅导师滚开。麦克斯仍然是麦克斯。也许现在更勇敢了，更善于照顾自己。但仍然是麦克斯，仍然担心额外的大号和汤米·斯温登。"

蒂妮皱起她脸上眉头的位置，如果她有的话。

"没关系，"我说，"一言难尽。"

"还有多久……"

"我不知道，"我说，"也许明天。"

蒂妮笑了，但那是一个悲哀的笑："我会想念你的，布多。"

"我也会想念你，"我说，"我会想念一切。"

我的想法没错。就在今天，早上麦克斯打开灯时，我几乎看不见自己了。我向麦克斯问好，他没有回应，他甚至没有朝我这边看一眼。

就在刚才我开始有了这种感觉。我坐在格斯科太太的教室里。麦克斯和其他孩子坐在地毯上。格斯科太太在读一本名为《德佩罗的故事》

的书，主角是一只老鼠。我本来以为会很枯燥，但一点儿也不枯燥，非常精彩。是最好的一本书。主角是一只特别的老鼠，它爱光明，能阅读，必须要救下豌豆公主。

格斯科太太的故事只读了一半。我永远听不到故事的结局，我永远不会知道德佩罗后来何去何从。

从这点来看，德佩罗有点儿像我。我永远不会知道德佩罗的命运，就像没人会知道我的命运。我今天就会停止存在，不再存留，只有我知道。我会在这间教室的后面，听着有关一只我永远不会了解其命运的老鼠的故事，默默无闻地死去。

麦克斯、格斯科太太和其他人会继续下去，像什么也没有发生。他们会跟随德佩罗完成它余下的探险历程。

我不行。

我感觉肚子里有一个黏糊糊的软气球，一个自己能飘起来的气球。不疼。我感觉被牵拉着，尽管我仍然坐在椅子上。我看着我的手，只有在眼前挥手时，才能看见它们。

很高兴死的时候我在格斯科太太的教室里。这个世界上我最喜欢的人就是麦克斯和格斯科太太。想到他们将成为我最后的记忆很温馨。

只是我将没有记忆。和麦克斯、格斯科太太在一起的感觉很好，但只能持续到我死的那一刻。在那一刻，什么都不再重要。从那一刻起，一切对我再没有意义。不仅仅是在我死后，也在我死前。我死时，一切也死了。

宛如一切都是惘然。

　　我看着麦克斯，他坐在格斯科太太的脚边。他跟我一样爱这个故事。他在笑，他现在笑了。那是相信布多的麦克斯和不相信布多的麦克斯之间的一个重大区别。他笑了，不是经常，是有时。

　　格斯科太太也在笑。她在笑，是因为麦克斯回来了，也因为她与屋子里的其他人一样爱这个故事。由于不同于其他的老鼠，德佩罗被扔进过地牢，和家鼠们一起。从某种角度来说，麦克斯也像德佩罗。他不同于任何人，他也曾被困在一个地下室。就像麦克斯，我认为德佩罗会逃出地牢，化险为夷。

　　我肚内的气球越来越大了，感觉很温暖。

　　我挪到格斯科太太的脚边，坐在麦克斯的旁边。

　　我想起过去的两个星期我失去的所有人：格雷厄姆、萨默、奥斯瓦德和迪伊。我想象他们全站在我面前，我尽力去回想他们状态最好的时候。

　　格雷厄姆慢慢消失时坐在梅根的旁边。

　　萨默请我答应救麦克斯。

　　奥斯瓦德单膝跪在门口，伸出双手，绊倒帕特森太太。

　　迪伊叫着赛莉，因为她就像爱一个兄弟一样爱他。

　　我爱他们。

　　我想念他们。

　　我抬头看着格斯科太太。我走后，她将保护麦克斯。她会帮他解决额外的大号、汤米·斯温登，以及麦克斯做不来的所有其他小事。因为他太关注内在，那个美丽的、幻想出了我的巨大内在。

　　她会的。巨人奥斯瓦德是一个英雄，也许连我也算得上一个小英雄。但格斯科太太始终是日常的英雄，即使只有像麦克斯这样的孩子知道她是一个英雄。我走后很久，她仍会是一个英雄，因为她一直是个英雄。

　　我转向麦克斯——我的朋友、创造出我的男孩儿。我想为他忘记我而生他的气，但我没有。我不能生麦克斯的气，我爱麦克斯。我停止存在后，一切都不再重要，但我仍会爱麦克斯。

　　我不再怕死，只是悲伤。我再也见不到麦克斯，在未来无数的日子里我将想念他，他将长大成为一个男人，会有自己的小麦克斯。如果我能安静地坐在某处，看着我深爱的这个小男孩儿长大并度过他的一生，我会非常开心。

　　我不再需要为自己存在下去，我想为麦克斯存在下去，因为我想知道麦克斯剩下的故事。

　　我的眼泪很温暖。我的身体也是热的。我看不见自己，但我能看见麦克斯。他抬起俊俏的脸凝视着他心爱的老师，他爱的唯一的老师。我知道他会开心，他会平安，他会很好。

　　我没法儿见证麦克斯的后半生，但我知道他未来的岁月会长久、快乐、静好。

　　我闭上眼睛，眼泪蒸汽般从我脸上滑下来不见了，不再有温暖的泪痕。我肚内黏糊糊的气球膨胀了起来，充满每个缝隙，我感觉自己往上升。

　　我不再是整体，我不再是我。

　　我飞了起来。

　　我尽量回想着麦克斯的脸，直到我没有踪影。

　　"我爱你，麦克斯。"我轻声说，他的脸和世上的其他一切变为茫茫的白色。

尾　声

我睁开眼睛，

映入我眼帘的是另一双眼睛。

我以前见过这双眼睛，

它们又黑又温暖。

它们认识我。

我不记得这双眼睛，

过了一会儿才想起来。

我很困惑。

我说出她的名字。

"迪伊。"

这时我明白了。

（全书完）

图书在版编目（CIP）数据

我的幻影朋友/（美）迪克斯（Dicks, M.）著；苏心一译.
— 长沙：湖南文艺出版社，2015.4
书名原文：Memoirs of an imaginary friend
ISBN 978-7-5404-7091-3

Ⅰ. ①我… Ⅱ. ①迪… ②苏… Ⅲ. ①长篇小说–美国–现代 Ⅳ. ①I712.45

中国版本图书馆CIP数据核字（2015）第034937号

著作权合同登记号：18-2014-227

MEMOIRS OF AN IMAGINARY FRIEND by Matthew Dicks

Copyright © 2012 by Matthew Dicks

Published by arrangement with Taryn Fagerness Agency through Bardon-Chinese Media Agency

Simplified Chinese translation Copyright © 2015 by China South Booky Culture Media Co., Ltd.

ALL RIGHTS RESERVED

上架建议：外国文学

我的幻影朋友

作　　者：［美］马修·迪克斯
译　　者：苏心一
出 版 人：刘清华
责任编辑：薛　健　刘诗哲
监　　制：蔡明菲　潘　良
策划编辑：马冬冬
特约编辑：李乐娟
版权支持：文赛峰
版式设计：姜利锐
封面设计：棱角视觉
出版发行：湖南文艺出版社
　　　　　（长沙市雨花区东二环一段508号　邮编：410014）
网　　址：www.hnwy.net
印　　刷：北京鹏润伟业印刷有限公司
经　　销：新华书店
开　　本：880mm×1230mm　1/32
字　　数：240千字
印　　张：11
版　　次：2015年4月第1版
印　　次：2015年4月第1次印刷
书　　号：ISBN 978-7-5404-7091-3
定　　价：36.00元
（若有质量问题，请致电质量监督电话：010-84409925）